中國新聞史研究輯刊

八 編

主編 方 漢 奇
副主編 王潤澤、程曼麗

第 **1** 冊

守護好我們的精神家園
——白凱文少數民族文化文選（修訂版）（上）

白 潤 生 著

花木蘭文化事業有限公司

國家圖書館出版品預行編目資料

守護好我們的精神家園——白凱文少數民族文化文選（修訂
版）（上）／白潤生 著 -- 初版 -- 新北市：花木蘭文化事業
有限公司，2024〔民 113〕

序 20+ 目 4+222 面；19×26 公分
（中國新聞史研究輯刊 八編；第 1 冊）
ISBN 978-626-344-793-6（精裝）
1.CST：新聞業 2.CST：中國新聞史 3.CST：少數民族
4.CST：民族文化

890.9208 113009360

ISBN-978-626-344-793-6

中國新聞史研究輯刊
八 編 第 一 冊 ISBN：978-626-344-793-6

守護好我們的精神家園
——白凱文少數民族文化文選（修訂版）（上）

作 者 白潤生
主 編 方漢奇
副 主 編 王潤澤、程曼麗
總 編 輯 杜潔祥
副總編輯 楊嘉樂
編輯主任 許郁翎
編 輯 張雅淋、潘玟靜 美術編輯 陳逸婷
出 版 花木蘭文化事業有限公司
發 行 人 高小娟
聯絡地址 235 新北市中和區中安街七二號十三樓
電話：02-2923-1455 ／傳真：02-2923-1452
網 址 http://www.huamulan.tw 信箱 service@huamulans.com
印 刷 普羅文化出版廣告事業
初 版 2024 年 9 月
定 價 八編 6 冊（精裝）新台幣 16,000 元

守護好我們的精神家園
——白凱文少數民族文化文選（修訂版）（上）

白潤生　著

作者簡介

白潤生（1939～）又名白凱文，中央民族大學教授。中國新聞史學會特邀理事，少數民族新聞傳播史研究委員會名譽會長。故國神遊文化有限公司普陀《龍族》文旅項目顧問。內蒙古《新聞論壇》雜誌顧問。以第一作者出版的著作 15 部，五次獲省部級優秀成果獎。有的論文被譯為英文成為首次向國外介紹我國少數民族文字報刊概況的學者。完成國家「十五」社科基金項目《少數民族語文的新聞事業研究》和北京市高等教育精品教材立項項目《中國少數民族新聞傳播史》。獲中國新聞史學會新聞傳播學會獎第六屆終身成就獎。其生平收入《中國新聞年鑒》（1997年版）等多部辭書。

提　　要

　　《守護好我們的精神家園——白凱文少數民族文選（修訂本）》共十一輯，選有作者部分少數民族文化論文，第十輯為此次修訂新增加的。另有附錄一：關於作者的專訪十二篇，第十一、十二篇是此次修訂新增加的。附錄二：作者作品目錄。共分上中下三冊。代序、及第一輯至第五輯為上冊，第六輯至第九輯為中冊，第十輯至全書結束為下冊。最後附有圖片，有作者友人為作者的題字、公開發表的著作和少數民族文字報刊研究資料，這部分（少數民族文字報刊研究資料）最為珍貴。全書約有六十五萬字。

代序一　守護好我們的精神家園

白潤生

　　龍騰寰宇騰飛夢中國；蛇舞銀川舞動春消息。

　　中國少數民族新聞事業發展與繁榮的春天出現在新中國成立後，尤其在改革開放後。如今，少數民族新聞事業已形成了較為系統、多語（文）種、多層次、多渠道的特色鮮明的新聞傳播體系。少數民族新聞傳播研究作為少數民族文化的一部分，不僅豐富和深化了中華文化的內涵，而且不斷為其注入新的生機與活力，是建設中華民族文化共有精神家園的重要支撐。在新春到來之際，少數民族新聞傳播研究如何堅持社會主義先進文化方向，在社會主義文化強國的建設中發揮應有的作用呢？

　　首先，要有保護和發展少數民族文化的緊迫感。進入 21 世紀和諧發展時期，少數民族新聞事業空前繁榮。但是，由於受經濟全球化和消費性文化的衝擊，不少優秀的少數民族文化正在流失，處於瀕危狀態。2012 年，我曾對新華社貴州分社的記者談到 20 世紀 80 年代少數民族文字報刊發展情況，追述了在黔東南和黔西南兩個自治州出版的苗文、侗文、布依文報刊，現均已停刊，其中最珍貴的是《苗文侗文報》，它是我國唯一的兩種少數民族文字合刊的報紙。我們必須「紮實推進社會主義文化強國建設」〔註 1〕，堅持「保護為主，搶救第一，合理利用，繼承發展」的方針，共同守護中華民族的精神家園。

　　其次，認清形勢任務，把握少數民族文化發展的正確方向。重視和發展民族文化是黨和政府的優良傳統。促進少數民族新聞事業和少數民族新聞傳播研究的發展與繁榮，必須以科學發展觀為指導，堅持社會主義先進文化前進方

〔註 1〕胡錦濤：《堅定不移沿著中國特色社會主義道路前進為全面建成小康社會而奮鬥》，人民出版社 2012 年版，第 30 頁。

向和貼近實際、貼近生活、貼近群眾的原則，嚴名立場，深入挖掘有利於祖國統一，民族團結，社會和諧的深刻內涵和寶貴的學術價值。把推進社會之一核心價值觀作為根本任務。

再次，注重少數民族新聞傳播研究隊伍建設。少數民族新聞傳播研究成果的積累，無疑為少數民族新聞傳播學科建設打下了更加厚實的基礎。少數民族新聞傳播研究隊伍建設關鍵是優化結構，提升素質，注重培養善於開拓少數民族新聞傳播研究的創新人才、掌握現代傳媒技術的專門人才、懂業務善管理的複合型人才，向著獨立學科的目標邁進！

少數民族新聞傳播跟少數民族群眾一樣大多分佈在西部地區和邊疆地區，它們對內是各民族的共有精神家園，對外發揮抵禦外來文化的滲透，維護文化學術安全，維護邊疆穩定的重要作用。因而牢固樹立「文化民生」的理念，發展少數民族地區媒體，特別是少數民族語文的新聞傳播事業及其研究，才能在實現中華民族的偉大復興中作出新貢獻。

偉大領袖毛澤東同志在新中國成立初期曾經預言，「隨著經濟建設高潮的到來，不可避免地將要出現一個文化建設的高潮。」當前全國各族人民正在以習近平同志為總書記的黨中央的領導下，為實現黨的十八大提出的奮鬥目標，一心一意謀發展，全心全意奔小康。少數民族新聞傳播研究，作為少數民族文化重要組成部分，定能再鑄輝煌！

（原載《新聞論壇》2013 年第 1 期刊首快語）

代序二　論白潤生中國少數民族新聞傳播研究的文化觀

于鳳靜

　　少數民族新聞傳播事業是一個國家或地區的文明發展水平的重要標誌，是社會制度優越程度的有力證明。我國的社會主義性質，更突出了發展少數民族新聞傳播事業的重要意義。

　　我國少數民族新聞傳播事業雖然已度過「火紅的年代」，正處於「滿園春色」的大好時光，但我國的少數民族新聞研究卻還處於「初創時期」，〔註1〕更需有為有識之士對我國少數民族新聞傳播事業給予更有針對性、更富拔塞啟智意義的研究與指導。近些年來，一些有關評述少數民族新聞傳播事業的論著與教材應時而生，而白潤生對少數民族新聞傳播事業的研究，在這樣的時代語境中尤顯突出。

　　白潤生是我國當代著名的少數民族新聞學研究專家。上個世紀 90 年代以來，他的《中國少數民族文字報刊史綱》（1994）、《民族報刊研究文集》（1996）、《中國新聞通史綱要》（1998）、《白潤生新聞研究文集》（2004）、《中國少數民族新聞工作者生平檢索》（2007）、《中國少數民族新聞傳播通史》（2008）、《中國少數民族新聞傳播史》（2008）、《當代中國新聞事業調查報告》（2010）等一系列著述的問世，不僅填補了中國少數民族新聞傳播研究領域的空白，初步建立了比較完整的少數民族歷史新聞傳播學學科體系，也把少數民族新聞史的研究推進到了一個新的發展階段。因此，白潤生是我國當之無愧的中國少數民族新聞史研究的奠基者和開拓者。系統地研究白潤生的治學思想和理論體系，

〔註 1〕白潤生主編：《中國少數民族新聞傳播通史》，中央民族大學出版社 2008 年版，第 1～3 頁。

不僅能填補少數民族新聞事業研究內容的缺失，也有利於對中國少數民族新聞史深入準確地開掘和把握，對促進有中國特色社會主義新聞事業和少數民族新聞事業大有裨益。

通觀白潤生對少數民族新聞傳播事業的研究理路，可以發現一個重要的特點，這就是其在研究中貫穿始終的文化觀。他雖然研究、闡釋的是少數民族新聞傳播，但學術視野並不限於此，而是以少數民族新聞傳播為對象和重心，將其放入使之孕生、發展的社會文化的母系統中，考察其社會的、時代的、文化的發展依據和規定性，進而分析少數民族新聞傳播在這些規定性或條件性中得以產生、運作、展開的狀況，以及在其合力作用下，自成系統地發展的深層動因和規律。這樣的研究思路比起時下研究同類問題的一些著述，具有明顯的突破優勢：它為讀者提供了一個可以更全面地思考，更系統地梳理、更動態而且深刻地把握少數民族新聞傳播的屬性、特徵和社會關聯性的知識體系。

白潤生明確指出，「探討中國少數民族新聞傳播發展的內在規律，要考慮到社會諸種因素的作用，如科學技術的發展狀況、文化教育的水準、交通運輸的發達程度以及民族心理、民族文化的影響與滲透等。由於傳播反映對象的豐富性，它和各個時期的政治、經濟、文化等都有著緊密的聯繫……」〔註2〕因此，他認為中國少數民族新聞傳播史「兼有歷史學、民族學、文化學的特質，是多學科交叉的邊緣學科。」〔註3〕

其實，新聞傳播不僅具有社會性，而且也具有民族性、人民性和符號象徵性等特徵。所以，如果以社會學的研究成果作為基礎，從而發揮文化學獨特的視角和方法，也許對問題的探討能更有利一些。可見對新聞傳播展開文化學的研究是現實也是其本身的必需。

白潤生的文化觀實際上是在中國少數民族新聞傳播史的研究中，不單純從經濟、政治、新聞等意識形態去分析探討，而是對社會文化綜合因素的全面考量和觀照，進而顯示出對從研究對象到研究方式和方法的全方位和多層次的觀照，這一觀照對我國少數民族新聞傳播研究具有重要的現實意義，下面我們就白潤生少數民族新聞傳播研究的文化觀展開具體分析。

〔註2〕白潤生：《緒論——創立和發展中國少數民族歷史新聞傳播學》，《中國少數民族新聞傳播通史》，中央民族大學出版社2008年版，第13頁。
〔註3〕白潤生主編：《中國少數民族新聞傳播史》，民族出版社2008年版，第1頁。

一、對少數民族新聞傳播中文化生態的考量

　　中國少數民族新聞傳播在歷史發展中不僅與意識形態密切相連，更是社會文化多種因素合力促進的結果，因此白潤生認為必須把中國少數民族新聞史放在一個完整的社會環境中即文化生態中去考察，才能看清它發生發展的脈絡和現狀。他強調，「研究中國少數民族新聞傳播史，同研究其他新聞傳播史一樣，都離不開各個時期的政治鬥爭、政黨發展史和生產鬥爭史、經濟發展史等」〔註4〕，而且「歷史原因、文化發展、生活環境、交通通訊狀況、語言文字等都有可能給民族新聞傳播事業帶來影響。從宏觀上講，民族新聞傳播事業發展的不平衡往往是其政治、經濟、文化發展的反映。」新聞傳播事業與少數民族地區的經濟文化的發展，是一種「共振」的關係。〔註5〕因此，他總結道，「中國少數民族新聞傳播事業的興起、發展和繁榮是有規律的，這就是它與整個中國新聞傳播事業的興衰、榮辱基本吻合，與中國政治、經濟、社會歷史的起伏變遷也是合拍的。」〔註6〕

　　在白潤生《先秦時期兄弟民族的新聞與新聞傳播》和《秦漢至唐報狀產生前兄弟民族的新聞與新聞傳播》〔註7〕等研究篇章裏，可以看到，他已把民族新聞與新聞傳播的產生與運作方式完全置於當時的部落發展、民族交流和政治、經濟、戰爭、宗教占卜、民俗民風等文化生態中考察，對少數民族新聞與新聞傳播的持論，視野廣闊，公允全面，鞭辟入裡。

　　有的論者已注意到白潤生在研究實踐中對文化生態的重視。在他組織編寫的《中國少數民族新聞傳播通史》中，對每一種新聞傳播現象發生、發展的背景闡釋，都不偏於或政治或新聞或民族等單一角度，而是予以多方面的文化觀照。「特別是第二、三、四、五章，是基於中國社會由古代轉型為近現代的過程中，對少數民族的歷史文化在此特殊歷史背景下因其豐富的個性而愈發顯出多種變數的考察和觀照，《通史》清楚地完成了對少數民族新聞傳播史近代化歷程主體線路的把握與描述，從而使《通史》成為少數民族新聞傳播史的

〔註4〕白潤生：《緒論——創立和發展中國少數民族歷史新聞傳播學》，《中國少數民族新聞傳播通史》，中央民族大學出版社2008年版，第13頁。
〔註5〕傅寧：《白潤生：手持木鐸的采風中者》，《白潤生新聞研究文集》，中國文史出版社2004年版，第8頁。
〔註6〕傅寧：《白潤生：手持木鐸的采風中者》，《白潤生新聞研究文集》，中國文史出版社2004年版，第12頁。
〔註7〕白潤生：《白潤生新聞研究文集》，中國文史出版社2004年版，第262頁。

一部『民族志』，或『民族文化志』。」〔註8〕

　　白潤生重視對文化生態考察的治學思想對我國少數民族新聞傳播的研究具有指導意義，它啟示我們要全面考察新聞傳播的文化生態如地理因素、經濟因素、人文因素包括人口構成、年齡狀況、受教育程度等，深入挖掘傳播生態的特殊性，這樣才能對少數民族新聞傳播的環境有比較準確地把握，這也是促進少數民族新聞傳播事業科學發展的基本保障。

二、對少數民族語言在新聞傳播中文化特色的重視

　　一般說來，新聞傳播是否使用民族語言是判斷新聞傳播活動是否具有民族特點的重要標誌，但白潤生的研究眼光更為深刻和全面。

　　其一，他認為，「保持民族性，將民族性貫徹到底，從形式到內容都要貫徹民族性。如堅持使用民族語言傳播；堅持使用少數民族喜聞樂見的傳播形式，如傣族的甘哈，就是以說唱為主的傳播形式。」〔註9〕顯然，民族形式與民族語言表達相比，其意義更為廣泛和深厚。

　　其二，使用民族語言傳播，不能僅滿足於民族語言或雙語的運用。「因為我國少數民族地區大多不止一個民族，相應地也就包含多個文種語種的新聞資源，同時，這些新聞信息之間具有相當程度的重複性和不可共享性。」〔註10〕白潤生對此做了進一步的解釋：各民族的讀者只熟悉本民族的語言文字，無法接受其他民族語言文字的新聞信息……因此新聞信息總量粗看起來似乎不少，而實際上能供個人享用的並不很多。

　　其三，白潤生指出，「民族新聞可以以少數民族語言文字傳播，也可以以漢語文傳播，或以外國語文傳播。語言文字只是個形式問題，關鍵是一條新聞是否是對新近發生的中國少數民族政治、經濟、文化事實的報導。」〔註11〕「因而民族文字報刊中，應當是既要評介民族文字報刊，也要評介民族地區漢文報刊；既要評介少數民族報人，也要評介長期從事民族新聞傳播事業的

〔註8〕田建平：《少數民族新聞傳播史研究學術體系的確立——評白潤生主編之〈中國少數民族新聞傳播通史〉》，《中國傳媒報告》。

〔註9〕傅寧：《白潤生：手持木鐸的采風中者》，《白潤生新聞研究文集》，中國文史出版社2004年版，第12頁。

〔註10〕白潤生：《試論我國少數民族報業改革發展之路》，《白潤生新聞研究文集》，中國文史出版社2004年版，第95～96頁。

〔註11〕白潤生主編：《中國少數民族新聞傳播通史》，中央民族大學出版社2008年版，第1019頁。

漢族同胞。」〔註 12〕

在《中國少數民族新聞傳播通史》的第一編第三章第七、八節，第二編第五章第八、十一節，第三編第六章第四節裏，我們可以看到，白潤生不僅考察了少數民族地區的運用民族語文的新聞傳播活動，同樣描述了民族地區的漢語新聞傳播活動，甚至評析了海內外人士開展的少數民族新聞傳播活動；通覽全書，我們更能看到對非少數民族地區的少數民族新聞傳播的獨到分析。如對「九一八」事變前後，朝鮮人在上海創辦的朝鮮文報刊的分析；「七七事變」後，對在關內發行的朝鮮文報刊的評述以及對二十世紀五六十年代，在北京創辦的《回族大眾》、《民族畫報》、《民族團結》等報刊的探討等，都彰顯了白潤生對民族語言與民族新聞的關係更廣、更高一層的認識。

其四，堅持、挖掘民族語言本身的文化特色，而不是漢語的直譯和編排。

對「許多少數民族文字報紙的編輯大多靠摘譯漢文報來填充版面，造成報導的內容陳舊，缺乏個性與特色」〔註 13〕的問題，白潤生認為「譯報，滿足不了廣大少數民族讀者的要求，也不符合少數民族讀者的閱讀習慣，即少數民族文字的報紙要辦出自己的特色，辦出地區特點和民族特點。〔註 14〕

對民族語言如何體現民族文化特色的問題，他認為要大膽創新。如在對彝文的編輯排版上，就要力求打破傳統排版格式，凸顯民族特色。「彝文屬於音節文字類型，也就是說一個字符即一個音節，一般來說，拼音文字在報紙的版面編排上只能橫排不能豎排，而規範彝文既能橫排也能豎排，使報紙標題醒目大方。」〔註 15〕在他看來，並非使用了民族語言的新聞傳播就具有民族特色，我們還要正確地運用民族語言，挖掘民族語言本身的文化特色，而不僅僅是漢語的對譯。

白潤生重視少數民族語言文化特色的治學理念啟示我們，對使用少數民族語言的新聞傳播的考察，不僅必須要看到它的複雜性，也要探討其特殊性，絕不能僅用語言來以偏概全。這種語言環境的特殊性必然要求我們不僅要把握

〔註 12〕白潤生：《關於中國少數民族文字報刊史的思考》，《白潤生新聞研究文集》，中國文史出版社 2004 年版，第 47 頁。

〔註 13〕白潤生：《試論我國少數民族報業改革發展之路》，《白潤生新聞研究文集》，中國文史出版社 2004 年版，第 97 頁。

〔註 14〕白潤生：《興起‧發展‧繁榮──中國少數民族新聞傳播事業 100 年》，《白潤生新聞研究文集》，中國文史出版社 2004 年版，第 26 頁。

〔註 15〕傅寧：《白潤生：手持木鐸的采風中者》，《白潤生新聞研究文集》，中國文史出版社 2004 年。

新聞傳播中民族語言的實用性，更要體現民族語言的文化性。

三、對少數民族新聞中民族特色的文化共同價值的提煉

　　各民族有自己的文化特色，但在提倡文化多元、共同發展的時代，其文化的共同價值觀更能深入各民族的心裏，進而更能保證各民族文化的活力和可持續發展。白潤生認為，民族新聞對民族特色的表現，最重要的是對文化共同價值的提煉。

　　1. 堅持民族性，更注重各文化的相互影響對少數民族新聞傳播的作用。

　　白潤生認為，「要從新聞學的角度研究少數民族新聞傳播活動的歷史，同時，還應該考慮到一個民族的政治、經濟、哲學、宗教、歷史、風俗習慣、倫理道德、飲食服飾及表現共同文化的心理素質與民族新聞傳播事業的特殊作用與影響……由 56 個民族組成的多元一體的中華民族，千百年來漢族與少數民族形成了大雜居、小聚居、互相滲透、互相融合的局面，少數民族與漢族的政治、經濟、文化的發展，是相互影響、相互促進的。」〔註 16〕

　　2. 提倡「大文化」、「大民族」，其實質就是提倡發掘多民族文化共同的價值觀。

　　白潤生強調，「堅持民族性，尊重民族文化，是保持民族性的關鍵。成功的民族新聞媒體，應是民族政策、民族觀、民族形式、民族內容、民族心理的完美融合。」〔註 17〕

　　他在分析回族報刊的歷史與現狀時，對「大文化」、「大民族」做了進一步的解釋。「什麼叫大文化？就是要跳出伊斯蘭宗教的狹小範圍，融經濟、歷史、現實、物質為內容，伊斯蘭文化自有其經典和值得稱道的地方，回族的精神、食品、經商、文化也有可圈可點之處。什麼是大民族呢？所謂大民族就是說，回族報刊雖然主體受眾是回族，但也要考慮其他民族，尤其是漢族的因素。回族受眾需要的，也不僅僅是回族的內容。」〔註 18〕白潤生認為，在多民族聚居區，多民族文化和多類型文化其實是相互影響、相互滲透的。少數民族新聞活

〔註 16〕白潤生：《關於中國少數民族文字報刊史的思考》，《白潤生新聞研究文集》，中國文史出版社 2004 年版，第 46～47 頁。

〔註 17〕傅寧：《白潤生：手持木鐸的采風中者》，《白潤生新聞研究文集》，中國文史出版社 2004 年版，第 12 頁。

〔註 18〕白潤生：《立足民族，壯大少數民族傳媒經濟》，2006 年 5 月 16 日在第七屆世界傳媒經濟學術會議上的主題發言，人民網 http://media.people.com.cn/GB/22114/63468/63526/4376846.html。

動如果僅局限一個民族、一種文化的交流，而不顧及其他民族的文化傳統和文化心理，不僅達不到傳播的目的，對自身也是一種損失。因此，若要實現少數民族新聞「跨文化」傳播和發展，就必須提煉和凸現各民族共同的文化價值觀；只有各民族共同的文化價值觀，才為各民族最終所認同和接受。兩個「大」的含義，不僅是廣闊的視野、包容的行為，也是融合的價值和共通的精神。可見，「大文化」、「大民族」的實質就是明確強調在表現新聞傳播民族特色的同時，更要發掘民族文化共同的價值觀。

文化人類學告訴我們，每一種文化由於文化環境、文化演進的階段、文化重心以及文化類型的不同，形成了不同的價值體系。世界上很少有同一水平、同一層次上的文化，所以其價值是不可比的，它們都有合理存在的現實。但也恰恰是文化人類學的研究成果表明，儘管每一種文化都表現出自己不同於其他文化的價值體系，但它們都有共通的基本價值規範，這就是：對生命活力的創造，對自由幸福的渴求，對災難痛苦的避拒，對超然之物的膜拜，這正是人類本質的體現。所以文化價值雖然在發展過程中本身不可比，但在其發展的總體方向和終點上是一致的。

揭示文化的生命性、創造性，尋覓把人的生命活動作為文化發展根基的規律，這是從秋德羅到叔本華、尼采，直至狄爾泰、弗洛伊德、薩特等一大批哲學家孜孜以求的。把他們的理論同英美以泰勒、波亞士、克盧伯、馬林諾斯基等為代表的實證文化學派的形態論、模式論、結構論相比較，就可發現，他們更重文化的創化性、歷史性和生命性，二者顯示了由於對文化兩個不同側面的研究所取得的成果。白潤生對民族特色的共同文化價值的重視，顯然有著深厚的文化學的基礎和依據。

以往在傳播內容上一提到民族特色，人們往往就會想到少數民族的風俗習慣、風土特色。的確，風俗習慣、風土特色是各個民族經濟、政治、文化生活的一種反映，在不同程度上反映和表現了民族的生活方式、歷史傳統和心理感情，是體現民族特點的一個重要方面。但風俗習慣、風土特色畢竟在某種程度上更多體現的是地域特色和傳統特色，是民族特色在形式上的一種表現，沒能表現出民族文化傳統、文化心理和文化特色的深層內涵。因此，白潤生的研究啟示我們：大眾媒體要傳播具有民族特色的內容，必須在依託風俗、風土特色的基礎上，打造政治、經濟等領域的民族特色，提煉民族文化精神內涵。

四、對少數民新聞傳播媒介的文化符號意義的闡釋

白潤生認為，文化符號有著比語言符號更為豐富、更為鮮明的表達與展現，而語言形式也不是單一、單調的。

1. 重視口語符號的信息傳播。對遠古時代的新聞媒介的考察，更能看出和瞭解白潤生對媒介的文化符號的看重。他認為，「有相當一部分少數民族有語言而無文字，因而，無法像漢族那樣，普遍通過文字符號來進行信息傳遞，更多的是通過物化或口語形式傳播信息」；「當落後的傳播媒介技術難以滿足日益增長的傳播需求時，『歌謠與戲曲』便應運而生，因其曲調化而易於記憶的特點，而成為少數民族地區傳播信息，歌頌真善美，坪擊假惡醜的重要方式。直到如今，『歌謠與戲曲』依然是少數民族傳遞信息的常用手段。」〔註 19〕

2. 重視非語言符號的信息傳播。白潤生強調，在遠古時代的新聞信息還可以通過物化傳播，而物化傳播就是非語言符號的信息傳播方式。「在少數民族的民俗禮儀中，我們可以發現，非語言符號的運用達到了相當普及和成熟的階段。」〔註 20〕服飾衣著、節慶活動、婚俗活動和舞蹈動作等都能傳遞著民族信息，都可以成為新聞傳播的豐富的文化符號。

文化是人類創造的產物並為人類所獨具的，它同自然是相對的。文化是人類的生存模式，並在歷史的發展中具有系統性的形態。文化學的結構論和模式論認為這一形態的內部具有層次結構，外部則顯現為一種符號系統。這種符號系統有以下幾個方面的特徵，民族性、承繼性、替代性和差異性。所謂替代性是指語言符號本身對文化內容及形式的指代和象徵，所謂差異性，是指語言符號在替代文化內容和形式方面，二者所產生的種種不對等性。如白潤生對黑彝統治時期，黑彝女子裙子長短的分析〔註 21〕，則完全是基於文化學的結構分析。很明顯，白潤生的少數民族新聞傳播研究深得文化學精髓。他沒有把眼光僅限於語言這一單純的表現符號，而是放眼於整個文化系統和文化形態。

白潤生十分精細地分析道，「語言符號善於達意，形象的非語言符號善於傳情，新聞傳播對達意和傳情都需要，……因此，在少數民族新聞理論的研究

〔註 19〕白潤生主編，（中國少數民族新聞傳播通史），中央民族大學出版社 2008 年版，第 37～41 頁。

〔註 20〕白潤生主編，（中國少數民族新聞傳播通史），中央民族大學出版社 2008 年版，第 37～41 頁。

〔註 21〕白潤生主編，（中國少數民族新聞傳播通史），中央民族大學出版社 2008 年版，第 37～41 頁。

中,重視此種民俗,信息傳播方式的考察,並深入本質,是今後民族新聞研究中頗具潛力和特色的發展方向。」〔註22〕

五、在少數民族新聞傳播理論研究中文化學方法的應用

這一思想體現在白潤生對少數民族新聞傳播理論研究幾個最關鍵、最重要的「節點」的把握。

概念範疇的界定。在當前11種有關民族新聞的定義中,白潤生傾向於第10、11種,即民族新聞是對中國少數民族政治、經濟、文化事實的報導。他認為,「政治」、「經濟」和「文化」均為廣義,……可以說是從政治、經濟、文化這三個方面對古今少數民族的社會生活進行了全面概括,具有廣泛的包容性。「政治」、「經濟」、「文化」不是靜觀的,在不同的歷史階段,其內容、表現、特徵都有所不同。以「文化」為例,少數民族文化不僅包括燦爛的傳統文化,也包括隨著民族融合、國際交流而不斷湧現的「新」文化。〔註23〕這些論述明顯突出了白潤生把民族新聞置於民族文化系統中去分析和觀照的研究視野。

歷史分期的劃定。對中國少數民族新聞史的歷史分期,白潤生沒有像常規那樣或「以報刊歷史的宏觀進展為標準」,或「以中國通史的分期為標準」,或「以著名新聞工作者的活動和新聞史上的里程碑時間」為分期標誌,而是根據「各個時期的政治鬥爭、政黨發展史和生產鬥爭史、經濟發展史等,參照中國歷史新聞傳播學的三種分期」,把中國少數民族新聞傳播史按照其內在規律劃分四個歷史發展階段。白潤生認為這樣劃分,較為準確地「摹寫」出中國少數民族新聞傳播演進的各個時期、每個階段的各種新聞現象和傳播活動的本來面目。〔註24〕

研究方法的運用。有的論者通過研究白潤生主編的《中國少數民族新聞傳播通史》,明確指出了其研究方法文化主體的意義。「少數民族新聞傳播史的研究與撰述,其最大的忌諱及困難就是研究與撰述的非『民族化』,即『少數民族

〔註22〕白潤生主編:《中國少數民族新聞傳播通史》,中央民族大學出版社2008年版,第37~41頁。

〔註23〕白潤生主編:《中國少數民族新聞傳播通史》,中央民族大學出版社2008年版,第37~41頁。

〔註24〕白潤生:《緒論——創立和發展中國少數民族歷史新聞傳播學》,《中國少數民族新聞傳播通史》,中央民族大學出版社2008年版,第14頁。

文化身份」的弱化、異化與消失。……《通史》的研究，基本上避免了這種學術研究與撰述上的『另類』視覺，確立了少數民族文化主體身份意義上的學術研究範式及話語範式。」〔註25〕另外，研究方法文化主體的意義還表現在研究者的民族身份。參與《通史》寫作的50多名作者，來自於漢族、蒙古族、回族、滿族、錫伯族、納西族、維吾爾族、藏族、朝鮮族、彝族、土家族、苗族、布依族等十多個民族。僅從作者的民族身份分布上看，就既體現了民族新聞史研究的「民族身份」，又體現了各民族身份在學術研究、認知與表達上的互通性與一致性。〔註26〕

　　白潤生在具體研究方法上，不僅運用研究歷史常規運用的方法，如實物搜集、資料考證、數據補訂、總結歸納等，他還強調「以抽樣調查、民意測驗、問卷調查、文獻調查、比較研究等方法，大規模的從當事人和見證人那裏搜集有關資料、實物、數據等等，以增強資料與數據的實證性和可靠性。」〔註27〕而這些方法其實就是文化學田野調查的方法。他的研究可以說改變了中國少數民族新聞傳播史研究中資料堆積、事實歸納、數據羅列等史多論少的局面。

　　白潤生少數民族新聞理論研究的文化學方法應用，給了我們從研究對象、概念範疇、歷史分期到具體而微的研究方法等一個完整的理論體系和實踐體系，是開展我國少數民族新聞史研究的重要參照。白潤生少數民族新聞史研究的文化觀具有重要的理論和實踐意義。

　　有的論者一針見血地指出，「少數民族新聞史的研究不能只是照搬中國新聞傳播史的那一套研究方法，一定要有所突破。……少數民族新聞傳播史不能簡單地敘述史實，要研究各個地區、各個民族新聞傳播的發展特點，特別是文化特點，重視各民族的民族形成、文化歷史傳統、政治和經濟發展狀況、內部民族和語言分布狀況等應該成為研究的重點。」〔註28〕少數民族新聞傳播文化

〔註25〕田建平：《少數民族新聞傳播史研究學術體系的確立——評白潤生主編之〈中國少數民族新聞傳播通史〉》，《中國傳媒報告》。

〔註26〕田建平：《少數民族新聞傳播史研究學術體系的確立——評白潤生主編之〈中國少數民族新聞傳播通史〉》，《中國傳媒報告》。

〔註27〕白潤生：《緒論——創立和發展中國少數民族歷史新聞傳播學》，白潤生主編《中國少數民族新聞傳播通史》，中央民族大學出版社2008年版，第16頁。

〔註28〕謝會時：《加強民族新聞理論研究，推動民族地區新聞事業發展——讀白潤生、周德倉少數民族新聞史著作有感》，http://blog.sina.com.cn/s/blog-4c33cecd0100c1w6.html。

屬性的揭示，是少數民族新聞傳播史文化學研究的一個可喜的收穫。白潤生把少數民族新聞傳播置於更為宏闊的社會文化系統中，研究其與各關聯單元形成的動態的聯繫性，對少數民族新聞傳播的文化屬性所進行的富於新意和高度的探索，這一思路可稱為系統的關聯性研究或開放性研究。這種研究涉及的知識面更為廣博，涉及的相關學科領域也較多，具有較為突出的學術邊緣性。目前，對少數民族新聞傳播研究的著述尚不多見，因此這也正是白潤生少數民族新聞傳播研究可貴和創新之處。

白潤生對少數民族新聞傳播的社會文化關聯性研究及文化學研究，由於其研究角度、研究深度及研究方法的突破性意義，使其成為應予更大關注的學術研究成果。對於時下及今後更好地發揮少數民族新聞傳播在中國文化、民族文化、市場文化等建設中的積極作用，均具有很更重要的意義。

注：本文為國家社科基金項目「當代東北地區少數民族新聞傳播史研究（1949～2010）」（項目編號：11BXW003）階段成果之一。

（原載《當代傳播》2011 年第 6 期總第 161 期）

代序三　白潤生學術思想探析——《當代中國少數民族新聞事業調查報告》讀後

王　斌

　　白潤生先生的《當代中國少數民族新聞事業調查報告》（以下簡稱《報告》）出版後，讀者細細拜讀一遍。讀完後掩卷沉思，總覺得意猶未盡，但那種感覺似乎又無法馬上表達出來。兩月之後，思緒沉澱，寫下本文，權作讀後感言。

白先生其人

　　筆者與白先生是同事。說到「同事」二字，筆者實在有些慚愧，一是作為一個年輕的大學教師，學術造詣與白先生相比自然是天上地下，二是我進入中央民族大學文學與新聞傳播學院工作的那年，白先生恰好剛從學院辦理了退休手續。因此極為戲劇性的是，作為白先生同事的我，第一次見到白先生本人倒不是在學院裏，而是在外地舉行的某學術研討會上。

　　如同常規的新聞傳播學研討會一般，與會者的視野不自覺的集中到了單一民族（漢族）的新聞傳播學術研究上，而輪到白潤生先生發言時，他卻開宗明義的重申了一個基本觀點：「中國的新聞傳播史是整個中華民族的新聞傳播史，不只是漢族新聞傳播史，它是由 56 個民族共同創造的。」繼而才開始他的主題發言。

　　後來對白先生的瞭解更多了，才知道他還有一個名字白凱文，其實是漢族人，只不過做的是少數民族的學問而已。而且白先生屬於大器晚成型，1962 年從北京師範學院（現首都師範大學）畢業後進入《工人日報》當記者、編輯，1983 年，也就是他 45 歲那年去中國人民大學新聞系進修，師從新聞學泰斗

方漢奇和陳業劭先生，經先生指點，方才醉心於少數民族新聞史的研究，結果一發而不可收，至今仍孜孜不倦。

筆者以為，白先生骨子中的學者氣質可以用四個詞來概括，那就是：「執著勤勉務實求新」，而正是這種人格上的氣質決定了其學問的「氣質」。

白潤生其書

白潤生教授著作本本分量十足，絕非濫竽充數之作。筆者新近拜讀的這本《當代中國少數民族新聞事業調查報告》（以下簡稱「報告」）則是白先生的最新力作，此書與之前著作的最大區別在於它以量化研究的實證精神對中國少數民族新聞事業進行了工筆劃似的勾勒。

《報告》與此前出版的《中國少數民族新聞傳播通史》同為國家「十五」社科基金項目《少數民族語文的新聞事業研究》最終成果，兩者相輔相成，互為支撐，為讀者勾勒出中國少數民族新聞事業發展從古到今的完整面貌。

《報告》共分三部分：第一編為自治區編，是對全國五個自治區中的新疆、西藏、內蒙古和廣西等四個自治區的調研；第二編多民族聚居省份編，顧名思義是對多民族聚居省份如雲南、青海、四川和東北朝鮮族地區的調研，調研的對象甚至深入到了縣一級，如對浙江景寧畬族自治縣的研究等；附錄部分則將七份調查問卷一一列出，方便讀者將問卷與調查結果進行前後核對。

《報告》所研究的內容包括當地新聞傳播事業的發展歷史、現狀、問題、對策、受眾評價等內容。而這些資料的獲得除了依靠二手資料的收集之外，更多的是依靠上文中提到的調查問卷獲得最新的一手資料。

本書共設計了七張調查表，分別是《我國新聞事業現狀調查表》、《少數民族文字報紙調查表》、《少數民族文字時事政治性期刊調查表》、《少數民族語言廣播電臺、電視臺調查表》、《民族新聞教育事業現狀調查表》、《民族新聞研究事業現狀調查表》和《受眾調查表》，共計發放問卷千餘份，涵蓋了少數民族新聞事業的方方面面。

鑒於其對我國新聞事業的特殊貢獻，在該書付梓之際，第十一屆全國政協常委、外事委員會主任、國務院新聞辦公室原主任、中國人民大學新聞學院院長、博士生導師趙啟正和著名新聞史學家、教育部社會科學委員會委員、復旦大學新聞學院原首席教授、博士生導師丁淦林先生為該書撰寫了序。該書的價值可見一斑。

白先生其學術思想

筆者認為,《報告》一書從以下方面體現出其學術思想。

1. 理論基礎決定「學術大廈」

白潤生先生的理論基礎就是上文中提到的那一句話:「中國的新聞傳播史是整個中華民族的新聞傳播史,不只是漢族新聞傳播史,它是由 56 個民族共同創造的。」他所有學術著作都是以這句話為舞臺展開的舞蹈,《報告》一書也不例外。

《報告》所研究的地域範圍包括了四個民族自治區和其他的民族聚居省份,這些省份的國土面積占到了全國的 64%,如果對全國過半領土面積上正在發生的新聞傳播現狀視而不見,那毫無疑問是中國新聞傳播研究的重大缺憾。

如同很多數學公式一般,越是看似簡單的公式往往越是經過了複雜的推演過程。白潤生先生基本觀點的提出並不是一時頓悟之作,而是經過了長期縝密的研究和思考,而以此為基點展開的各項後續研究都是在從不同角度為自己的學術觀點構築起一個完整、縝密的論據體系。《報告》一書就是論據體系中重要的一環。

2. 深耕細作而不遍地開花

即便是大器晚成,從白先生涉足目前的學術領域到現在,至少有 20 多年的時間了。至今白先生在自我介紹學術研究領域時仍是只有一個:少數民族新聞史與那些研究領域動輒橫跨多個學科、縱跨上下五千年的學者相比,白先生的研究領域似乎太過簡單了,而凡有學術鑒別能力的人都能知道,這簡單背後所蘊藏的價值到底是什麼。

中國學術界的浮躁已經有目共睹,與郭沫若、季羨林等前輩泰斗相比,目前學術界「腳踩多條船」的學者所體現出來的並非是其天才性,而是其功利性。專一於某一領域,方能把學問做深做透。

3. 定量與定性:還原「田野調查」精神的全貌

田野調查是費孝通先生學術思想的核心。而田野調查,既包括定性研究,也包括定量研究,定量與定性,猶如一個硬幣的兩面,不可分割。

《報告》一書是整個少數民族新聞傳播研究的有機組成部分,為整個少數民族新聞傳播通史的研究提供了量化的論據,但這種量化研究又與統計學年鑒有天壤之別,與定性研究互為椅角。

定性研究強調研究者自身要最大程度的融入事物發生的環境中去，以身臨其境的感悟和解剖麻雀的方法去解讀現象發生的原因，而定量研究是指確定事物某方面量的規定性的科學研究，就是將問題與現象用數量來表示進而去分析、考驗、解釋，從而獲得意義的研究方法和過程。定量，就是以數字化符號為基礎去測量。定量研究通過對研究對象的特徵按某種標準作量的比較來測定對象特徵數值，或求出某些因素間的量的變化規律。由於其目的是對事物及其運動的量的屬性作出回答，故名定量研究。定量研究與科學實驗研究是密切相關的，可以說科學上的定量化是伴隨著實驗法產生的。

有人說人文學科缺乏實證精神，事實上就是批評了現在很多學者重定性研究而輕定量研究的現象。

之所以少有人做定量研究，一是因為實驗方法的設計非常繁瑣，需要進行大量調查等論證工作，二是實施過程耗費大量的人力物力，週期漫長，遠不如坐在家裏發發感慨來得簡單；三則是定量研究比定性研究的工作更為基礎，所獲得的大量數據成果一旦公開發表，往往都被其他學者借用去，而數據最初的獲得者卻被人所忽略，有為他人做嫁衣之感。

但白潤生先生的《報告》一書，則採用了實驗法中的問卷調查法，在全國共計發放問卷千餘份，僅調查過程就持續一年之久，後期經過數據錄入、篩選、初步分析和深入分析等多個環節。這個過程如果是完全沒有定量研究的相關知識，是很難去掌控和調度的。白先生則用一種活到老學到老的精神，年過花甲重做學生，向其他年輕學者虛心請教社會統計學的相關知識，甘當人梯的拾起了定量研究的旗幟，將我國少數民族新聞傳播事業的發展從宏觀和感性的描述，轉化成了一個個客觀、精確的數字，讓後續研究變得言之有據，不再是坐而論道。總之，《報告》一書，是田野調查精神的體現。

4. 重新定位「編者」的價值

學術界人士更願意當「作者」，而不願意當「編者」，似乎「作者」更能說明成果歸屬的不可置疑性。但白先生在其著作中，大部分都是以編者的身份出現，《報告》也是其中之一。

這種署名恰恰從兩個方面反映出了白先生做學問時的兩個閃光點：他不沽名釣譽，尊重從事項目中的每位參與者及其勞動成果，是誰寫的就是誰寫的，清清楚楚的列出來；更為重要的是，這種署名反而更加體現出白先生作為少數民族新聞傳播學研究「集大成者」的定位。署名為編者，但是從選題的

策劃、立項、研究範式的確定、提綱的建構、統稿的刪繁就簡、去蕪存真，都
凝聚了白先生一人之力。

在「一人掌舵，眾人劃槳」的學術思想指導下，少數民族新聞傳播學研究
才得以建立起了老中青結合的學術梯隊，也使得不同層次的人才在這個梯隊
中都有積極的態度，這對整個學科的發展神益極大。

多年來，在他號召之下，少數民族新聞傳播學已經漸成顯學，但受種種
因素限制，還沒有能夠達到它應該達到的學術地位。因此，白潤生先生仍活
躍在各種場合，在異彩紛呈的新聞傳播學研究領域，為少數民族新聞傳播分
支的發展繼續奔走呼號。但在其他學科分支人才輩出的情形下，白先生年過
古稀的身影顯出幾分蒼涼，使我不得不想到一句話：「海棠不惜胭脂色　獨立
濛濛秋雨中」。

（原載《青年記者》2013 年 11 月下，總第 437 期）

目 次

第一輯

淺談仫佬族詩人包玉堂的詩歌創作

一

　　三十年來的實踐證明，貫徹黨的「百花齊放、百家爭鳴」的方針，是發展和繁榮我國文學藝術的正確道路。「文化人革命」前 17 年，我們沿著這條道路，已經培養了一批各民族自己的詩人和作家，建立了各民族的文藝創作隊伍。仫佬族著名詩人包玉堂的成長過程，便是有力的例證之一。

　　包玉堂，1934 年生於廣西北部山區羅城縣石門鄉的一個仫佬族貧苦農民家庭裏。一家十來口人，僅靠父母親開荒種地、打工賣力維持著「糠菜半年糧」的生活。正如仫佬人常唱的：「難了難，死也難來活也難，一年三百六十日，糠菜難得飽一餐……」舊社會，誰把仫佬人當人看？他們被誣稱為「狇猺」，被視作野人。歷代統治者對他們討伐屠戮，極盡滅絕之能事。僥倖活下來的仫佬人，也只能在「鐵板租子閻王債，牛毛雜稅霸王捐」的重負下掙扎。包玉堂的父母決心為仫佬人爭口氣，在親友幫助下，忍饑挨餓讓孩子上了學。可是，包玉堂只勉強上了一年私塾、兩年半小學、半年初中，就因極度窮困而輟了學！在那漫長的黑夜，天上的星星能數盡，被吞沒了的仫佬族的人才數不清！

　　包玉堂家世代生活的羅城，傳說是「歌仙」劉三姐的家鄉。自古以來，老百姓就愛唱山歌。逢年過節，喜慶之日，男女老少匯聚一堂，詠志抒懷；或則約會山野，歌之舞之，通宵達旦。他們唱著民族歷史的古歌，唱著談情說愛的戀歌，也唱著滿含悲憤的苦歌。幼年的包玉堂便在這「詩泉」、「歌山」間嬉戲，受著燦爛的民族文化的薰陶。然而，在舊社會，包玉堂連入學讀書都維持不下去，哪能提筆寫詩作歌呢？！

1949 年 11 月，五星紅旗插上了仫佬山鄉的鳳凰山，15 歲的包玉堂和仫佬族人民一起獲得了新生，奔向美好的前程。打這以後，這個仫佬族貧苦農民的後代才有可能成為才華橫溢的著名詩人。

在解放初期，剿匪反霸及土地改革的鬥爭歲月裏，包玉堂同志深埋在心底的詩情之種開始萌發。一天夜裏，村裏開辦不久的夜學班上，傳唱著包玉堂編的新歌謠，「講起我們石門鄉，匪首就是吳代讓，殺人放火罪滔天，不消滅他心不甘！」果然不久，吳匪被活捉，吳匪供詞承認，那天夜裏，他的匪部被解放軍和民兵攻破，他匹馬單槍逃出來，原想溜回村裏找飯吃，但被那震撼夜空的歌聲嚇破了膽，始終不敢跨進寨門。後來，在走投無路的困境中終於被覺悟了的農民抓獲，「包玉堂的山歌第一次發揮了戰鬥的威力！我們黨是發現人才的伯樂」區委書記立即熱情稱讚包玉堂說，「你們的山歌和子彈一樣，可以打擊敵人哩！多編一些給大家唱吧！」青年歌手的熱情被大大激發起來了，寫作更為勤奮了。當有人譏諷他說，「老鼠學吃醋，螞蚧（青蛙）學走路，連讀也沒讀過幾篇文章呢，也寫起文章來啦！」又是黨組織及時鼓勵他說，「你可不要聽那些閒話喲，大膽地寫吧！要用事實來回答他們！」在領導的支持下，他堅持業餘寫作，從不間斷。從 1952 年到 1954 年，短短的兩年中，他就為地區及省內其他報刊投稿 300 多件（山歌和通訊），發表了 40 多篇，被評為黨報模範通訊員。從此以後，他和專區乃至省一級的報刊編輯部逐步建立了聯繫，編輯部的同志對他給予了熱情的幫助。不僅仔細審閱了他投寄的每篇詩作，還常對他某一時期的作品系統地提出意見，不斷地幫他解決一些具體的疑難問題，並經常寄給他學習資料、文學書籍，以提高他的創作能力，誠懇地勉勵他要做一個緊密聯繫群眾，永不脫離人民生活的又紅又專的文藝工作者。就這樣，包玉堂──這個仫佬族的兒子，我國民族文學之林中一棵茁壯的幼芽終於破土而出了。

1955 年，包玉堂嘗試著寫了一個長篇敘事詩《虹》。那曾是怎樣的詩稿喲，粗糙的幾張馬糞紙上，一行行幼稚的字體！然而，《廣西文藝》編輯部的同志是「沙裏淘金」的能手。他們在這無名之輩的詩行中發現了閃光的東西。在仔細地進行研究，認真地審閱修改之後，把詩稿和一封熱情的長信寄給了這位青年作者。《虹》終於在《廣西文藝》上發表了，接著《人民文學》予以轉載，後來又收入了作家出版社出版的《一九五六年詩選》，廣西人民出版社還出版了單行本。就這樣，第一位仫佬族的代表躍上了祖國的詩壇，成為新中國詩人行列裏的一顆新星。年僅 21 歲的包玉堂感動得熱淚盈眶！

此後，在黨組織和文藝部門的關懷支持下，他參加了一些全區、全國性的創作會議，認識了一些老作家、老詩人，在他們的幫助下進一步深入生活，堅持業餘創作。1958 年 9 月，他被保送到柳州師範專科學校中文科進修。迄至「文化大革命」前夕，他陸續被邀出席全國民間文學工作座談會，全國文教群英會，第三次全國文代會，並被吸收為中國作家協會和全國民間文學研究會的會員。與此同時，他的創作活動也進入了根深葉茂、繁花似錦的旺盛時節。廣西、上海等地的出版社為他連續出版了三個詩集；他還先後在省內外多種報刊上發表了數百首詩作及許多散文、小說、雜感等，參加了著名歌劇《劉三姐》的集體創作。在回憶自己的成長過程時，包玉堂總是情不自禁地說：「靠了黨的陽光和雨露，才有了我這幼苗的成長。沒有黨的關懷培養，也就沒有我和我的詩。」

但是，真正的詩必須是詩人自我真情實感的流露。除了有利的外界條件，詩人還必須具備一定的才能和楔而不捨的奮鬥精神。

包玉堂成功的秘訣之一，便是他寫的多是自己切身的感受。他身經被凌辱的苦難，親嘗非人生活的滋味，當親眼看到家鄉解放後翻天覆地的巨大變化時，那心底的激情怎能抑制得住呢？！他曾說：「黨解放了我的民族，黨也解放了我；黨給我的民族帶來了自由幸福，黨也給我帶來了無限的歡樂，帶來了新生！……作為一個仫佬人，生在這樣的時代，我能不歌唱嗎？！……詩歌，只是唱出我的民族生活的某些片面，唱出我一個仫佬人的心情。」不難理解：在歌頌我們黨，我們新社會的時候，他的詩歌為什麼總像藍天那樣明朗和深沉，總像百靈鳥般嘹亮地鳴囀了。

悅耳的歌聲是屬於熟練的歌手的。包玉堂成功的秘訣之二便是勤奮。每寫一首詩他總是要幾次、十幾次地琢磨、修改，往往一首小詩也要構思、醞釀，推敲半年數月甚至幾年之久。

是的，這生氣勃勃的詩壇上的幼苗，就是這樣，在陽光、雨露、肥沃土壤的培育中，在自己拼力向上的奮鬥中伸枝展葉，茁壯成材了。

每個沒有偏見的同志都能證實：在五十年代黨的正確文藝政策的感召下，許多詩人作家從窮鄉僻壤中湧現，並不是什麼罕見的新聞。隨著各民族的解放新生，像包玉堂這樣新型的民族詩人薈萃一堂，優秀詩作璀璨奪目，那是怎樣的一派可喜的景象啊！今天，面對十年動亂之後少數民族文壇詩壇後繼乏人局面，歷史更加令人難以忘懷。

二

包玉堂的詩歌具有鮮明的民族特色。首先，他從仫佬族以及侗族、瑤族、苗族、壯族世代居住的廣西地區，努力發掘本民族和其他兄弟民族的社會歷史和人民生活中具有特殊色彩的矛盾、鬥爭作為素材，逼真地描繪了廣西各兄弟民族的社會生活和自然風貌，表現了廣西各民族人民所特有的鬥爭形式、生活方式和風俗習慣。詩人最先從他的家鄉，產生歌仙劉三姐的羅城唱起，歌頌了美麗的鳳凰山及天河兩岸的風光，他還以誰能找到西水河裏的金鑰匙就能找到幸福的古老傳說為題材，歌頌了在黨的領導下仫佬族人民的翻身解放，深刻形象地指出：世界上只有一把能真正為人民打開幸福之門的金鑰匙——馬列主義、毛澤東思想；他又以「百鳳朝陽」、「金鳳凰」作比喻，熱情描繪了少數民族歌手在十年大慶的日子裏，聚集在人民大會堂歡歌狂舞的情景，生動形象地指出：只有在黨的民族政策和文藝政策的指引下，像他這樣的少數民族歌手才能登上祖國的文藝舞臺。在他的詩裏，有迷人的搖山景色：「三十里長，三十里寬，三十里翠屏綠障大青山，三十里搖寨木樓坡上現，三十里銀巾彩裙雲裏翻」；也有美麗的「侗寨情思」：「木板樓，侗人家，金光閃閃千山下，多麼像，綠錦緞上，繡一朵金花。山泉水，嘩嘩嘩，唱著晨歌出山峽，多麼像，寶珠銀塊，從天空落下。」還有色彩鮮豔的千里壯鄉和苗山林海：「紅河岸上壯家寨，多少窗口向陽開，三月紅棉花似火，一片紅光入窗來！」「大苗山的森林呵，像大海一般深遠，一樣寬闊；一座高峰是一朵綠色的浪花，一個峽谷是一陣湍急的漩渦……」從右江兩岸到紅水河畔，從睦南關下到漓水之濱，到處都留下了詩人嘹亮的歌聲。從包玉堂的詩歌裏，我們不僅能夠看到仫佬族的「紅瓦房」，侗族的「鼓樓」，壯家的「金竹樓」……而且我們還能聽到苗家的「蘆笙」，壯家的「木葉」，侗家的「牛腿琴」。更令人陶醉的是，在包玉堂的詩裏還為我們生動地記錄了廣西各族人民的風土人情。男女青年唱歌戀愛的「走坡」，便是仫佬族所特有的社交活動。讀一讀《走坡組詩》，特別是《少女小夜曲》，更是一種令人神往的享受：

> 午夜的月亮皎潔如銀，
> 屋邊的流水清澈如鏡，
> 沒有人語也沒有蟲聲，
> 呵，睡去的村莊多寧靜……
> 睡去的村莊多寧靜，

我卻不願熄掉床頭的小燈，
激情使我全身發燙，
我要站在窗口吹一吹夜風。
站在窗口吹一吹夜風，
讓這顆激動的心慢慢平靜，
可這是怎麼一回事呵？
涼風越吹心兒越跳得凶！
涼風越吹心兒越跳得凶，
我想像著明天走坡的情景：
和我相交的是一位漂亮後生，
太陽一樣的臉，清泉般的眼睛……
太陽般的臉，清泉一樣的眼睛，
胸前的獎章呵亮晶晶，
也許是農業生產上的勞動模範，
也許是轉業歸來的戰鬥英雄……
也許是勞動模範，也許是戰鬥英雄，
這是一位多麼理想的愛人，
哎！我怎麼盡這樣的胡思亂想，
誰知道我交上的是怎樣的人？
不知道交上什麼樣的人，
想著想著我臉兒熱到耳朵根，
雙手蒙臉我伏倒窗臺上，
卻又偏偏碰到新買的小圓鏡。
偏偏碰著新買的小圓鏡，
我又輕輕把它拿到手中，
在窗臺下對著月光照了照，
我的臉兒比後塘的蓮花還紅！

　　詩人這裡生動而細膩地刻畫了一位少女第一次「走坡」的前夕又喜又羞的
不安心情，一直為中外讀者所稱道。總而言之，包玉堂的詩歌不管是取材於哪
一方面，寫什麼內容，都是從各兄弟民族的實際生活出發，以它們特有的形象
和背景，力圖真實地歷史地再現廣西各兄弟民族豐富多彩的生活，繪成一幅完

美的歷史畫卷。他的詩歌呈現在讀者面前的是，廣西壯族自治區在黨的領導下所發生的翻天覆地的歷史變革——社會主義革命和建設的壯麗圖景。可以這樣說：包玉堂的詩歌是七萬多仫佬族人民翻身解放的史詩，是廣西各族人民跟全國人民一道，在社會主義大道上團結戰鬥的生動記錄。

其次，包玉堂的詩歌不僅表達了仫佬族和廣西各兄弟民族的思想感情、情趣和理想，而且還以廣西各族人民喜聞樂見的表達方式，把優美的民族形式、民族文化傳統比較好地繼承下來了。廣西各兄弟民族的民間文學，歷史悠久，豐富多彩。神話傳說膾炙人口，民歌更是又多又好。比如仫佬族山鄉，過去幾乎村村有歌手，家家有歌本，人人會唱歌。「走坡」則是仫佬族青年男女最喜歡的社交活動。每逢「走坡」，男女之間不論相識與否，都可邀請對方唱歌。在對唱中，如情投意合，就約定下次再唱。壯族民歌也很有名，每逢春秋時節，各地群眾都要舉行山歌集會，盡情歌唱，他們叫做「歌圩」。此外，侗族、瑤族、苗族、水族等等，民間口頭文學都很發達。包玉堂在熟悉這些生活的基礎上創作了許多地方色彩和民歌韻味濃鬱的好詩。他的成名之作《虹》就是在民間傳說的基礎上創作的。《虹》以豐富的感情，優美的民歌韻味，巧妙而貼切的比喻，為讀者塑造了一個熱愛勞動、勇於反抗反動勢力的苗家女兒——花姐姐的生動形象。這篇敘事詩具有濃厚的民族特色，和神奇的故事情節：最會織花邊的苗家姑娘花姐姐的名聲傳到了京城，皇帝派兵把她搶去，逼她為妃。她堅決不肯。於是皇帝想方設法來刁難，要她織雞，織鷯鴣，織活仙龍。聰明、勤勞的花姐姐織成了公雞、鷯鴣和仙龍，並且咬破指頭，用鮮血染活了，最後，仙龍放火燒死了皇帝，花姐姐騎著仙龍上天去了。花姐姐想起了寨上的姐妹們在天上織了一條大花邊，形成一道光豔奪目的彩虹，讓苗家的姐妹們學著織。這是一幅多麼美麗、多麼具有民族特色的畫卷啊！包玉堂從題材的特點出發，細緻入微地、生動地為讀者塑造的花姐姐的形象，既有本民族的性格特徵、心理素質和鮮明的民族個性，又具有強烈的時代精神。像這樣感情充沛、想像豐富、色彩斑斕、語言優美的詩篇，毫不誇張地說，它在我國少數民族文學中是不可多得的藝術珍品。

包玉堂自從步入詩壇的那天起，就跟民歌結下了不解之緣。他善於採用仫佬族人民人人喜愛的民歌形式。他的許多優秀之作，簡直就是一首新民歌。《又一條公路通了車》就是一例：

......

自古羅城到天河，
又過高山又爬坡；
都說走過古老揪，
回來不死眼也凹。
如今坐車上天河，
白雲上面唱山歌；
人民公社力量大，
高山大嶺奈我何？
……

在包玉堂的詩作中，以廣西各兄弟民族喜聞樂見的民間傳說和民歌形式烘托和渲染主題的作品，還有很多。比如《山谷裏的故事》、《古泉的傳說》、《古廟吟》、《金鑰匙》、《西水之歌》等等。

另外，包玉堂在詩歌創作中，清楚地認識到：各民族文化的發展都要有一個相互影響、吸取、交流、融合的過程。因此，他在繼承本民族口頭文學優良傳統的基礎上，還注意向其他民族的新形式學習，尤其是學習「五四」以後發展起來的新詩。當然，這種學習不是生搬硬套，而是儘量「經過自己的口腔咀嚼和胃腸運動，送進唾液胃液腸液」，〔註1〕把它消化、吸收，使之依然保持自己的民族特色。換句話說，詩人不僅細緻地觀察、捕捉廣西各個兄弟民族的固有的特點，以及他們在社會主義時代的變化，賦予它們以嶄新的思想內容，而且明顯地有著廣西各兄弟民族口頭文學的烙印。也就是說，包玉堂以學習新詩為主的一部分詩歌，把民族性和時代精神有機地融合在一起，使之更加閃耀著奪目的光彩。描寫壯族和仫佬族由冤家對頭變成和睦相處、親如骨肉的《清清的泉水》，就是這樣一首詩。從內容上來看，它真實地反映了新中國成立以來我國兄弟民族之間的深刻變化，歌頌了兄弟民族的團結友愛、互相幫助的骨肉之情，是黨的民族政策的生動寫照。從形式上來看，為了表達新的內容，它又並不完全受民歌體的束縛。「鬼丫頭，不識羞！會上人這多，怎麼去會男朋友！」「『不改變山區面貌不結婚！』拖拉機上二人盟誓手拉手，媽怕女兒羞紅臉，裝作沒見偏過頭。」句式不是嚴格的七字句或五字句，而是三言、四言、五言、六言、七言及九言的都有，韻律也並不是一韻到底，其中有換韻的，也

〔註1〕毛澤東：《新民主主義論》，《毛澤東選集》（橫排本）第二卷，人民出版社 1966年版，第 667 頁。

有不太押韻的。但是，從整體來看，仍不失為一首節奏鮮明、韻律和諧的民歌體的好詩。此外，和諧優美、鮮豔明快、堪稱社會主義農家和樂圖的《家鄉的笑容》及反映侗族人民在社會主義制度下，隨著工農業生產的蓬勃發展，物質和精神生活都有了巨大變化的《侗寨情思》，都是在突破舊形式，而又使之具有民族特色方面作出新嘗試的好詩。包玉堂的這部分詩歌在讀者中能夠獲得較好的評價，說明了民族形式並不是一成不變的。「隨著生活的前進，隨著各民族以及各國之間的文化交流與互相學習，必然產生新的民族形式。」〔註2〕因此，我們強調少數民族作家和詩人，要繼承本民族的文學傳統，保持和發展本民族的藝術特色，並不排斥少數民族作家和詩人向別的民族（包括漢族和其他少數民族）、別的國家學習吸收一切好的東西，促進我國少數民族文學的發展和繁榮。

民族化的語言是民族文藝的基礎，是構成民族形式的必要因素。在長期的歷史發展中，每個民族都形成了具有各自特點的語言，而生動豐富的口頭語言往往是詩歌取之不盡的源泉。包玉堂正是從搜集和整理民間文學遺產開始走上創作道路的。他從仫佬族和廣西其他兄弟民族喜聞樂見的民歌、山歌、曲藝等等民族形式中大量吸收了生動形象、富有表現力的語彙。他把口頭文學中生動的比喻、比興、誇張、頂針等等修辭手段用到創作中，形成了自己詩歌清新，樸實的語言風格。請讀《綠色的大海》：

> 大苗山的森林呵，
> 像大海一般深遠，一樣寬闊：
> 一座高峰是一朵綠色的浪花，
> 一個峽谷是一陣湍急的漩渦；
> 古老的苗寨、新建的林場，
> 多麼像繁華忙碌的海港：
> 山道上奔馳著的汽車隊，
> 多麼像船艦成群航行在海上；
> 陣陣嘹亮的汽笛呵，
> 是這海上的螺號；
> 滿山伐木的鋸聲斧聲，
> 是春天的海潮在歡笑……

〔註2〕馮牧：《大力發展和繁榮我國各少數民族的社會主義文學——在全國少數民族文學創作會議上的報告》。

　　誰是這海上的舵手，

　　請聽苗家放排工人高歌：

　　「我們是森林裏的主人翁，

　　把萬座高樓獻給親愛的祖國……」

　　什麼是這海裏的珍寶？

　　遍地的木材像採不盡的珊瑚瑪瑙，

　　千萬顆苗家人民美麗的心呵，

　　是千萬顆明珠，顆顆紅光閃耀……

　　大苗山的森林呵，綠色的大海，

　　日日夜夜，沸騰著勞動熱潮，

　　此刻呵，我站在大苗山上，

　　也彷彿感到：海風撲面浪拍腰！

　　在深居山區的兄弟民族看來，千峰萬壑的苗山，無邊無際的森林是他們世代生息的地方，那裏浸透著他們的血汗，象徵著他們堅強而寬廣的胸懷；而遠方的大海卻是那樣令他們神往，浪花、漩渦、海潮、海風、海上的珍寶都能引逗出無比瑰麗的想像來。詩人借助這美麗的想像，用一系列生動而貼切的比喻，為讀者創造了地處邊疆山林的兄弟民族所特有的無比清新、寬廣的藝術境界。語言凝練、和諧、形象，除富有圖畫美、音韻美之外，更富有極鮮明的民族特色。不僅如此，詩人還能對浩繁而蕪雜的口頭語言進行精到的加工和提煉，使之宜於表情達意，描繪形象，如他在《三位姑娘》中這樣寫道：「頭上披著白頭巾，臉上飄著紅彩雲，歌聲嘹亮比干勁，笑聲清脆賽銀鈴。」「上坡好像走平道，擔石好比擔燈草，一天比賽八、九次，眨回眼睛又一挑！」對姑娘勞動時生氣勃勃的外貌特徵，作了有聲有色的描繪，語、句整齊流暢，堪稱佳美；尤其用「擔燈草」、「眨眼睛」來表現姑娘的勤快，更是新穎而恰切。連那姑娘天真樂觀的性格，輕盈矯健的身姿，也俏然而出了。這種從群眾口語中昇華的妙筆在他著名的《虹》等詩篇中就更是比比皆是了。

　　寫詩講究鍊字，這是我國自古以來的好傳統。包玉堂在詩歌創作中繼承了這個好傳統。他對自己的詩歌反覆琢磨，認真磨煉，字斟句酌。他以嚴肅的創作態度來克服自己的文化水平低，努力提高詩歌創作的質量。諸如《山谷裏的故事》、《傳單》等等詩篇在最後一次收入自己的詩集時，較之過去的原作，幾乎改得面目全非了。不言而喻，包玉堂詩歌的樸實、清新而又富有感染力

絕不是一蹴而就的，那是長期磨練的結果。

廣西各兄弟民族遠離中原，地處邊疆，因而形成了獨特的樸素感情。這種民族感情在包玉堂的詩歌中表現得尤為突出。如《從前是埋死人的地方》：

> 一片荒山長滿芭芒，
>
> 從前是埋死人的地方，
>
> 夏夜草叢中常現綠火，
>
> 哭爹呼兒四季一片淒涼……
>
> 今天來到這地方，
>
> 我怎麼能相信我的眼？
>
> 民族小學的校舍雪白閃閃，
>
> 熟悉的山歌飛出玻璃窗……

荒山變化的尋常情景，小學的白牆，玻璃窗等尋常景物，運用平常的對比手法，使詩篇自然而流暢地滲透著樸素之情。他一般短詩是這樣，較長的詩篇也是如此。如《家鄉的笑容》描述仫佬族解放後的新生活和在黨的領導下社會主義建設歡騰喜悅的生活情景，雖然並沒有大海般的洶湧澎湃，也沒有暴雨狂風般的呼嘯咆哮，但是卻「像噴泉一樣，一下子傾倒出來」。寫的是那樣清澈、明快，就像一杯淡淡的甜酒讓人一飲而盡，給人以強烈的感染力。當然包玉堂的詩歌不僅表現特有的民族感情，而且更把它融合在中華民族的共同理想、共同情感之中。經過三年多的時間，精心構思，反覆提煉的《回音壁》就是這樣一首詩。詩人曾多次在天壇回音壁前沉思，遐想，從眼前的回音壁想到祖國的大地、天空，從現實想到過去，想到未來，終於借助奇特而入情入理的想像，把民族感情昇華到整個中華民族的感情之中，產生了一個新的飛躍。不愧為一首意境深遠、聯想微妙的好詩。

三

當年包玉堂詩作中的這些特點，也是今後應該繼續發揚的優點。然而從總結 30 年文藝創作實踐的高度去認識，我們也不難發現其中存在的歷史局限性或某些不足之處。

他的詩歌中一個明顯的傾向是：對我們的社會正面讚頌居多。誠然，就包玉堂本人的經歷來講，他對黨對領袖，對新社會那種由衷之情是自然而深厚的；而且，我們也應允許一個詩人有自己獨特的風格，側重於自己熟悉的某一

方面進行創作。不應把正面歌頌的作品一律斥為「歌德」。但是作為一個人民的詩人或作家對我們社會生活中存在的問題和阻礙歷史發展的事物不應採取漠不關心的態度，也應適當地進行干預和暴露，這乃是文藝推動社會前進的不可忽視的任務之一。人民這樣要求自己的文藝工作者是合情合理的。1957 年以來，隨著黨的工作中「左」的傾向逐漸加重，包玉堂的詩作在反映社會現實和選取題材上都顯得單調和褊狹了；甚至連過去帶有生活氣息的作品他也自行否定了。在表現方法上出現了概念化公式化的偏向；標語口號式的作品也時有出現。

詩人只有辛勤地在一朵朵生活之蕊中採集花粉，方能釀造出蜜樣的好詩；如果像蟬一般只是空喊，即便把「甜……甜……」的聲音叫得震天響，也不會有人相信他釀出了「蜜」。沒有生活基礎的標語口號式的詩經不住歷史的考驗，也不會為人民所喜愛。而包玉堂有時卻為一時、一事的需要，甚至用詩去應付某些政治運動，出現了抹煞文學規律的矯情之作。比如反右鬥爭時期的代表作《歌唱我的民族》是一首 200 多行的長詩，不可否認，詩中對仫佬山鄉的景物及仫佬人民的生活有許多形象生動的描寫，但是詩中也有這樣標語口號式的句子：

> 沒有共產黨，
> 我們活不了，
> 保衛共產黨，
> 就是保衛我們的生命！
> 我的民族萬歲！
> 偉大的祖國萬歲！
> 英明的共產黨萬歲！

在另一首題為《高歌唱公社》的詩中，詩人這樣寫道：

> 右傾機會主義者，
> 誹謗我們的公社，
> 說是「辦糟了！」
> 如今
> 鐵一般的事實，
> 打了他們的嘴巴，
> 叫他們

張口結舌！

我們更知道，

在明天的道路上，

也不會風平浪靜。

帝國主義和國內敵人，

決不會就這樣甘心，

他們還會造謠，

他們還會叫罵，

讓他們造謠吧！叫罵吧！

我們有，

毛主席，黨中央，

掌握著方向；

六億人民，

團結如鋼，

我們必將戰勝，

一切陰風惡浪！

……

這些照搬政治口號、報紙社論的句子，「革命」辭藻越多，越叫人看了頭痛！這樣寫詩，說明詩人一旦跟著政治運動跑，詩情之泉就會涸竭，想像力創造力均被逼入絕境。

當然，在當年特定的歷史條件下，有的青年詩人走這樣的彎路確實令人惋惜，但卻毫不足怪。就是在老一輩德高望重的詩人作家的經歷中也在所難免。

在新中國的詩壇上，用政治扼殺文藝特點的風氣，六十年代日臻熾盛。這給包玉堂的創作思想也帶來了極大的混亂。比如描寫仫佬族青年男女特有的愛情生活的《走坡組詩》，曾被贊為「優美」的「具有民族特色」、「有濃厚生活氣息」的一篇力作，是他五十年代詩作中的餃餃者。尤其是《少女小夜曲》一首，正如當時公正的評論者所讚賞的那樣：從詩中人們不僅看到仫佬族淳樸的生活的風氣，更從這有趣的場景中體會到：「解放後，由於生活改善和民族政策的光輝照耀，仫佬族人民生活得更歡樂，青年人的愛情生活，比以往更自由，更美麗……」詩中那鮮明的形象，強烈的人物個性，情景交融的描繪，所給予人們的藝術感染，要比那些空談「社會主義好」的長篇論文強過千百倍！

但是作者在六十年代初期，卻被左的批評論調所「迷惑」，他怕人家說他離經叛道，竟然作了這樣的檢查：此詩「思想水平不高」，「把舊社會的愛情觀帶到作品中去了」，尤其《少女小夜曲》一首更是「只想到外形的漂亮」，「沒有想到靈魂的美」，存在著「立場」問題。這樣的「認罪書」形同作繭自縛，把自己原是四通八達的創作之路堵死了。

包玉堂創作活動中這段曲折過程表明：我們黨在培育他這樣的青年詩人取得了巨大成就的同時，也發生了一些失誤。我國政治運動此伏彼起，它往往形成巨大的龍捲風，把文藝家和他們的創作席卷進去並任意擺佈他們；一些黨的負責人抹殺文藝的特殊規律，把詩歌人為地變成枯燥的政治說教；我們的文藝批評家也動輒舞刀弄棒，無限上綱，使詩人除了重複政治口號之外，不敢越雷池一步，以至把我們親手培植的文藝之花摧殘掉了。這是多麼令人痛心的教訓，我們回顧這 30 年的歷程，難道還能叫這樣嚴重的錯誤重演嗎？！

對包玉堂本人，我們應該允許他從這反覆曲折的歷程中，逐步從幼稚走向成熟。別人不該用「現在的眼光」武斷地判定他的作品是香花還是毒草；自己也不當以今天的標準隨意揚棄那時的詩作。應該提倡的倒是魯迅先生「不悔少作」的精神。魯迅在《集外集序言》中說：「我對於自己的少作，愧則有之，悔卻從來沒有過。」他欣然同意把 30 年前的「時文」也收入集中，雖然那是令人看了發笑的「出屁股」「銜手指」之作，但畢竟是自己真實的影像，從中可見出「嬰年的天真」。今天的批評家也該持這種歷史唯物主義的態度，給詩人以公正的評價。過去的詩作即便是那些不足取的應時之作，也該保留下來，使人們能從他全部作品中見出我們工作中的得失成敗，尋找詩人前進的足跡。

作者對過去的作品確實是悔卻沒有，愧則有之的。目前，包玉堂正以旺盛的熱情創作歌頌四個現代化的詩篇，並與壯族業餘作者書照斌同志一起，修改歌頌我黨我軍光榮傳統的長詩《高原凱歌》。

自從粉碎「四人幫」以來，形勢有了新的發展，黨對文學藝術的要求提高了，人民群眾的鑒賞力也非昔日可比，我們希望詩人以全新的面目出現於詩壇，清嗓調弦，再譜新篇，創作出日益成熟完美的藝術珍品，形成自己特有的風格和流派，為少數民族文藝的繁榮和發展，闖出一條嶄新的道路來！

（原載《苗延秀包玉堂肖甘牛研究全集》，
廣西人民出版社 1986 年 12 月版）

苗族新時代的頌歌——簡評苗族詩人潘俊齡的詩集《吹響我的金蘆笙》

　　苗族著名詩人潘俊齡的詩集《吹響我的金蘆笙》問世之後，獲得國內外讀者的好評。我國老一輩詩人賀敬之讀過詩集以後，給作者寫信說：「苗族及其他各兄弟民族文化工作已走上繁榮發展的道路，和漢族文藝戰線一樣後繼有人，是令人非常高興的」，並祝願詩人在創作上取得更大成績。詩集出版後，由三聯書店定購數百冊，自香港向國外發行。日本國立民族學博物館教授、苗族民間故事《燈花》的譯者君島久子親自向詩人索閱詩集。

　　潘俊齡的詩集集中了詩人不同時期、不同題材、獨具特色的作品 74 首。這 70 多首詩作裏，有翻身情，有幸福調，有鬥爭史，有英雄譜，有理想篇，生動地描繪了苗家的習俗與風情、生活與鬥爭，深切地表達了苗家兒女的呼聲與願望。從他的笙歌中，我們聽到了詩人的心聲，聽到了苗族人民掙脫鎖鏈、走向社會主義新天地的鐙鐙足音，聽到了苗家兒女「跋山涉水的鐵腳」「踩響勝利的鼓點」，「從天安門廣場，嚮明天奔跑」的雄壯進行曲。

一

　　翻開詩集《吹響我的金蘆笙》，首先映入眼簾的，是流傳較廣的《金色的蘆笙》和《吹響我的金蘆笙》。這兩首詩，在形式和內容上是互相聯繫的姐妹篇，它們概括了苗族人民兩次掙脫枷鎖獲得新生的歷史進程。作者以抒情的筆調，生動地再現了這一鮮明而深刻的主題。而用第一人稱傾訴衷情，是詩作的特色之一。詩人在詩集的序文裏說：「我的詩中，抒情主人公，多是我，或

我們」。又說：「我知道，第一人稱有時也有它的局限，但我被感情驅使，常常不得不服從它。我不是冷冰冰地旁觀我的民族，發幾聲感歎；我是以主人翁的姿態，面對生活，傾吐心中的愛憎。我愛和我的民族共一脈博，同一呼吸，我讓發自心靈的感情的潮水，和讀者親切地交流，想使讀者直接觸及我心中的熱泉。」詩人正是這樣通過「我」，表達自己「以主人翁的姿態，面對生活」的愛憎之情，實踐著自己做一名吹奏時代新歌的蘆笙手的宏願。「我」是向祖國、向人民、向自己的民族抒發感情的主體，這主體，其實也正是作者自己。基於同樣的道理，十年浩劫期間，詩人同他的民族被剝奪了吹奏蘆笙的權利，在重獲解放之後，才有了詩人激情迸發，才有了他「重奏笙歌」的強烈願望，才有了這凝聚著愛與憎的詩作。可以說，即使把詩句像鏡子般搗碎，那每一細小的碎片都仍真切地映出詩人心靈的影像。「你自己先要笑，才能引起別人臉上的笑容，同樣，你自己得哭，才能在別人臉上引起哭的反映。」古羅馬賀拉斯所作《詩藝》中的這一句話，道出了詩歌藝術的一個普遍規律。潘俊齡以他的激情和第一人稱的創作手法，實踐了這條規律，因而使他的詩作更具有感人的力量。

然而，如果詩人只面於一己一時的感受，信手成篇，那很可能仍然逃脫不出庸俗狹隘或孤芳自賞的窠臼。潘俊齡的詩作則不然，詩中的「我」並不完全是詩人自己。它雖然基於切身感受，但又在為民族而歌唱，為民族而呼喚，詩人與民族，與「我」完全融為一體。「我」既是苗族人民的一員，又是苗族人民的代表，一名新時代的蘆笙吹奏者；同時由於詩是從源遠流長的歷史中立意的，因而詩中的「我」已超越了個人的時空局限，具有苗族人民鬥爭歷史證人的身份。

讀著潘俊齡的詩集，你彷彿親自參加了 1926 年通過《解放苗瑤決議案》的黨中央會議，彷彿看到了苗族青年參加「八一」南昌起義的英姿，彷彿聽到當嚮導的苗族獵手向紅軍傾訴衷腸：「你們送的《山路在哪裏》，打開了苗家思想的窗戶，哪裏去訪貧農？哪裏去捉地主？我心有了數，腳有了譜！」彷彿看到了毛主席怎麼「從身上脫下了暖烘烘的毛線衣」，連同被單和白米交給飢寒交迫而昏倒在劍河岸邊的苗族老媽媽；彷彿看到朱總司令親自把打土豪的勝利果實散發給苗族同胞；彷彿看到了「一個要凍僵的民族」，是怎樣在黨的面前「沸騰了血液，挺腰站起」！彷彿體會了苗胞在認清了「什麼是狼、什麼是虎」之後，「多想挽留領袖細傾談」的真摯感情，以及苗胞大軍一家人，「遇水

就把彩虹架，逢山齊把金洞挖」的魚水深情；彷彿感受到了在那風雨如磐的年代，苗家兒女為實現革命的勝利，一心跟著黨，跟著領袖「揚鞭風雲抽敵膽」，奔向「陽光明麗花爛漫」的明天的豪壯情懷。

同樣的，當苗家的理想終於變成了現實，苗族人民在黨的領導下，驅散了冥冥密布的陰霾，迎來了曙光初照的春天的時候，這一歷史性的轉折，這一「閃光的歷史」、「閃光的腳印」都載入了潘俊齡的詩集。潘俊齡自覺地為民族而歌唱，歌唱黨，歌唱社會主義，歌唱繁榮昌盛的祖國。他以濃重的藝術彩筆描繪了苗家兄弟在我國革命和建設中的新人新事新風尚。從這部分詩作裏，我們看到了當年的「石砣砣」長成了「紅領巾」，詩人的家鄉也抹掉了滿臉的淚水，戴上了耀眼的銀飾，展現了青春的笑容。詩人高興地說，家鄉的變化就是「苗家飛躍的縮影」。讀這些詩篇，我們又彷彿和詩人一起站在清水江新架起的第一座大橋上，耳聞目睹著苗家山寨「廣播歡騰激蕩」，「夜校書聲琅琅」，「織機咔咔作響」和「唱著歌的打米機，卷走了碓音的淒涼」的迷人景象。

正當苗家兄弟邁開雙腳，跟著黨向著實現四個現代化進軍的時候，正當苗家金色的蘆笙「一腔豪情放出喉」，「化成彩虹七色，歌萬簍」的當口兒，一場空前的浩劫突然降臨了。苗族人民跟各兄弟民族一樣，經歷了一場災難。「那些『鐵掃把』」，曾掃得我們民族的人民「血向心裏流，流滿了心」。禍國殃民的「四人幫」，「卡我民族的喉嚨」，「堵我民族的心聲」，詩人潘俊齡也因莫須有的罪名而被剝奪了歌唱的權力，然而他相信，嚴冬過去，春暖花開的季節就會到來。在建國三十週年的前夕，詩人終於又跟他的民族一起，「吹響我的金蘆笙」了。苗族人民的兒子潘俊齡和他那個古老的民族一起，歡喜若狂，又滿懷激情地描繪了「從牢裏出來的蘆笙節」。

總的來說，潘俊齡的詩之所以感人，其原因自然是在於真情實感。而更重要的，是詩人將自己完全融化於整個民族之中，為民族傳情，為民族代言，詩集中無一首不是說出了民族的心聲，表達了民族的意願，展現了民族的情懷。

二

詩歌是形象思維的產品。別林斯基認為：「不能以形象思考、判斷和感覺的話，那麼，無論有怎樣的智慧、情感和信仰的力量，無論他所生活於其中的歷史和時代的心智內容怎樣的豐富，這一切都幫助不了他成為詩人。」潘俊齡的詩之所以有較強的生命力，不唯有充沛的情感與豐富的內容，還在於他善於

用形象表情達意。聞一多先生說：「別的詩若是可以離開形體而獨立，抒情詩是萬萬不能的」。捕捉「糯米酒」、「金蘆笙」之類帶有苗家泥土芳香的形象，正是潘俊齡詩歌創作上的一大特色。正如一些讀者所說，讀潘俊齡的詩作，「彷彿在喝詩中的糯米酒，香甜醇厚，感情濃烈」。潘俊齡的詩歌就像「一股密林深處的山泉，帶著泥土的芳香，蓄著地心的熱力，樸樸實實地，大大方方地流到讀者面前，闖進讀者的心窩。」

在詩集《吹響我的金笙蘆》裏，詩人把苗家生活中的山水草木都一一組織在他的詩意的網絡之中。他甚至說要把苗家山水草木作為一本書「認真地去讀它，理解它，從中獲得新思想、新感情，使自己不斷充實起來」，使自己的思想、感情，渾然融和於苗家的物景聲色裏。這一點表現得如此強烈，如此純真，以至使人讀了不禁為之心馳神往。正月的蘆笙節，五月的龍船會，六月的吃新節，立秋的趕秋歌舞，冬月的苗年；歡樂的跳場，愉快的遊方，別致的夜校，苗族人民所特有的這些生活場景，都活生生地呈現於讀者面前了。響亮的笙歌，清脆的木葉調；高聳的雷公山，滾滾的清水江；銅鼓、銀碗、糯米酒，這些苗族人民常見的地方風物一齊湧向讀者的感官。詩人以這鮮明、具體、生動可感的藝術形象，構成了引人入勝的意境，達到了「情與景合流」、「物與我共心」的良好效果。像《騰上星空去歡笑》、《哪裏去找記憶的涉草》、《苗嶺密林吸引著我》都是這樣的好詩。

> 一截一截的青楓木啊，
> 湧進木耳棚並肩而臥，
> 為聽苗家甜美的笑語，
> 齊刷刷長起水靈靈耳朵。

這是《苗嶺密林吸引著我》中的一節。在作者筆下，歌頌家鄉木耳豐收的深情厚誼，都以鮮明的形象躍出了紙面。真是「物皆著我之顏色，我亦擬仿物之情態」。物變成為人，人亦化作物，完全渾然一體了。

潘俊齡熱愛苗家山水草木，然而他寫景狀物的詩卻很少。他往往以「人」為中心，展開一幅幅生活的畫面。他的每篇詩作都表達了人物真實的思想意蘊，反映詩人的情緒、感受與願望，力圖在詩中塑造一個個苗家兒女的典型形象，並以苗族同胞喜聞樂見的民族形式反映新的精神面貌和時代精神。《我為八年杉編歌謠》就是這樣的一首好詩，借物寫人，以物喻人，塑造了苗族青年的高大形象，表現出苗族青年在社會主義建設中的豪情壯志。詩中這樣寫道：

苗嶺山上杉樹高

彩雲包頭霧纏腰，

風雨八年長成材，

滿身陽光閃閃跳！

喜歡雨淋太陽照，

愛扎深根吸養料；

正正直直肩挨肩，

從從容容迎風笑。

挺胸昂頭望目標，

舒枝展葉把春抱；

奮發成材爭分秒，

提早十年還嫌少！

任黨選啊聽黨調，

披星戴月四方跑；

起房輔路架長橋，

獻身祖國永不老！

　　苗家青年的思想覺悟、道德情操都確切地蘊蓄在「八年杉」的典型形象之中，詩的意境、詩人的感情完全地融合於具有民族特色的事物。

　　一個平庸的詩人，藝術感受往往是呆板的、片面的，面對複雜的生活現實，他們或則一味地歌頌，或則一味地暴露。潘俊齡卻不盡然，他的詩作雖依然從民族生活中汲取養分，概括形象，謳歌新社會、新人物，而他卻善於運用社會中存在的某些醜的方面去反襯美的藝術形象，從而更準確更豐富地表現出正面的積極的詩意來。這種手法不僅在鞭笞「四人幫」的詩篇中有，在批評民族生活中落後因素的新作中也有。表現為前者的有《銀碗又斟糯米酒》。苗族人民是熱情好客的，但在十年浩劫期間卻見客先愁，臉起陰雲。現在被顛倒的歷史又顛倒過來：「才聽一聲『客來縷！』，推窗望，客就到了寨門口，主客的笑語像銅鈴相碰，響遍了飛閣重簷弔腳樓。笑語響遍飛閣重簷弔腳樓，樟木桌凳迎客入座香幽幽，圍坐的火塘燃旺青楓炭，端起的銀碗斟滿糯米酒。」作者把歌頌與暴露，集中在主客相聚的喝酒場景中，樸素自然，洋溢著苗家特有的生活風趣，像一幅色彩濃重的民族風俗畫展示於讀者眼前。表現為後者的是《神樹在哭》。開頭幾句，詩人就把手中的銀針準確地插在了他的民族迷信鬼神的

穴位上：「幾棵彎腰駝背的楓樹，厚厚的肚皮還顯露血污；它們吃了多少雞鴨牛豬？它們吞下了多少紙香錢燭？紙香錢燭熏黑的臉譜，是怎樣得到異常的衛護？為什麼枝丫稍一搖擺，跪著的人們就陣陣抽搐？」並以此反襯今天苗族人民的覺悟。最後一句「你若把什麼奉為神，你就當了什麼俘虜！」以極富哲理、耐人尋味的詩句點明了主題，從而使之成了一首具有苗族特點的送神謠。

潘俊齡自己說：「只有不斷促進民族新芽的成長，才有希望變成大樹，立於祖國的、世界的民族之林。」又說：「進行藝術創作，就是用自己的眼睛發現真、善、美，用自己的手腕表現真、善、美。確是用自己的眼睛發現，確是用自己的手腕表現，才有可能在文學的瀚海煙波中奇光閃現。」潘俊齡的創作實踐證明，他確實是善於從本民族生活中多方面汲取營養的能手。不論是物中的山水草木、人物中的平民英雄、社會生活中的美醜善惡，都在他的詩篇中呈現藝術形象的魅力。可以說，他的詩歌是苗族文學中的佼佼者，也是我們中華民族文學寶庫中的珍品。

三

讀了潘俊齡的詩集，有一個鮮明的印象：其詩作特色之濃厚、寓意之深刻、構思之神奇、思維之形象，都十分的突出。這種藝術上的成就，來源於詩人堅韌不拔的探索精神。不斷探索，不斷提高詩歌藝術的表現能力，這是潘俊齡詩歌作品獲得國內外讀者好評的原因之一。

潘俊齡走上文學創作道路，是因為他自幼就受到民族民間文學的薰陶。小時候，他的母親經常圍著火塘給他講述《阿仰麗》等苗族民間故事；他的父親也經常向他進行民族革命傳統教育，經常把他祖父參加起義時傳唱的「反歌」教給他。從詩人走上詩歌創作的那一天起，他就為本民族優美的民間文學所傾倒，並立志繼承苗族民間文學的優良傳統，做一名苗家的蘆笙手，為本民族而吹奏，為本民族而歌唱。潘俊齡的處女作是他尚在高中一年級學習的時候發表的。從五十年代到六十年代，這是詩人剛剛步入詩壇的最初階段。這一時期他的詩作樸實、明朗，雖然有較濃的鄉土氣息和民族風味，但是，應該說，還是處於初學寫作的階段。整個看來，在這一時期，他的詩作就像朗誦詩那樣直陳其事，直抒其懷，如《你還認不認得我》、《凱里啊，我的母親》等就是這樣的作品。

第二階段，應從六十年代算起，到粉碎「四人幫」之前。這一階段，詩人不但從優美的苗族民間文學中汲取營養，而且還學習了漢族古典詩歌和新民歌，其詩作開始講究詩歌的韻律和節奏，追求句式的整齊和變化，講究對仗和

排比，追求美的藝術境界。儘管是自由體的新詩，但是多半採取押韻、整齊的格律。《我為八年杉編歌謠》、《山鷹遠飛》等詩篇就是這樣的作品。

粉碎「四人幫」之後，隨著我國文藝界新的春天的到來，詩人也獲得了第二次解放。詩人的心就像「銅鼓冬冬跳動」；詩人的歌喉就像放開的閘門一樣，激蕩澎湃，一瀉而不可遏止。這時期的詩作不僅數量多，而且質量高。在表達感情的時候，也不僅只是一般的抒情，而是精心選擇表達感情的突破口，集中而凝練，使自己的感情昇華到一個新的高度，構思也日臻新穎，對過去兩個時期詩歌創作的不足開始有所警覺，詩作不僅呈現激情、明朗、樸實等特色，而且詩意含蓄、曲折。

總之，潘俊齡第一階段的詩歌，由於詩人親自感受到苗族人民走向新生的幸福，因此，其內容主要是歌唱苗族人民的翻身解放，歌唱出在黨的民族政策的陽光沐浴下，人民生活的安定、幸福、奮發向上的狂喜之情，在表現形式上多是明朗、樸實；第二階段，他對「確實有益人民的事有了感受，便儘量用詩記之」，著力寫了「鐵路修到苗家寨」的喜悅，寫了「廣播銀線連北京」的歡欣，感情趨向豪壯、飽滿；第三階段，詩人著重歌頌了粉碎「四人幫」之後，苗族人民的第二次解放和苗族人民為實現新時期的總任務而煥發出來的革命熱情。這階段的詩作，熱烈與含蓄並存，奔放與凝重相濟。

潘俊齡的詩歌創作雖然取得了較大的成就，並且產生了一定的影響，但是，我們認為，他的詩歌由於側重於民歌的質樸、明朗，而缺乏雋永、蘊蓄，有的詩直陳其事，有平庸、冗長之感。雖有勇敢的不斷探索的精神，但至今尚未鎔鑄成相對穩定的、標立於詩壇之中的自己的風格，換句話說，他的詩歌還大有發展的餘地。我們希望潘俊齡同志不斷發揚積極探索的精神，為形成有苗族文學傳統、風格、氣魄的一代詩風而繼續努力。我們殷切期待潘俊齡帶著本民族的詩歌傳統和特色加入到社會主義詩歌隊伍之中，擴展新詩的品種和風格，使我國詩歌的品種、風格更加豐富多彩。讓蘆笙吹得更響亮、更合拍，「為民族放熱，為祖國添光」。

1982.7.28 初稿

9.13 二稿

（原載《民族文學研究》1983 年創刊號；
收入《民族文學論文選》，中央民族學院出版社 1987 年版）

第二輯

先秦時期兄弟民族的新聞與新聞傳播

　　本文依然堅持這樣一個觀點：「我們這裡所指的新聞，是指具有新聞價值的信息傳播。它既包括對新近變動的事實傳播，也包括對已經變動、正在變動、即將變動的事實傳播。而新聞傳播在這裡是指人類傳播新聞的手段。」〔註1〕

　　對於這樣一個說法，即將出版的近二十所高等院校編寫的《中國新聞史（古近代部分）》，有進一步的解釋：「信息存在於自然界，也存在於人類社會和人的思維領域中，是事物的特性和狀態的具體反映，也是事物間相互聯繫的重要表現形式。對於接受者來說，它顯示著過去的、現在的、甚至未來的未知情況。信息雖非全屬新聞，但只要具有一定的新聞價值（如時新性、主要性、顯著性、接近性、趣味性等）並且被傳播出去就會成為新聞。」

　　「這個定義與新聞『就是新近發生的事實報導』不同。『新近發生的事實，並不都具有構成新聞的因素，沒有新聞價值的』新近發生的事實，即使被報導出來，仍然不能成為新聞。同『報導』，一詞顯然是指新聞事業單位傳播的『最近發生的事實』，這就無法把新聞事業產生前後人們口頭上，文字上傳播的新聞包括在內。因此，它是狹義的定義。」

　　「這個定義和『新聞是新近變動的事實的傳播』也不一樣。儘管『變動』，比『發生』，更強調事物的運動與變化，同時『變動』的事實，本身就存在信息，但並不是所有的『新近變動的事實』，及其存在的信息都能構成新聞，這裡同樣也有一個新聞價值問題。儘管『傳播』比『報導』的概念外延更大。但在這裡只能包括古今以來的『新近變動的事實的傳播』。我們認為『新近變動

〔註1〕見1987年《新聞研究資料》第37輯，第121頁。

的事實傳播』，是新聞的極為重要的組成部分，但新聞畢竟並不只限於『新近變動的事實傳播』，已經變動、正在變動、將來變動的，甚至相對不變的事實，都具有構成新聞的可能。把這許多方面構成的新聞都放在新聞之外，顯然是不符合於新聞本身的實際的」

「因此，我們認為『具有新聞價值的信息傳播』既揭示了新聞的本質，又能包括古往今來的一切新聞，是一個較好的新聞定義。」

對此，本文試從我國先秦時期兄弟民族的新聞與新聞傳播，做一探討，以就教於識者。

一、氏族社會部族間的信息傳遞

秦漢之前，尤其是原始社會時期，似乎並無「民族」的概念，更無「多」「少」之分。作為中國主體民族的漢族，大約形成於秦漢時期。「漢族」這個概念，也跟秦漢這個朝代有密切的關係。秦漢的活動範圍已超過前代，包括了黃河流域、長江流域和珠江流域的廣大地區。分佈在各地的兄弟民族，他們的歷史活動，也開始有較多的見於史書。

最初，人類為了生存，只是結成大小不等的人群，強弱不均的部落。相傳，黃河流域有兩個著名的部落。一個部落是姬姓，他的領導人是黃帝；一個部落是姜姓。其頭領是炎帝。這兩個部落活動的渭河流域。後來沿著黃河兩岸向東發展，達到今天的山西、河南、河北一帶。傳說堯、舜都是黃帝的後代。

此外，在今山東的南部，後來又向四周發展，北到山東北部和河北南部，西到河南的東部，南到安徽中部，東到海，這裡也有些部落。傳說稱之為夷、太昊、少昊和蚩尤（也有說，他是炎帝屬下的一個氏族）是夷人的首領。在長江流域，在今湖北、湖南、江西一帶，有許多苗蠻部落的活動。傳說伏羲和女媧是這些部落的首領。

炎黃部落、夷部落、苗蠻部落，可說是當時三個最大的部落集團。

炎黃、夷、苗蠻等部族集團，在勞動和生產中創造出我國燦爛的古代文化。作為意識形態的新聞，雖然無此概念，但是信息的傳遞和交流確實存在。信息的溝通。不僅在各個部族的內部進行，而且在部族之間也有頻繁的交流。信息的溝通與交流，使各個氏族都出現了信息傳播。

我國古代的神話傳說，已始有兄弟部族之間的新聞傳播。這些神話傳說，雖多是光怪陸離的幻想和虛構，但是它們有歷史的影子，離不開現實基礎。

誠如馬克思在（政治經濟學批判，導言）中所說的，神話是。在人民幻想中經過不自覺的藝術方式所加工的自然界和社會形態。」黃帝大戰蚩尤就是反映氏族社會各部族間的關係的一則神話傳說。

黃帝，在我國的史書上把它說成是中華民族的祖先。也有人反對這一說法。儘管說法不同，但是都承認黃帝是一位十分顯赫的人物，最著名的業績就是跟蚩尤作戰，擒殺蚩尤。

蚩尤，相傳他有「兄弟八十一人，並獸身人語，銅頭鐵額，食沙、石子」〔註2〕；也有說他「兄弟七十二人。食鐵石，耳鬢如劍戟，頭有角」〔註3〕；還有一種說法，說「蚩尤出自羊水，八肱八趾，疏首」。總之，都把蚩尤描繪得很兇惡、殘暴、怪異。據說，他們曾「造立兵杖」，「課殺無道」或者說他們曾「縱大風雨」，禍及百姓。他們對炎帝非常不滿，發動了對炎帝的戰爭，直殺得「九隅無遺」〔註4〕。炎帝無奈，只好向黃帝求援，黃帝聯合併指揮「熊、羆、貔、虎」（有的說，這些也可能是一些部族）等，跟蚩尤展開激烈的戰鬥。（山海經，大荒北經）裏比較詳盡地記載了這場戰爭的一個場面，「蚩尤作兵，伐黃帝，黃帝乃令應龍攻之冀州之野。應龍蓄水，蚩尤清風伯、雨師，縱大風雨。黃帝乃下天女曰魃。雨止。遂殺蚩尤。」

有的書裏還說作戰的時候，「蚩尤作大霧，彌三日」。黃帝「乃令風後法斗機（星名）作指南車以別四方」〔註5〕始把蚩尤打敗。

從黃帝大戰蚩尤以及其他神話傳說中，我們將得到什麼啟示呢？

其一，儘管神話傳說並非新聞，但它可以說明，我國在氏族社會時期，各個部族的文化藝術包括作為意識形態之一的新聞和新聞傳播並無先後之別，而是共同進步，同時發展的。

蚩尤是我國原始社會時期夷（或者說炎帝的屬下）的一個首領。黃帝為什麼要討伐蚩尤呢？顯然，他是從炎帝那裏得到了信息，得知蚩尤預謀造反，「造立兵杖」、「謀殺無道」。不管這種信息是否正確，有無偏袒一方之嫌。然而，從這則神話傳說中我們可以斷定，在氏族社會時期，部族之間有了信息交流。蚩尤預謀造反，且屬於重大的政治信息，由此才引起兩個部族之間的一場相當激烈的戰爭。

〔註2〕《太平御覽》引《龍魚河圖》。
〔註3〕《通鑒外紀》。
〔註4〕《逸周書：嘗麥》。
〔註5〕晉虞喜《志林》。

這種部族間的矛盾到了氏族社會後期更為激烈。由於禹把自己的地位讓給了他的兒子啟，我國歷史上新的傳子的世襲制度開始了。夏本由十多個大小近親部族組成，夏后氏在這些部族中居領導地位，跟夏結成聯盟的還有一些遠親部族以及東方夷人的一些部族。部族聯盟的首領，最初由夷和夏輪流擔任。而在禹做首領時，由於在治水方面建立了特殊的功勳，同時在對三苗部族的作戰中取得了勝利。禹個人的威望迅速上升，氏族首領的權力也跟著上升。後來，東夷部族共推皋陶為其繼承人。不幸，皋陶先禹而死，東夷又推伯益為禹的繼承人。禹死之後，夏這個部落，憑藉禹的威望和他們勢力的強大，公推禹之子啟為部族聯盟首領，並稱王。夏王朝建立之後，許多部族並不服氣，部族的征戰，時有發生。捲入這場征戰的有有扈氏、東夷有窮氏的后羿、禹後裔有虞氏等等。在征戰中各有勝負。最後，直到少康時，夏王朝的統治才得以鞏固。有戰爭，而無信息的傳遞，這是不可思議的。

其二，氏族社會部族間的信息傳遞還是初級的。氏族社會沒有文字，更無文學、藝術、新聞、傳播等概念。有關原始社會部族間的信息傳播，只是在封建社會初期如《山海經》、《淮南子》等古籍中，才得以保存。顯然，那時的信息傳遞是口頭形式，是以聲音、符號、圖畫、雕刻、結繩以及手勢，以物代意之類。而文字記載的神話傳說，只是後人追記的而已。因此，不免有奴隸社會、封建社會歷代統治者的民族偏見，把蚩尤描繪成兇猛殘暴的部族（首領），就是這種偏見的反映。

其三，原始社會部族間的信息傳遞，交流的內容，除黃帝大戰蚩尤一些反映部族矛盾者外，還有就是與大自然進行鬥爭的，如眾所周知的大禹治水的故事。大禹治水之前，還有原在今山西省內活動的金天氏部族，它的首領昧，和昧的兒子臺駘，都參加了治水工作。在今山東省內活動的，有少昊氏的一個部族，它的兩個首領——修和熙，也都是治水的人物。原在今河南北部活動的共工氏部族，更是一個治水有法的部族，他們首先發明了築提防水的方法。

此外，還有各部族間上層人物及其子女通婚的信息，在神話傳說中也有反映。

二、奴隸社會民族信息的交流

距今三千六百年前的商代是我國有文字可考的第一個朝代。商代，大約相當於公元前 18 世紀到公元前 11 世紀，已進入了奴隸社會。然後是周朝，

也是一個奴隸制的朝代。商周時期，我國的政治、經濟、文化較之原始社會有了很大的發展。在商代的遺址中常有海貝出土，還發現少量的銅貝。甲骨文中有取貝和賜貝的記載。貝本來是一種裝飾品，隨著交換的出現，已起著貨幣的作用。周初的文獻記載有牽著牛車、載著貨，到遠處去貿易的人。商的都邑，已頗具規模，其中有宮殿和宗廟的建築，有各種作坊的安排，木結構的建築特色已經形成。到了周代，在國都中有了市場，國家設有管理市場的人。用來交換的商品，主要是奴隸、牛馬、兵器和珍寶。貨幣仍然是貝，以朋為計算單位。金屬也作交換手段，以孚為單位。據說，一般平民的貿易，大都還是以物易物。

交換的出現，市場的設置，貨幣的運用，標誌著奴隸社會的信息交流、傳遞已經比原始社會有了較大的發展。從古代歷史文獻，我們可以知道這個時代，部族信息交流的具體情況。

甲骨卜辭中的一段：

癸巳卜，殼，貞旬亡田（禍）。王固（占）曰：「虫（有）希（祟）！其虫（有）來數（艱）。」乞（迄）至五日，丁酉，允虫（有）來數（艱）自西。扯嚳告：「土方正（征）我嵒（鄙）。載（災）二邑。舌方亦牧我西嵒（鄙）田。」〔註6〕

這條卜辭的大意是說：癸巳時占卜，問近來是否沒有災禍，殷王看過驗辭後說，「有人作祟！不順心的事就要從西面來。」過了五天，到了丁酉日，西面果然出了事。扯嚳報告說：「敵人土方正在侵犯我東部邊境，給兩個都邑帶來了禍害，而舌方也強佔了我們西部邊境的田地。」

卜辭中的敵人土方，舌方都是商代邊境四周的兄弟部族。此外還有鬼方和羌方，這些部族大多數活動在現今山西、陝西、內蒙古自治區，以游牧生活為主。他們有時單獨侵商，有時聯合起來對付商王朝。商王武丁對他們用兵，少則三五千人，多則達一萬三千人。對於南方的荊楚，武丁也曾用兵征討。武丁對於邊境周圍的兄弟民族進行征伐有的長達三年之久。我們引證的這條件卜辭，實際上是當時商王朝與兄弟民族矛盾的一則重大的軍事新聞。其實也是一則關於古代兄弟民族的重大社會事件。從卜辭中的「曰」、「告曰」，可以得知，那時有關古代兄弟民族的信息傳播，即使重大的社會事件也是口頭形式傳遞，以戰爭形式解決與古代兄弟民族的矛盾是一種重要手段。據記載商紂王親自

〔註6〕見羅振玉《殷遍書契書華》第二片。

率兵征討東夷經過了近一年的苦戰，雖然取得了勝利，但激化了階級矛盾與民族矛盾。

商、周以至春秋戰國時期，有關與兄弟民族的矛盾的信息傳遞，較之原始社會有更多的反映，並且從歷史文獻中可以看出，統治者更加重視這些信息，並把它視為重大事件。比如：在我國第一部詩歌總集《詩經》裏，尤其是《大雅》和《小雅》中，就有涉及兄弟民族信息的詩篇。不少學者認為，《詩經》就是周民族的一部史詩，從周的始祖后稷到滅商的武王。這個曲折複雜的奮鬥過程，在《大雅》的《生民》、《公劉》、《緜》等詩篇中都可以得到證明，據此，我們也可以說，《詩經》不少詩篇也反映了周民族與其他兄弟民族的關係。《小雅·采薇》開頭就點明了這是寫兄弟民族的一場戰爭：「采薇采薇，薇亦作止，曰歸曰歸，歲亦暮止。靡室靡家，玁狁之故；不遑啟居，玁狁之故。」

玁狁，是西周時我國北方的兄弟民族。這個民族到了春秋時稱之為北狄，秦漢時則為匈奴。這首詩記敘了周宣王朝時期，為了防禦北方少數民族玁狁。軍士們遠離家鄉，征戰遠戍的事實。此外，《大雅·常武》寫周宣王親征徐夷，從命將寫到凱旋；《小雅·六月》寫虢吉甫佑宣土北伐玁狁；《小雅·采芑》篇寫方叔南征荊蠻，寫得嚴肅威武。

《詩經》是文學作品，它跟少數民族的新聞和新聞傳播有什麼關係呢？

的確，《詩經》是屬於文學作品，並非新聞作品，但是僅筆者列舉的幾首詩作而言，除《采薇》篇外，全是出自當時的大臣和史官，性質是歷史記載，目的是宣傳周宣王「中興」的「功業」。這些詩作的藝術價值並不很高，然而，由於是出自大臣和史官之手，一般來說，絕大多數反映的是事實。是實事的反映，也就含有了新聞因素。據史書記載，我國的史官是忠於事實的，為了維護史實的真實性，有的甚至獻出了寶貴的生命。況且《詩經》裏有關少數民族的詩作無不是歌頌周代統治者功德的，因而，這些詩作所反映的歷史事實還是可信的。這是其一。

其二，「詩三百」集中代表了兩千五百多年前約五百多年間的詩歌創作。它們分屬於國風、小雅、大雅、頌四個部分，據說這是音樂的分類。「風」是樂調，「國風」就是各國的土樂。「雅」是樂曲名，在《詩經》裏有《鼓鍾》篇，「以雅以南」之句可證。「大雅」、「小雅」的分類，與後世的大曲小曲類似。「頌」是讚美歌，是祭樂。既然是音樂，歌曲就可以演唱，演唱的範圍就從一

兩個人傳至更多的人，這進一步說明，奴隸社會有關少數民族的新聞和新聞傳播已較之原始社會傳播的範圍擴大了。

第三，《尚書》、《左傳》、《國語》等史書都有關於少數民族戰爭的重大事件的記載。戰爭後果，給奴隸社會在政治上和經濟上也帶來了重大變化。有一次周武王對鬼方的戰爭中，俘獲了一萬三千零八十一人。這些俘虜，便成了周代的奴隸來源之一。周宣王對姜氏之戎的戰爭，以及跟條戎、奔戎的戰爭卻遭到了失敗，消耗了大量的人力和物力。因而市場上的買賣奴隸，大小奴隸主之間爭鬥，給奴隸制下的不同民族的生活秩序，社會秩序都帶來了不安定的因素。而西周的滅亡也是由於被廢掉的申后之父串通犬戎（游牧民族）和呂、鄶等國聯合起兵，把周幽王殺於驪山之下。在這些史書中，不僅記載了戰爭，而且也有與少數民族的友好往來以及聯姻通婚的記載。比如關於生活在松花江直到黑龍江一帶的肅慎族，獻給周武王一種箭，這種箭是用石頭作箭頭，用楛木作箭杆。武王又在上面刻了字，賜給了陳國。一直到春秋時期，陳國還把這種箭保藏的府庫裏。周公東征勝利後，肅慎氏又派使臣前來祝賀。還有就是《尚書》的《牧誓》篇。在記載周武王伐紂時，提到了參加討伐紂王的兄弟民族，這些古代的兄弟民族是「庸、蜀、羌、髳、微、戶、彭、濮人」。《後漢書·西羌傳》也有「及武王伐商，羌、髳率師會於牧野」的話。而《尚書》是我國現存的最早的關於上古的文獻彙編，相傳是孔子編選的。《尚書》一方面有個人對個人的口頭傳遞，如《西伯勘黎》中的開頭講周武王征服了殷的諸侯國（黎國）的消息，引起了殷王朝大臣祖伊的恐懼，他趕緊報告給殷王的情景。再就是《牧誓》篇。《牧誓》篇是武王一個人向廣大討紂將士宣布紂王的罪狀，這是在更大範圍內傳播新聞。的確，這都是史書，不是什麼新聞發布，但是，他們又確實在更廣泛的傳播新聞了。

以上史實，都應當看作是有關少數民族的新聞，這些史實不僅真實，而且時間、地點、人物、事件、原因、結果等方面寫得具體清楚，傳播速度加快，傳播範圍擴大，而且更加準確。《左傳·晉公子重耳之亡》中記載的重耳及其隨從與當時的「狄」族之別種「廥咎如」通婚之事，可以想見，重耳和他的隨從走到哪裏，他們就會把這件事傳播到那裏。因此，此時有關少數民族的信息量已經加大。

我國史官的設置，見諸甲骨文的卜辭。卜辭中已有御史、卿史的官名。《漢書·藝文志》所說的「左史記言，右史記事」反映了史官的職能和它的重要性。

先秦的史官所記錄的史實，其實就是當時重大的新聞，同時他們也傳播了新聞，由此可見，我國古代的史官，就是當時我國重大新聞的記錄者。從某種意義上說，他們還是某些重大新聞的發布者。

筆至此處，應當向讀者申明的是，在中國新聞史上已經出現了「消息」一詞。它最早見於《易經》：「日中則昃，月盈則食，天地盈虛，與時消息。」意思是說：太陽行至中午就要西下，月圓之後就會漸漸虧缺，天地間的萬物有盛有衰，隨著時間的推移時生時滅。《易經》中又說：「君子尚消息盈虛，天行也」意思是說：道德高尚的人能夠把握天地間萬物的興衰之勢，並能採取正確的對策，使之暢行無阻，獲得成功。

以上兩段話，說明了人類從事新聞活動的必要性，即不斷瞭解外界變化的事物，以便用出正確的判斷，採取相應的策略和方法。後來「消息」一詞的含義更明確，也就是指與人們有利害關係的不斷變動的情況。

第四，據漢代學者考證，自周代我國已有采詩（風）制度，還說負責采詩的是行人之官，行人採集歌謠獻給太師〔註7〕。也有人說那時朝廷養了一些年老無子的人在民間搜尋歌謠，從鄉到邑，從邑到國，最後聚集到王廷〔註8〕。儘管說法不一，也未必完全可信，但是，有一點毋庸置疑，這就是周代已有采詩之風，其目的乃是「觀風俗，知得失，自考證也。」看來，當時的「下情」已可通過采風而「上達」於奴隸社會的最高統治者。有關少數民族的新聞也能引起當時周王的極大重視。

第五，史有孔子「刪詩」之說。「刪」能否理解為「篩選」呢？有關少數民族新聞的詩篇，是否經過孔子的「篩選」呢？應該說是肯定的。這就難怪宋代的王安石說孔子根據魯國歷史編輯整理而成的《春秋》是「斷爛朝報」了。由此，我們不僅可以想見，古人已把《春秋》與原始狀態的報紙相比擬了，而且完全可以斷定，有關少數民族（或是說有一部分）的新聞已經像孔子或其他史官的編輯整理，然後確定它們是否具有傳播的價值。

綜上所述，我們認為，奴隸社會時期的有關少數民族的新聞和新聞傳播，至少具有如下幾個特點。

1. 在奴隸社會，有關少數民族的新聞和新聞傳播雖然還停留在口頭傳播形式，但是信息已經加大，傳播範圍已擴大，許多重大新聞的時間、地點、人

〔註7〕見《漢書·食貨志》。
〔註8〕見何休《公羊傳注》。

物、事件、結果已較完備。雖然這是歷史作品，但是已具備新聞作品的某些必要因素。

2. 先秦的史官，雖然記載的是歷史事實，但由於他們以生命維護史實真實性，而客觀上卻成為了記新聞者，甚至成為某些有關少數民族新聞的傳播者和發布者。

3.「觀民俗，知得失」的采風制度（與現代的採訪雷同），不僅使有關少數民族的新聞得以「通上下之情」，而且使這些新聞所反映的事實更具有可靠性。

4. 經過孔子「刪詩」或其他史官的編輯整理，為有關少數民族的新聞確定了它的傳播價值，正因為如此，這些新聞史料才得以流傳至今。

（原載《中央民族學院學報》1988 年第 1 期總第 56 期；
中國人民大學書報資料中心：《複印報刊資料新聞學》季刊 G6，
1998 年第 1 期全文轉載）

秦漢至唐報狀產生前
兄弟民族的新聞與新聞傳播

　　本文依然堅持「新聞,是受眾所獲得的具有傳播價值的信息」。從古到今的新聞和新聞傳播是個漸變過程,各個時代的傳播方式、傳播媒介是不同的,在報紙產生之前,信息的交流、傳播,只能是依靠口頭和史書及其他非報紙的媒介。因而,研究秦漢至唐代報狀產生前的兄弟民族的新聞和新聞傳播,也只能從傳播學的觀點出發,在一些史書中去尋覓新聞因素,研究那些客觀上記錄和傳播了新聞的記新聞者。

一、秦漢時期有關少數民族的新聞和新聞傳播

　　秦漢時期是中國封建社會的成長時期,也是我國的主體民族——漢族,在經過長期的有關部落和民族的不斷組合、分化、融合而形成的時期。秦王朝是我國歷史上第一個封建王朝,而漢朝的疆域奠定了我國當今的版圖,是歷史上空前強盛統一的大帝國。史載,「書同文,車同軌」,「秦築馳道,漢收其利而定驛制;書寫工具,竹帛之外,又有紙的發明」。這對我國的新聞和新聞傳播的發展準備了有利條件。中國歷史上的每一個民族的發展都不是孤立的,在經濟、政治、文化諸方面,每個民族都從其他民族中吸取了豐富的營養。我國少數民族的新聞和新聞傳播的發展,同樣也是在具備了較優越的物質條件之後得以迅速發展,但是,少數民族的新聞和新聞傳播之所以較之漢民族顯得緩慢了,主要是因為在我們這塊國土上不僅有階級壓迫,還有民族歧視。儘管如此,我們從漢族的史籍和少許的資料中,也多少能窺見有關兄弟民族新聞和新聞傳播的脈絡。

（一）《史記》與中國少數民族的新聞傳播

《史記》是司馬遷的一部偉大歷史著作，它是我國第一部紀傳體的通史。《史記》不僅在史學上有著偉大的成就，而且對後世的文學創作和新聞學研究有巨大影響。《史記》是人類財富中最寶貴的遺產之一。

司馬遷字子長，公元前 145 年（漢景帝中元五年）誕生於龍門（今陝西韓城縣）。司馬遷 10 歲時就能夠誦讀古文。20 歲周遊長江中下游和山東、河南等處。他到過廬山和會稽，考察了傳說中的「禹疏九江」等遺跡；經屈原流放的沅水和湘水流域，憑弔了屈原沉水的淚羅江；在孔子的故鄉曲阜，參加了孔子的「廟堂車服禮器」；過劉邦起兵的豐沛等地，訪問了蕭何、曹參、樊噲、膝公的故居，訪求了他們的一些事蹟；還有魏都大梁瞻仰了信陵君門客侯嬴曾經看守過的「夷門」。尤其重要的是，司馬遷在任郎中官之後，奉命到過現今的四川、雲南等地，訪問過一些少數民族。此外，他還常隨漢武帝出外巡狩。他每到一地方，就訪問遺聞舊事，考察山川形勢，風土人情。這對他寫作《史記》都有很大好處。

司馬遷在《史記》中描寫人物，記敘歷史事件的基本態度和方法是所謂的「實錄」，「不虛美，不隱惡」。這既符合歷史人物的寫作原則，也是新聞作品的寫作原則。特別重要的是，在《匈奴列傳》、《西南夷列傳》等篇目中，司馬遷自覺不自覺地傳播了少數民族新聞信息，同時，他不因自己主觀的愛憎而誇大、增添或縮小、減少某些事實。他是按照事件和人物的本來面目來記敘的。因而，筆者認為，司馬遷《史記》中有關兄弟民族的新聞和新聞傳播是當今可靠的新聞史料之一。

僅以《匈奴列傳》為例。這篇文章詳盡而具體地記載（報導）了匈奴這個古老民族的政治、經濟、文化和風俗人情的發展演變狀況以及它與中原地帶的其他民族（秦漢以來，主要是漢族）的往來。

匈奴是我國北方草原上一個古老的民族，商周時期稱為嚴允、葷粥。戰國時期始稱匈奴。匈奴是游牧民族，沒有城郭，不經營農業，主要有馬、牛、羊、駱駝等牧畜。誠如《匈奴列傳》所云，匈奴人在少年時候，能騎羊、射鳥鼠；長大一些，便可以射狐兔；到了成年以後，「盡為甲騎。其俗，寬則隨畜，因射獵禽獸為生業；急則人習戰攻以侵伐」。「自君王以下，鹹食畜肉，衣其皮革，被旃裘」。戰國時期，匈奴已強大起來，秦、趙、燕等國跟匈奴不斷有軍事衝突，因而各修了一條長城，秦滅六國時期，匈奴單于頭曼乘中原地區戰爭頻繁，無

暇顧北部邊境。因此北率兵進佔河南〔註1〕。秦滅六國後，於公元前215年（始皇32年）派大將蒙恬率士卒30萬人北擊匈奴，收復了失地，設置34個縣，築起長城，並遷來人口充實此地。後來，秦始皇又把原各國的幾處長城連接起來，使之成為西起臨洮，東止遼東的更大規模的長城。這就是著名的萬里長城。

秦末農民大起義，匈奴貴族乘機進入長城，到鄂爾多斯和山西北部一帶。劉邦在滅項羽之後，親率大軍32萬人，北擊匈奴至平城（今山西大同），被匈奴40萬騎困於白登山，長達七天七夜，劉邦雖突圍而出，但實難與匈奴戀戰，西漢王朝只得與匈奴實行「和親」政策，漢匈「約為兄弟」。

西漢初年，匈奴建立了奴隸制國家，單于名叫冒頓，國勢強盛。東面打敗了東胡，西面趕走居住在今甘肅境內的大月氏，北面臣服了丁零族，南面一再侵擾漢的北部各郡。

武帝時期，開始改變與匈奴的「和親」政策。漢武帝多次派大將衛青、霍去病領兵向匈奴進行大規模出擊，並迫使其遠徙，不能再在大漠以南建立王廷。當時匈奴民族有一首歌曲唱道：「亡我祁連山，使我六畜不蕃息，失我焉支山，使我婦女無顏色」。這裡寫出了漢朝大將霍去病北擊匈奴，奪得祁連山和河西走廊，匈奴民族眷戀河西地區的心聲。

漢匈兩族的戰爭，雙方損失都很嚴重。匈奴內部分裂，互相殘殺。而有一部首領為呼韓邪單于，投降漢朝，要求和親。公元前33年（竟寧元年），漢元帝以宮人王嬙（字昭君）嫁給呼韓邪單于。漢、匈兩族從此和睦相處達40年之久。

漢匈之間有戰爭，也有友好的貿易往來，尤其是昭君出塞之後，漢匈關係日益密切，促進了匈奴的經濟、文化的發展，從現今出土文物中，又證實了當時的記載並無出入，比如在匈奴地區出土的漢制絲織品，漢式銅鼎、鐵製、漆器、陶器等與匈奴的「鄂爾多斯」式文化，如蝴蝶展翼狀短劍、弧背銅刀、透雕動物形象的銅飾牌等共存，都證明了當年漢、匈民族和睦相處與文化交流的情況。

《史記·匈奴列傳》具體全面地記敘了我國主要少數民族之一——匈奴的政治、經濟、文化以及與漢民族的關係。這在我國史學界是空前的（不僅見於《匈奴列傳》，其他篇章也有補充，如《李將軍列傳》等篇目）。據目前所能見到的資料，我們得知司馬遷周遊全國各地，雖然去過少數民族地區，但並不曾

〔註1〕即內蒙古自治區南部的伊克昭盟地區。現已改盟建市——鄂爾多斯市。

去過現今的內蒙古和蒙古人民共和國一帶實地考察過。而《匈奴列傳》以及《史記》的其他篇章，對於匈奴的記敘如此真實準確，一方面說明司馬遷依靠是過去的史料和當時的奏章、詔書、書信以及戰報等現實材料；另一方面，從司馬遷主要以寫當代（漢朝）時匈奴的政治、經濟、文化及其發展情況為主，又可以說明西漢時期有關少數民族的信息新聞傳播已經較之過去更加迅速，而傳播範圍已大大超過它的前代，而且這些少數民族的新聞已引起漢王朝以及匈奴統治者的重視。他們從這些新聞傳播中獲得決定自己政策的可靠材料。

關於其他少數民族的新聞與新聞傳播，在《史記》中也多有反映。比如西南夷、南越等等。這些民族地區司馬遷可能深入過，其真實性當更為可靠。而有關少數民族的專章專節《列傳》，如此集中全面地報導各兄弟民族，應當說（或者說近似）是「專題報導」。同時，可以想見，辦好今天的「民族版」、「專題報導」，從《史記》中可汲取不少營養，獲得有益的啟示。

（二）班固的《漢書》在少數民族信息和新聞傳播方面的新貢獻

班固（公元 32～92 年），字孟堅，扶風安陵（今陝西咸陽縣東北）人。其父班彪曾經寫了《史記後傳》65 篇，寫《史記》以後的兩漢歷史。班固在《後傳》的基礎上，繼續採集史料，搜輯異聞，重新加工整理，最後寫成了我國第一部體例完整、內容豐富的斷代史──《漢書》。《漢書》始於劉邦，終於王莽覆滅，記述了 230 多年間的史實人物。《漢書》的寫作，前後用了 20 餘年，基本上仿照《史記》的體例，全書一百卷（後分 120 卷），分十二紀、八表、十志、七十列傳。各傳、志，多載錄有關學術、政論的文章，因之又兼有一代文章總集的性質。班固在編撰《漢書》後期，曾奉命跟隨大將軍竇憲出征匈奴，作竇憲的幕僚，竇憲謀反被殺，班固也死獄中。當時《漢書》的「八表」和「天文志」還沒有寫好，後分別由他的妹妹班昭和史學家馬續完成。

班固的《漢書》代表了官方的立場，但它詳細地寫出了歷史的具體過程，保留了當時一些重要言論的原始材料。尤其是從少數民族的信息傳播的角度看，它繼承了《史記》以「列傳」方式集中傳承當代的少數民族的政治、經濟、文化、習俗的發展變化情況，而且寫得十分生動、細膩。比如《李廣蘇建傳》對李陵、蘇武的刻畫描寫，在讀者中至今廣為流傳。李陵傳中用了將近一千字來描寫李陵在塞外孤軍作戰和覆滅投降的經過，寫出了塞上作戰的情景。後面寫霍光命任立政等出使匈奴，乘機勸李陵歸漢，描寫得細緻入微。它寫出了一個使臣在異邦向投降異族並已很顯貴的李陵曲折地表達了自己的心意，任立

政和李陵在兩次宴飲中，都在行動和語言上互相巧妙地表示了態度（另外一個降臣衛律也在場）。對這些情景班固都作了精心的刻畫。

《漢書》（包括《史記》）雖然是史傳文學，但是為今後少數民族的通訊和報告文學的寫作提供了借鑒。

（三）張騫出使西域在少數民族新聞史上的意義

不僅史官、史書對古代兄弟民族的新聞和新聞傳播作了客觀的記錄，而且著名的旅行家在這方面也作出了傑出的貢獻，張騫出使西域就是其中的代表。

西域主要指今天的南疆。《漢書·西域傳》說：在「匈奴之西，烏孫之南，南北有大山，中央有河，東西六千餘里，南北4餘里。東則接漢。阨以玉門、陽關，西則限以蔥嶺」。西漢初年，西域共有36國，最大的是龜茲有8萬人；最小的是依耐，只有670人。有的從事農業生產，有的隨畜牧逐水草而居，西漢末年，分為50餘國，西漢中期，人們對於西域的地域概念擴大，已包括了北疆和中亞、西亞和南亞等地。

張騫第一次出使西域是公元前138年（建元三年），他奉漢武帝之命出使大月氏。目的是聯合大月氏共同抗擊匈奴，但他中途被匈奴俘虜，在匈奴達十餘年之久，並與匈奴人結婚。後乘機西逃，經大宛、康居（今均蘇聯境內）到大月氏，但張騫並未完成聯合大月氏抗擊匈奴的使命。從大月氏返回時，張騫又被匈奴扣留，直到公元前126年，才逃回長安。此次出使西域前後共13年，歷盡千辛萬苦，同行者百餘人。張騫路經大宛、康居、大月氏、大夏等國，還瞭解了與其毗鄰的五六個大國。他把這些民族地區和中國邊界之外的一些國家的新聞信息傳播到了中國內地，擴大了中原地區漢王朝的視野，促進了東西方的經濟、文化的交流。

第二次於公元前119年（元狩四年），漢武帝派張騫繼續出使西域，其目的是聯合烏孫共擊匈奴，與張騫同行的共有三百餘人。這次出使西域也沒有完成聯合烏孫的任務。但此次行程，他的副使較他更遠些，到了安息（今伊朗）、身毒（今印度、巴基斯坦）等國。

張騫出使西域，雖然沒有完成聯合抗匈的政治使命，但是他開通了「絲綢之路」的東方部分。西漢王朝已在西域開始設置行政機構。由西漢向西域各族主要輸出絲綢等貨物，而西域各族和其他國家向漢朝輸入的有馬匹、葡萄、石榴、琉璃、氍毹（毛織地毯）等。總之這條「絲綢之路」的開通，促進了漢王朝與西域各族及西方國家經濟、文化信息的交流。

張騫回到長安之後，他把自己耳聞目睹的各族情況，如人口、兵力、物產、風俗習慣以及相互間的距離、方位等等，都向漢武帝詳盡地作過彙報。比如他說：

> 大宛在匈奴西南，在漢正西，去漢可萬里。其俗土著，耕田，田稻麥，有葡萄酒，多善馬，馬汗血，其先天馬子也，有城廓屋室。其屬邑大小七十餘城，眾可數十萬。其兵弓矛騎射。其北則康居。西則大月氏，西南則大夏，東北則烏孫（今新疆境內），東則扜罙，於闐（在今新疆境內）。於闐之西，則水皆西流，注西海（即今蘇聯的鹹海），其東水東流，注鹽澤（即今新疆境內的羅布泊）。鹽澤潛行地下，其南則河源出焉。多玉石，河注中國。而樓蘭、姑師（今新疆境內）邑有城廓，臨鹽澤。鹽澤去長安可五千里。匈奴右方居鹽澤以東，至隴西長城，南接羌，隔漢道焉。——《史記·大宛列傳》

這些有關西域各族與中國毗鄰的國家的信息，對於漢武帝決定對匈奴和其他民族的政策，加強中外關係都起了重要的作用。

（四）班超父子與西域各族的信息傳播

西漢末年，西域各族與王莽政權的關係一度緊張（王莽對北方和西南少數民族也不斷挑釁，破壞了民族間的和睦關係）。東漢初年，都善等國臣服匈奴。公元 73 年（永平十六年），東漢王朝始在西域地區駐兵屯田，設置西域都護（統轄西域的最高長官）。

為了加強與西域各族的關係，班超奉命來到西域，經過 30 多年（從公元 73～102 年）的工作，班超與西域各族的關係極為密切。班超死後，他的兒子班勇任西域長史，駐柳中（今吐魯番）。班超父子在西域的經歷、見聞，由班勇撰寫了一部《西域記》。這部書是我國最早的詳細記述西域各族（也包括中亞各國情況）的重要文獻之一。應當說，這部書廣泛而迅速傳播了西域各族的新聞。

二、魏晉南北朝時期兄弟民族新聞和新聞傳播的進一步發展

魏晉南北朝時期，我國基本處於分裂局面。邊地的少數民族紛紛入主中原，建立了不少少數民族政權。比如，後趙是劉淵的大將、羯族人石勒在公元 319 年建立的。又如前燕，是鮮卑貴族慕容皝於公元 337 年建立的。再有就是前秦，它是由氐族人符健於公元 351 年建立的，國都長安。他先後取得後趙、

前涼、前燕所佔有的疆土,統一了北方的大部分地區。以及後來的北魏都是少數民族政權。這一時期的民族之間的互相組合、分化、融合,促進了各民族間在政治、經濟、文化上的互相吸收、交流以及民族間的各種信息傳播。這是我國少數民族新聞和新聞傳播進一步發展時期。

(一)《三國志》中有關我國西南地區少數民族新聞傳播的記載

《三國志》是一部記述三國時期百年間的重要史實和人物紀傳體斷代史。全書為分為魏、蜀、吳三部,共 65 卷。此書是研究三國史和三國時期信息傳播情況的重要資料。

蜀建國後,諸葛亮任丞相。他為了安定後方,改善與今貴州省、雲南省等地區少數民族關係,加強與這些兄弟民族的聯繫。誠如他在《出師表》裏所說:「五月度瀘,深入不毛」。蜀建興元年,雲南境內的少數民族統治者發動變亂,諸葛亮為了鞏固蜀國本土,就在建興三年南征,採取了「攻心為上,攻城為下;心戰為上,兵戰為下」的策略。「七擒孟獲」(孟獲為彝族首領)就是這場戰爭中真實生動的故事。戰後,諸葛亮任用孟獲為蜀國御史中丞,積極改善民族關係。

(二)《魏書》《華陽國志》等書籍,保存北魏東晉時期少數民族的新聞史料

《魏書》為北齊魏收撰,是紀傳體北魏史,共 130 卷。北魏係拓跋珪於公元 399 年稱帝,即道武帝。他在位期間重視發展社會經濟,使鮮卑人分地定居,從事農業生產;又重用漢族士大夫,注意改善民族關係。最後由魏太武帝拓跋燾統一中國北部。

《華陽國志》並非正史。它記錄了從遠古到東晉穆帝永和三年(公元 347年)期間巴、蜀地區的史實;不僅是研究四川及西南少數民族史的重要資料,也為後人提供了新聞信息傳播的史料。

(三)酈道元和他的《水經注》

酈道元(?～526)字善長,北魏范陽(今河北涿縣)人。歷任北魏的太守、刺史、河南尹、御史中尉等職。自幼好學,「歷覽奇書」,博聞強記。《水經注》是他為漢代桑欽(一說晉人郭璞)的《水經》一書所作的注釋。酈氏《水經注》較之原書《水經》內容豐富得多,該書 40 卷,描繪祖國壯麗山川,記載了許多神話傳說和風土人情,自成巨著。它雖然是一部全面系統的綜合性的

地理名著，但是保存了不少有關少數民族的新聞信息史料。在介紹流經少數民族地區水道時，對少數民族的風情，也作了適當的考察。

（四）楊衒之的《洛陽伽藍記》中的宗教信息

楊衒之，其生卒年不可考。據他所著的《洛陽伽藍記》自述得知，他是北魏時的北平（今河北省完縣）人。一說他姓羊，曾任北魏永安奉朝請；魏末為撫軍府司馬。北魏拓跋氏是北方鮮卑民族的一支。北魏政權建立後，用漢化和宣揚佛教的辦法來維護統治，大建佛寺，以宗教麻醉人民。據統計洛陽寺廟最多的時候有 1367 座。但經過一場戰亂之後，楊氏重遊洛陽，則是「城郭崩毀，宮室傾覆，寺觀灰燼，廟塔丘墟。……京城表裏凡有一千餘寺。今日寮廓，鐘聲罕聞，撫今追昔，感慨萬分。」於是楊衒之寫了《洛陽伽藍記》來記載當年洛陽城的繁華景象。

「伽藍」係梵語「僧枷藍」的譯音，意思是眾比丘之國，即僧寺的別名。《洛陽伽藍記》主要是記述北魏王朝興盛時期洛陽建築的壯麗，在宣傳建築的「殫土木之功，窮造形之巧」的同時，也傳播了北魏政權迷信佛教，浪費民力的實際情況。

從新聞學角度考察《洛陽枷藍記》的成就，它不僅是作為統治階級的少數民族較早傳播了宗教新聞，而且記敘了少數民族貴族集團（包括帝王、軍閥、宦官）的腐化、墮落等醜惡行徑。例如「高陽王寺」，記載了高陽王元雍的驕奢，「陳留侯李崇謂人曰：高陽一食，敵我十日」。那麼老百姓看到後該如何想呢？貧富懸殊異常。

它還記敘了鮮卑人統治下的洛陽城的經濟繁榮和種種有趣的市井新聞，比如「市西有退酤、治觴二里。裏內之人多醞酒為業。河東人劉白墮善能釀酒。季夏六月，時暑赫羲，以罌貯酒，爆淤日中，經一旬，其酒不動，欽之香美而醉，經月不醒。京師朝貴多出稱登蕃，遠相餉饋，逾於千里，以其遠至，號曰『鶴觴』，亦名『騎驢酒』。永熙年中，南青州刺史毛鴻賓齎酒之蕃，逢路賊，盜飲之即醉，皆被擒獲，因覆命『擒奸酒』。遊俠語曰：『不畏張弓拔刀，唯畏白墮春醪』」這裡記的是退酤、治觴二里之人多善釀酒，尤其是劉白墮的釀酒技術更是絕妙高超，以及有關傳聞。

這段記敘的時間、地點、人物、事件等等都很詳盡清楚，類似當今的社會新聞。

總之《洛陽伽藍記》對城市風貌、市井人情與里巷歌謠都有所記錄，傳播了公元 6 世紀少數民族政權北魏統治下的城市經濟、宗教文化新聞。

（五）《救勒歌》在少數民族新聞史上的地位

以韻文形式傳播少數民族的新聞，當始於《詩經》時期，後來的「樂府詩」也是經過采風而成。到了南北朝時期，北朝樂府民歌也比較真實地傳遞了有關少數民族的新聞。據查，北朝民歌出自於不同的民族。比如《企喻歌》「男兒可憐蟲」一首，《古今樂錄》說是符融所作（這應當說是符融以民歌體寫作的詩歌，下同），符融系氏族人。《琅琊王歌辭》「快馬高纏鬃」一首提到「廣平公」，廣平公指姚弼，而姚系羌族人。據說《高陽樂人歌》是魏高陽王樂人所作（見《古今樂錄》）。而現存某些北朝民歌，有的還是少數民族語言寫作的，比如《鉅鹿公主歌辭》就是北歌入南譯為漢語的。據《唐書·樂志》說：「歌辭華音，與北歌不同。」顯然《唐志》作者見過原本，不然怎麼知道「不同」呢？由於當時的歷史條件以及北魏孝文帝禁用「胡語」（即少數民族語言），他於公元 496 年頒布詔書：「不得以北俗之語言於朝廷。」所以用少數民族語言記錄下來的民歌流傳下來的幾乎沒有。但是《救勒歌》將進一步證明，當時用民族語傳唱少數民族風情的事實。原文是：「救勒川，陰山下，天似穹廬，籠蓋四野。天蒼蒼，野茫茫，風吹草低見牛羊。」《樂府廣題》說：「北齊神武（高歡）攻周玉璧，士卒死者十四五，神武恚憤疾發。周王下令曰：『高歡鼠子，親犯玉璧。劍駑一發，元兇自斃。』神武聞之，勉坐以安士眾，悉引諸貴使斛律金唱救勒（歌）。神武自和之。」其歌本鮮卑語，易為齊言，故其句長短不齊，據歷史記載斛律金跟高歡攻周玉璧是在東魏靜武帝武定四年（即公元 546 年）。

《救勒歌》所寫的內蒙古草原風情至今隨處可見。如果說《救勒歌》是真實地再現了內蒙古草原美好風光的話，那麼以民族語傳遞現今內蒙古地區的新聞，其意義豈不是非常重大。因為在此之前，用如此真確的資料，證明有關少數民族的新聞是用少數民族語言傳播的，尚不多見。

三、隋唐（公元 713 年以前）時期兄弟民族的新聞與新聞傳播

隋唐時期是我國統一的多民族國家發展的重要階段，尤其是唐代，經濟文化高度繁榮，出現「貞觀之治」、「開元盛世」。少數民族的政治、經濟、文化也有很大發展，靺鞨、契丹、突厥、回屹、西域各族、南詔等少數民族統一於

唐中央政權之下。當時的長安已有百萬人口，不僅有官吏、軍隊、市民、商人，而且相貌不同，服飾語言各異，這其中不少是少數民族。尤其是唐朝的前期，在民族關係上，一方面堅持反擊突厥的侵擾，鞏固和發展統一的多民族的國家；另一方面，對於國內的少數民族較少歧視，尊重其民族習慣，使用本族人管理本民族的事務，對其領袖人物十分信任，請少數民族首領擔任高級軍政職務。少數民族曾尊唐太宗為「華夷父母」、「天可汗」。總之，在隋唐時期，加強了與少數民族的聯繫和交流。

在中國新聞史上，此時已有「新聞」一詞，「新聞」一詞見於尉遲樞的《南楚新聞》。南楚指今湖南長沙、衡山和江西九江等地。從《南楚新聞》一書的具體內容得知，這裡指的是一些奇聞鐵事。可是確實有了新聞，不過只是流傳於民間的社會新聞而已。這些新聞，只是流傳於民間的社會新聞。而唐代的「飛奏」已具有傳播新聞的性質。據唐人劉餗《惰唐嘉話》中說：「太宗李世民親征高麗，高宗（即太子李治）留居定州，請驛遞表起居，飛奏自此始。」這說的是，當唐太宗征伐高麗的時候，皇帝的起居記錄的傳遞方式就是每天通過郵驛向駐在定州的太子（高宗）飛速傳遞。太子（高宗）得到「飛奏」之後，一定要向周圍的臣僚官吏宣布，而這種「飛奏」形式並未因征討高麗的結束而結束。

（一）玄奘和《大唐西域記》對少數民族新聞的傳播

玄奘（602～664），洛州緱氏（今河南省偃師縣）人，本姓陳禕，法名玄奘。公元 627 年（貞觀元年）他離開長安開始了向印度取經的萬里長征。他取經的路線雖主要是與唐朝接壤的國家，但是，也有很多民族地區，比如我國現今新疆境內的阿耆（焉耆）、屈支（庫車）、跋祿迦（阿克蘇）、盤陁（塔什庫爾干）、烏鎩（英吉沙）、佉沙（喀什）、斫句迦（葉城）、瞿薩旦那（和田）、折摩馱那（且末）等等。在他回到長安後所撰的《大唐西域記》裏，對這些民族地區都有具體詳盡的介紹。

《大唐西域記》共 12 卷，十多萬字，對於他所經歷過的國家、地區（包括與唐關係密切的少數民族地區）的山川地形、城邑關防、交通道路、風土習俗、物產氣候、文化政治等等無不詳細記敘。作者在書後說：「推表山川，考採境壤，詳國俗之剛柔，係水土之風氣，動靜無常，取捨不同，事難窮驗，非可憶說」。他在進書表中，進而講明他所記的內容，「有異前聞，雖未極大千之疆，頗窮蔥外之境，皆存實錄，匪敢雕華」（章巽校點《大唐西域》）。總之，玄奘的《大唐西域記》除傳播了唐代的各國消息，也真實可靠的記載了當時少

數民族的政治、經濟、文化、宗教、風俗等方面的新聞。從時效性看，雖時隔二三年才去報導西域各國的情況，但由於「有異前聞」，「皆存實錄，匪敢雕華」，依然不失其「新」。

（二）松贊干布與文成公主對傳播唐朝與吐蕃新聞的貢獻

公元 7 世紀，吐蕃是松贊干布統治時期。在松贊干布（629～650）統治時期，創制了吐蕃文字，制定了成文法，這對吐蕃民族的新聞傳播是一個貢獻。唐初，李世民又把文成公主嫁給了松贊干布。文成公主入蕃，帶去了大批絲織品和其他手工藝品，以及耕作用具等等，據不完全統計，從公元 634 年至 846 年的二百餘年間，唐朝與吐蕃的使臣往來達 191 次之多（唐使入蕃 66 次，蕃使入唐 125 次），在這頻繁的交往中，大大促進了兩大民族間的政治、經濟、文化、宗教以及其他各個方面的新聞傳播。

據查，唐朝閻立本曾畫有《步輦圖》，它以藝術形式記錄和傳播了吐蕃求婚使者祿東贊參見唐太宗的壯觀場面。

綜上所述，從秦漢到隋唐（公元 713 年以前，即古代原始狀態的報紙產生之前），我國兄弟民族的新聞傳播，已具有下列特點：

第一，隨著以漢族為主體的統一的多民族國家的形成，我國少數民族的新聞傳播已涉及各個方面。從民族成分來看，凡我國境內的各個主要民族，雖然新聞史料極少，但都已有所涉及，有關他們的政治、經濟、文化包括宗教等等都有反映，尤其是有些少數民族政權已統一我國大部分地區（比如北魏已統一了我國的北方），在有關記載這些民族的文獻中都可以看到這些民族的新聞和新聞傳播。儘管這些文獻並非新聞作品，但是它們孕育了新聞寫作的諸種因素和寫作原則。更應當指出的是，這些文獻的作者，不少是深入到民族地區進行過實地考察，其真實可靠程度是毋庸置疑的，而有些篇章記敘不僅翔實，而且描寫細緻入微，生動形象，為我國今後新聞通訊、報告文學的寫作提供良好的借鑒。

第二，從《史記》、《漢書》等史書裏某些有關少數民族的「列傳」（比如《匈奴列傳》、《西南夷列傳》等）和班勇的《西域記》以及有關少數民族的詔書、奏摺、表章等文字材料中，說明少數民族的新聞和傳播內容已引起統治階級（包括少數民族政權的統治者）的重視，有的內容（新聞信息）已構成他們制定國策的依據。而從形式上看，這些文獻又對少數民族專題報導，現今少數民族專版、專欄的寫作有重要的啟示和借鑒。

　　第三，從目前的史料中，我們可以得知在公元 713 年（即我國報狀產生）之前，少數民族的新聞傳播依然是處於口頭階段。雖然有少許的手寫新聞，但是那還是由漢族史官或其他官員和文人用漢字記錄的（儘管也可以把他們看作是古代少數民族新聞的記錄者和發布者，但畢竟不是少數民族語言文字的真實記錄）。從這個意義上講，北朝民歌《敕勒歌》和松贊干布創制吐蕃文字在少數民族新聞史上有重要的意義。

　　第四，在中國新聞史上漢唐時期已有手寫新聞的出現，而少數民族的新聞和新聞傳播還是處於口頭傳播階段，甚至尚無自己本民族文字。筆者認為，這種差距的出現，一方面反映了我國的少數民族政治、經濟、文化的發展緩慢；另一方面也說明了自我國奴隸社會以來，尤其是進入封建社會之後，地處邊遠的各個少數民族受到了歷代統治者的不公正的對待，內亂、仇殺、戰爭，以及歧視少數民族的政策，使他們落在了中國主體民族──漢族的後面。

（原載《中央民族學院學報》1989 年第 2 期總第 63 期）

第三輯

毛澤東思想與少數民族新聞事業
——試論我國少數民族新聞事業的發展

　　毛澤東思想是以毛澤東同志為代表的老一輩無產階級革命家共同創造的寶貴財富。毛澤東新聞思想是毛澤東思想的組成部分。在毛澤東新聞思想的指引下，中國少數民族的新聞與新聞傳播事業有了長足的發展。

　　我國少數民族報業興起於 20 世紀初葉，內蒙古地區的《嬰報》（蒙、漢合璧）、西藏地區的《西藏白話報》（漢、藏文版）、東北地區的《月報》（朝鮮文版）、新疆地區的《伊犁白話報》（漢、維、蒙、滿四種文字出版）等少數民族文字報紙相繼問世。但是，不久民族新聞事業便出現了斷層。最典型的便是我國的藏文報業，從第一張藏文報紙《西藏白話報》銷聲匿跡之後，在我國遼闊的藏族聚集區近半個世紀再沒有興辦藏文報紙。少數民族報業越過低谷，再度發展，是在中國共產黨成立之後。1922 年中國共產黨提出實行民族區域自治政策之後，民族報刊和黨的民族文字報刊才逐漸發展起來。此時，最為有名的少數民族文字刊物就是 1925 年 5 月 20 日在北京創刊的《蒙古農民》。該刊由 1923 年冬在北京蒙藏學校〔註 1〕成立的中國共產黨蒙古族第一個黨支部主辦。它是我國少數民族鬥爭史上第一個馬列主義刊物。

〔註 1〕蒙藏學校，全稱「北平蒙藏學校」，又稱「蒙藏學堂」。1913 年創立。校址在今北京西單石虎胡同。先後隸屬於蒙藏院和蒙藏委員會。五四時期，該校進步學生曾參加當時的反帝愛國運動。中國共產黨成立後，李大釗、鄧中夏等曾到該校傳播馬列主義，開展革命工作，建立蒙古族最早的中國社會主義青年團和共產黨的基層組織。新中國成立後，這裡曾是中央民族學院附中。21 世紀民族大附中已遷出石虎胡同。

　　毛澤東新聞思想的核心是黨報思想。遵義會議之後，從中央到地方的黨組織都重視辦好各級黨報和黨的報刊，發展黨的新聞事業。1938 年《中共中央關於黨報問題給地方黨的指示》中說：「在今天新的條件下，黨已建立全國性的黨報和雜誌，因此必須糾正過去那種觀念，使每個同志應當重視黨報，讀黨報，討論黨報上的重要論文。黨報正是反映黨的一切政策，今後地方黨部必須根據黨報、雜誌上重要負責同志的論文當作是黨的政策和黨的工作方針來研究。」〔註2〕1941 年在《中宣部關於黨的宣傳鼓動工作提綱》中又強調指出：「報紙、刊物、書籍是黨的宣傳鼓動工作最銳利的武器。黨應當充分的利用這些武器。辦報，辦刊物，出書籍應當成為黨的宣傳鼓動工作中最重要的任務。除了中央機關報、機關雜誌及出版機關外，各地方黨應辦地方的出版機關、報紙、雜誌。除了出版馬恩列斯的原著外，應大量出版中級讀物，補助讀物以及各級教科書。應當大量地印刷和發行各種革命的書報。」〔註3〕1944 年毛澤東在陝甘寧邊區文化教育工作座談會上講話指出：「現在高級領導同志，甚至中級領導同志都有一種感覺，沒有報紙便不好辦事。」又說，「地方報紙之所以需要，就是因為僅僅有一個解放報、一個群眾報還不夠，他們那裏出一個報紙，反映情況可以更直接、更快些。」「我們地委的同志應該把報紙拿在自己的手裏，作為組織一切工作的一個武器，反映政治、軍事、經濟，又指導政治、軍事、經濟的一個武器，組織群眾和教育群眾的一個武器。」「有些縣委可以出一個油印報，請一位知識分子負責，定期也好，不定期也好，從編輯到發行，包括寫鋼板一個人就差不多了。」〔註4〕中共中央和毛澤東的指示，是指導黨的新聞事業發展的理論，也是辦好少數民族文字黨報和黨的報刊的綱領性文件。曾任蒙綏政府主席的烏蘭夫同志受黨中央的派遣，1945 年 10 月專程來到內蒙古開展和領導自治運動。並於 1945 年 11 月 25 日至 27 日在張家口召開了有 79 人參加的內蒙古各盟旗代表大會。這次大會成立了內蒙古自治運動聯合會。其綱領是為了內蒙古民族的徹底解放，加強蒙漢團結，加強內蒙古各民族之間的團結，反對分裂，反對獨立，實現全國各民族的一律平等，實現少數民族區域自治。聯合會在自治政府成立之前具有政權組織性質，代行政府職

〔註2〕中國社會科學院新聞研究所編：《中國共產黨新聞工作文件彙編》（上），新華出版社 1980 年版，內部發行。
〔註3〕中國社會科學院新聞研究所編：《中國共產黨新聞工作文件彙編》（上），新華出版社 1980 年版，內部發行。
〔註4〕《毛澤東新聞工作文選》，新華出版社 1983 年版，第 112～113 頁。

權。為了宣傳貫徹聯合會的綱領、路線急需籌辦機關報，傳播信息，以使黨的民族團結、區域自治政策深入人心。因此，烏蘭夫指示綏蒙區黨委，調剛被分配在綏蒙工作的勇夫〔註5〕到張家口組建報社，出版內蒙古地區黨委領導下的統一戰線性質的機關報。這就是創建於 1946 年 3 月 17 日的《內蒙古週報》。它是內蒙古地區第一張黨的報刊，書冊狀，16 開本，每期 20 餘頁，週刊，每一頁上半頁是蒙古文，下半頁是漢文。蒙漢兩種文字並排對照印刷出版，有的稿件是由漢文譯成蒙古文，蒙古文篇幅較之漢文要大些。社址設在張家口市。為落實中共中央和毛澤東的指示精神，辦好黨報和黨的報刊，內蒙古地區黨委在烏蘭夫的領導下，就辦好少數民族文字報紙《群眾報》、《內蒙古週報》、《內蒙古日報》幾張不同時期的報紙，專門做出決定。這些決定規定了辦好這些報紙的方針、政策、辦報宗旨、讀者對象，以及建立通訊員組織等等。更為重要的是對如何辦好少數民族文字報紙也同樣做了具體指示，實行全黨辦報、群眾辦報的路線，以民族特點、地區特點和時代特點吸引廣大少數民族同胞。

黨的報刊是黨領導下的統一戰線性質的報紙，不同於黨委機關報即黨報。當時，在內蒙古地區不可能一開始就創辦少數民族文字的黨報，條件尚不成熟。內蒙古地區第一張省級黨報是創刊於 1947 年的《內蒙古自治報》（蒙古文）。該報面向蒙古族廣大幹部和有一定閱讀能力的蒙漢族同胞。以初級幹部和非文盲農牧民為主要對象，注重政治常識和科學常識的傳播，向讀者進行啟蒙宣傳。該報原是內蒙古自治運動聯合會東蒙分會的機關報。自同年 9 月 1 日起正式成為中共內蒙古黨委機關報。《內蒙古共產黨工作委員會關於內蒙古自治報的決定》〔註6〕中曾有過明確說明。決定指出：「內蒙古自治報自創刊以來，對於蒙古民族自治事業與人民解放事業，曾努力作了很多工作，今後為了加強與發揮內蒙古自治報的作用，使之為內蒙古民族人民的徹底解放作更多

〔註 5〕勇夫，《內蒙古週報》創始人之一，任報社社長。原名巴圖。1906 年出生於土默特旗。1925 年結束私塾學習到北京投考蒙藏學校，被學校黨組織送往黃埔軍官學校。他在葉劍英的領導下，參加了北伐戰爭。黨的「五大」之後，勇夫與多松年等人接受中共中央北方局的派遣回內蒙古工作。由於綏遠地區黨組織遭到破壞，他暫去外蒙隱蔽。1929 年，他在外蒙生活了九年之久，並加入了蒙古人民革命黨。他主要從事文化宣傳工作。1937 年冬天，他回到了內蒙古參加大青山游擊隊，加入了中國共產黨。在抗日戰爭期間，他做地下工作時，曾使許多青年人和知識分子以及偽蒙軍官加入到抗日的行列。1956 年調離報社，現已病故。

〔註 6〕《內蒙古共產黨工作委員會關於內蒙古自治報的決定》，載 1947 年 9 月 1 日《內蒙古自治報》。

的工作。真正服務於革命事業，服務於人民，成為一個蒙古人民的報紙，決定內蒙古自治報由內蒙古黨委直接領導」。這一決定標誌著該報已完成其歷史性的轉變，成為內蒙古第一張省級黨報，也是我國少數民族文字報刊中比較早的省級黨報。如果從共產黨能在一個省（自治區）成為執政黨這個意義上講，它就是最早的少數民族文字報刊中省級黨委機關報。其他民族地區，少數民族文字報紙同樣經歷了由黨的報紙到黨報的漸變過程。（西藏日報）創辦初期也是黨的報紙。當時，黨在西藏的主要任務，是繼續執行關於和平解放西藏辦法的協議，鞏固和擴大反帝愛國統一戰線，增強民族團結，發展西藏建設。遵照黨中央的指示，編委會也吸收了若干上層人士參加，從而使報社的編委會成了一種特殊的組織形式，具體說來，報社的領導班子由四個方面人員組成，①中央派來的人員；②西藏地方政府方面的，有噶雪·頓珠才仁等人，班禪堪布廳方面的有德夏·頓珠多吉等人；③昌都方面的有勒村普拉；④還有學者，如擦珠·阿旺哈桑、紅舍·索南傑布等人。這個統一戰線形式的編委會持續了一個相當長的時期。

當前，我國少數民族報業，已形成了以黨報為核心的多層次、多地區，多種類、多種文字的民族報刊體系。這個體系的形成標誌著我國少數民族新聞事業已進入了繁榮發展的新時期。以黨報為核心，這是由社會主義新聞事業的性質決定的，我國的新聞媒介首先要宣傳黨的路線、方針、政策，反映各族人民群眾的呼聲和願望。黨委第一書記要管報紙，這是我黨的傳統。

目前，我國現有的 80 多家少數民族文字報紙中，自治區（省）、地（州、盟、市）和縣委三級黨委機關報就有 50 家，其中自治區（省）一級 9 家，地（州、盟）市一級近 35 家，縣一級有 6 家報紙。作為體系，不僅有個核心，而且圍繞這個核心形成一個輻射狀的報紙網絡。從少數民族文字報紙整體看，有省（區）級報紙、地州盟市一級的報紙，也有縣一級的黨報。從文種和地區上看，內蒙古地區的蒙古文報紙、新疆地區的維吾爾文報紙、西藏地區的藏文報紙，更是比較早地形成了以省（區）級黨報為核心的，包括各級黨報和專業報、科技報、青少年報等等報紙在內的輻射狀的報紙網絡。這個以黨報為核心的報紙體系，有一個統一的辦報思想。這就是貫徹無產階級的新聞思想，堅持黨的辦報方針，做黨和人民的耳目、喉舌，把宣傳黨的民族平等團結政策，宗教信仰自由政策，民族區域自治政策作為首要任務。

實踐證明，發展民族新聞事業首先要辦好少數民族文字的報紙。什麼是民

族新聞事業呢？凡是以少數民族和民族地區的受眾為對象的報紙、期刊、廣播、電視等新聞傳播媒介均應屬於民族新聞事業。這裡既包括民族地區以漢語文為工具的傳播媒介，也包括以少數民族語言文字為工具的傳播媒介，但是毛澤東同志認為，發展民族新聞事業，首先應當辦好少數民族語言文字的傳播媒介。《西藏日報》創刊前，毛澤東曾就辦一張什麼樣的報紙，於 1955 年 10 月 25 日指示中共西藏工委：「在少數民族地區辦報，首先應辦少數民族文字報紙。西藏與青海不同，不要藏漢兩文合版，要辦藏文報。報紙用什麼名字和怎樣辦好，應同西藏地方商量，由他們決定，我們不要包辦。」

　　20 世紀 30～40 年代，我國絕大多數少數民族文字報刊已屬於現代報刊。黨報和黨的報刊的出現是歷史性的轉變，這些報刊更具備現代報刊的特點。內蒙古地區、新疆地區、東北地區的少數民族文字報紙版面和欄目逐漸增多，內容日益豐富。重視當地的新聞報導，把少數民族關心的事件作為重要內容放在顯著位置發表，對於重要新聞、重大事件配以社論、評論，造成聲勢，形成輿論，注重宣傳效果。這時候，報社領導已意識到輿論陣地的重要。開始向敵對輿論爭奪領導權，努力使自己的報紙成為組織群眾和鼓舞群眾為了自身解放，為了從外國侵略者和本國反動派的奴役下解放出來而勇敢戰鬥的輿論工具。比如當時的《內蒙古週報》《內蒙古自治報》以及其他在黨領導下的少數民族文字報刊與為日本新聞機構控制的《滿綏時報》、偽蒙疆政府的《蒙疆日報》、偽滿時期的《康德新聞》〔註7〕等等報刊，無論從辦報思想、辦報方針、宣傳內容以及報紙性質等等方面都是嚴重對立、迥然不同的，與民營性質的《包頭週報》《強民日報》〔註8〕也是大相徑庭的，更不同於外國人在我國境內創辦的少數民族文字報紙。

　　為了辦好少數民族文字報刊，培養和造就一批少數民族新聞工作者的任務，也就歷史地落在中國共產黨人的身上。這也是毛澤東新聞思想的一個重要內容。在中國少數民族文字報刊興起時期，多是政治家辦報，政府官員辦報，真正的報人太少了。到了 20 世紀 30～40 年代，民族文字報刊進入了發展時期。黨的領導機關和報社領導開始自覺地培養少數民族新聞工作者，有意識地吸收和培養少數民族參加民族報刊的辦報活動，為他們創造和提供辦好民族

〔註 7〕《康德新聞》，民族地區的漢文報紙。4 開 4 版，鉛印，社址設在烏蘭浩特，該報由「滿洲國」興安省主辦。日本投降後，改為《東蒙新報》。

〔註 8〕《包頭日報》《強民日報》，民族地區的漢文報紙。《包頭日報》，1928 年創刊。16 開，由包頭一些知識分子主辦。《強民日報》創刊於 1938 年春，社址設在五原，內容偏重於社會新聞。兩種報紙均是石印。

報刊的學習機會，讓他們邊幹邊學邊工作邊提高，在工作實踐中提高業務水平，形成了一支少數民族新聞工作隊伍。少數民族報人隊伍的形成又促進了民族新聞事業的發展、繁榮。這支隊伍還為民族地區後來發展起來的廣播電視事業輸送了骨幹力量。也就是說，他們不僅為我國少數民族報業的發展貢獻了自己的才乾和青春，而且也為我國現代化的新聞事業的發展建立了功勳。

新中國成立後，少數民族新聞工作者隊伍日益擴大，數量增多，業務水平也有大幅度提高，產生了少數民族著名的新聞工作者。1954 年 7 月 17 日中共中央政治局通過的《關於改進報紙工作的決議》中明確指出：「各少數民族地區，凡有條件的就應創辦民族文字的報紙。」〔註 9〕並強調說：「少數民族地區的報紙，應注意宣傳黨的民族政策，宣傳愛國主義和民族團結，並按照當地的特點適當地進行關於黨在過渡時期的總路線的宣傳。」民族地區各級各類報社全面貫徹執行黨中央和毛澤東同志的指示，「培養出色的編輯和記者」，〔註 10〕加強少數民族新聞工作者隊伍建設。造就一批德才兼備的編輯、記者和報社的管理幹部。民族地區各級各類報社充分認識到，沒有一支政治素質和業務素質好的新聞幹部隊伍，無論如何也不能把報紙辦出水平，辦出特色、風格和個性。在這個新的歷史時期，民族地區的各級各類報社在上級黨委的領導下，都採取了許多有效措施培養和造就少數民族新聞工作者。比如報社內部有計劃地加強業務學習，定期評報，提高新聞理論、新聞寫作水平，有計劃地通過函大、電大、職大方式培訓年輕的編採人員；選派、保送業務骨幹脫產進修，包括到黨校新聞班、大專院校新聞專業學習新聞學基礎知識；在報社內部實行以老帶新，以師傅帶徒弟，搞好傳幫帶，有計劃地培養新聞工作的接班人，到外地參觀考察，實行易地採編，取長補短，提高辦報水平。通過職稱評定，考核新聞業務知識，等等措施，提高在職人員的新聞業務素質和政治素質。再者就是從

〔註 9〕引自《中國新聞年鑒》，中國社會科學出版社 1982 年版，第 99 頁。
〔註 10〕1957 年 7 月毛澤東在《1957 年夏季的形勢》一文中指出：「各省、市、自治區要有自己的馬克思主義理論家、自己的科學家和技術人才、自己的文學家、藝術家和文藝理論家，要有自己的出色的報紙和刊物的編輯和記者。第一書記（其他書記也是一樣）要特別注意報紙和刊物，不要躲避，每人要看五份報紙，五份刊物，以資比較，才好改進自己的報紙和刊物。」1954 年 8 月 8 日中央人民政府委員會第 18 次會議批准的《中華人民共和國民族區域自治實施綱要》就已規定，各民族均有使用本民族的語言文字，積極培養民族幹部，大力發展本民族的文化事業。後來在第一部《中華人民共和國憲法》中以法律形式再次規定了：要大力發展少數民族文化事業，培養少數民族文化工作幹部。

社會上補充新生力量，包括吸收大專院校畢業生和從報紙骨幹通訊員中培養和選拔新聞人才，錄用一批能吃苦肯鑽研、有發展前途的採編人員。由於採取了多層次、多渠道、多種形式培養和造就新聞人才，目前我國少數民族新聞工作者，從數量和質量上都超過了新中國成立之前，並且產生了一批在全國已有一定影響的少數民族新聞工作者。依靠這支隊伍，我國少數民族新聞事業在新中國成立後才有一個新的質的飛躍。

粉碎「四人幫」之後，少數民族新聞工作者隊伍空前發展和壯大。據統計，全國少數民族地區，省（區）、地（州）、縣三級黨委機關報工作人員近6000人，其中編輯人員4800人左右。內蒙古、寧夏、新疆、廣西、雲南、青海、西藏等七個省（區）的廣播電視系統的採編人員有6100多人，約占全國廣播電視系統的採編人員的1/7。全國少數民族新聞工作者的總數一定大大超過以上這兩個數字之和，較之過去任何一個時期都是空前壯大的，形成了一支精湛的隊伍。當前，他們已籌備成立了自己的組織——全國民族新聞工作者協會和學術團體——中國少數民族新聞研究會，創辦學術刊物《民族新聞》。新時期的少數民族新聞工作者由老中青專業技術人員組成，並湧現了一批著名的新聞工作者和社會知名人士。在老一輩少數民族新聞工作者中，如薩空了、蕭乾、穆青等，馳名中外。

毛澤東和中國共產黨歷來重視發展民族新聞事業。新中國成立後，百廢待興，百業待舉。毛澤東日理萬機，在極其繁忙的情況下，對社會主義新聞事業，尤其是民族新聞事業十分關注。眾所周知，毛澤東除為人民日報題寫報名之外，還為省市級報刊題寫了報頭。其中民族地區的有《內蒙古日報》、《青海日報》、《西藏日報》，並為《新疆日報》兩次題寫報頭。〔註11〕這都表達了毛澤

〔註11〕《內蒙古日報》在烏蘭浩特時期的報名，是烏蘭夫題寫的。1950年2月，報社負責人在北京徵求烏蘭夫的意見，請毛主席題寫報名。烏蘭夫又通過鄧小平同志幫忙，找到毛主席，請主席在百忙之中為《內蒙古日報》題寫報名。毛主席欣然允諾，並一連題寫了三幅（還有二幅、四幅之說），寄給了報社。報社職工見到毛主席手跡後，歡欣鼓舞。三幅手跡中，有一幅劃了一個圓圈。報社同志認為，劃圈的一幅是毛主席最滿意的，於是把這幅手跡製成報頭，一直沿用至今。在蒙文版上，還把毛主席題寫的報名製成小報頭，發在一、二、四版的左上角，也沿用至今。《青海日報》自1949年12月9日始用毛主席題寫的報頭。《西藏日報》開始是從一本魯迅日記中拼湊起來，放大製成報頭。該報創刊9年後，即1965年始用毛澤東題寫的報頭。《新疆日報》創刊後毛澤東題寫過報頭。1965年9月第二次為《新疆日報》題寫報名，並把「疆」字寫成「壃」字，當年10月1日啟用。

東對辦好民族新聞事業的殷切期望，對民族新聞工作者是巨大鼓舞，增強了他們的信心和力量。

　　毛澤東和黨中央認為，發展民族新聞事業是落實民族區域自治政策和民族政策的一個重要方面。我國是在中國共產黨領導下，由56個民族組成的社會主義國家。民族團結、民族平等和各民族的共同繁榮，是一個關係到國家命運的重大問題。在抗日戰爭的初期，在黨的綱領裏，黨的決議和黨的領袖的講話中提出了在我國少數民族聚居區實行民族區域自治政策和各民族一律平等的政策。1938年，在中共六屆六中全會上，毛澤東提出：各少數民族「在共同對日原則下，有自己管理自己事務之權，同時與漢族聯合建立統一的國家。」1941年，在陝甘寧邊區施政綱領中，明確規定：「依據民族平等原則，實行蒙、回民族與漢族在政治經濟文化上的平等權利，建立蒙、回民族的自治區。」1946年，在黨中央提出的《和平建國綱領草案》中規定：「在少數民族區域，應承認各民族的平等地區及其自治權。」1949年後，在中國人民政治協商會議制定的《共同綱領》和全國人民代表大會通過的《中華人民共和國憲法》中都明確規定和重申了黨的民族區域自治和各民族一律平等的政策。毛澤東十分關心少數民族的政治經濟、文化生活，經常瞭解少數民族地區的情況。1959年4月7日，他在給當時中共中央統戰部副部長、國家民委副主任汪鋒的信中開頭就說：「我想研究一下整個藏族現在的情況。」接著一連提出13個問題，然後說：「以上各項問題，請在一星期至兩星期內大略調查一次，以其結果寫成內部新聞告我，並登新華社的《內部參考》。如北京材料少，請分電西藏工委，青海、甘肅、四川、雲南四個省委加以搜集，可以動員新華社駐當地的記者幫助搜集，並給新華總社以長期調查研究藏族情況的任務。」〔註12〕到了20世紀80年代，各族人民用生動，形象的語言概括出兩句話：「漢族離不開少數民族，少數民族離不開漢族」，這也是在總結我國幾千年各民族發展史的基礎上，概括出來的顛撲不破的真理。根據黨的政策和憲法的規定，少數民族在日常生活、生產勞動、通訊聯繫以及社會交往中，使用自己的語言文字都應受到尊重。在有本民族通用文字的少數民族地區，中小學和高等院校的教學，也都允許和鼓勵使用本民族語言文字。在一些有條件的自治地方，建立使用本民族語言文字的新聞、廣播、出版事業更應當予以支持和重視，這是十分必要的。在我國55個少數民族中，有53個民族有自己的語言（回、滿兩個民族通用漢

〔註12〕引文見1984年《新聞業務》第1期。

語文），21 個少數民族原來有自己的文字，20 世紀 50 年代國家幫助 10 個少數民族創制了文字。據最近資料表明，全國各民族地區採用 17 種民族文字出版了 84 種報紙，發行量達 14835 萬份，用 11 種民族文字出版了 153 種雜誌，發行量達 1280 多萬冊。誠如原國家民委副主任伍精華在全國民族語文工作會議〔註 13〕上所說，「少數民族使用和發展本民族語言文字的自由得到了尊重和保障。」

　　新時期我國少數民族報業的發展，與解放初期和解放前只有屈指可數的幾種相比較，無疑是令人歡欣鼓舞的，少數民族新聞事業迎來了繁花似錦的春天！

　　　　（原載《中央民族學院學報》1993 年紀念毛澤東誕辰 100 週年專刊）

〔註 13〕全國民族語文工作會議，1991 年 12 月 3 日在北京召開。有關民族文字報刊的
　　　　出版、發行數字均是從這次會議上獲悉的。

「中央臺沒有民族廣播怎麼行？」

　　從 1961 年起，有關民族地區的廣播電臺和少數民族聽眾陸續給國務院和國家民委寫信，要求恢復民族語言廣播。

　　1962 年 7 月，在青島舉行的民族工作會議上，烏蘭夫、賽福鼎·艾則孜等都提到有必要恢復中央人民廣播電臺的少數民族語言廣播，以便中央的重要文件能夠比較規範地譯成少數民族語言，通過廣播及時傳播到民族地區。當時，周恩來在聽取了會議彙報之後，批評中央廣播事業局不應該停辦少數民族語言廣播。他說：「民族廣播為什麼停了，為什麼不告訴我？我們國家這麼大，地區這麼遼闊，又是一個多民族的國家，中央臺沒有民族廣播怎麼行？」時任中央廣播事業局副局長的梅益當時表示，撤銷民族語言廣播是考慮欠周，並遵照周恩來的指示，立即同國家民委研究恢復民族語言廣播節目的有關事宜。

　　9 月 27 日，中央廣播事業局黨組給國家民委寫信，同意國家民委關於恢復中央人民廣播電臺民族語言廣播的意見，並就若干問題提出了書面意見。主要內容是：關於恢復哪幾種民族廣播節目問題和民族語言廣播工作的領導關係問題。10 月 25 日，梅益與國家民委副主任薩空了商談，決定首先恢復蒙古、藏、維吾爾語廣播並增設哈薩克語廣播，商定如有困難，可先恢復蒙古、藏、維吾爾 3 種語言廣播。後因廣播必需的基建投資和設備問題未能解決，梅益向周恩來作了口頭彙報，周恩來當時指示可稍緩進行。

　　1964 年 8 月，烏蘭夫、賽福鼎·艾則孜再次提出要求中央人民廣播電臺開辦蒙古語、維吾爾語等節目。8 月 13 日，中央廣播事業局黨組寫信給國家民委，建議恢復少數民族語言廣播。12 月 17 日，國家民委和中央廣播事業局聯合向中宣部、國務院文教辦公室提交《關於恢復少數民族語言廣播問題的報告》。報告提出：鑒於在邊疆民族地區進行反對帝國主義、現代修正主義和各

國反動派的宣傳，以及愛國主義、社會主義教育的迫切需要，建議將中央人民廣播電臺少數民族語言廣播所需的投資和編制列入第三個「五年計劃」。

1965 年 2 月 17 日，國家民委、中央廣播事業局在給中宣部《關於恢復少數民族語言廣播的補充報告》中，對上述問題做了更為明確的闡述：「我們事後檢查，認為過去主張停辦的理由是不充分的，工作中存在的一些困難都是可以克服的。目前我國少數民族地區普遍聽到來自帝、修、反以及蔣幫電臺的各種民族語言廣播，但是，聽不到我中央臺的。而少數民族地區廣播電臺的電力都不能滿足當地的收聽需要……同時，由於目前中央發表的重要文件沒有統一播發的少數民族文字稿，各地分別翻譯發表，往往譯文互有出入。如由通訊社播發統一的少數民族文字稿，則需建立較多的收訊臺，人員設備困難較大。為了統一各種語言的譯文，同時也是為了加強對少數民族進行政策和時事宣傳，更有必要恢復少數民族語言廣播。」

根據有關文件的記載，周恩來、鄧小平、陸定一、余秋里等同志於 1965 年 4 月 29 日批覆了中央人民廣播電臺恢復少數民族語言廣播的請示報告，並將有關基建項目列入第三個「五年計劃」。當時擬定恢復的 5 種少數民族語言節目是蒙古、藏、維吾爾、哈薩克、朝鮮語 5 種語言，計劃於 1967 年播音。

此後，相關的籌備工作陸續開始，但由於不久後的「文革」，恢復民族語言廣播的工作受到嚴重干擾，沒能按期完成開播任務。

據張小平在《我和民族廣播 40 年》一文中記述，1968 年 9 月 9 日，當時的國家建委副主任謝北一曾向他們傳達周恩來在看到有關恢復民族語言廣播的請示報告後的意見，其中周恩來還特別提到，「要不要壯語？」（此事後曾詢問韋國清同志確定不辦。有關開辦語種問題，上世紀 80 年代曾計劃條件成熟時可考慮增辦壯、彝、傣 3 種語言廣播。）

此後，籌備民族廣播的工作進一步加快。蒙古、朝鮮、維吾爾語廣播從 1971 年起陸續恢復，並根據原定計劃創辦了哈薩克語節目，到 1973 年 1 月 1 日藏語廣播開播，恢復和創辦 5 種少數民族語言廣播的任務全部完成。1 月 17 日，中央廣播事業局向毛澤東、周恩來彙報了藏語廣播正式播音的過程。

其中還有一個小插曲，1970 年上半年，中央人民廣播電臺為恢復少數民族廣播，曾採制了《萬歲！毛主席》等 4 首民族歌曲送中央審聽。7 月 8 日，周恩來親自批示同意播出，給廣播工作者以極大的鼓舞。

（原載《中國民族報》2009 年 1 月 16 日第 07 版「理記週刊·時空」欄）

雙向貫通的傳播模式
——重讀《對華北記者團的談話》

　　劉少奇是我黨新聞事業的奠基人之一，他不僅善於運用報刊等新聞工具瞭解社會動向，指導革命活動，更善於將馬列主義思想運用於黨的新聞實踐，從事新聞理論創造。劉少奇對少數民族的生存狀態給予大量關注，不僅在《人民日報》發表多篇支持和幫助少數民族地區發展的文章，還親自到少數民族地區考察。至今，劉少奇的許多新聞思想仍有很強的現實意義。他一貫認為「新聞很重要」，這種重要性的一個突出表現就在於，他認為新聞工作是黨聯繫群眾的橋樑。

劉少奇的「橋樑」說

　　1948 年 10 月，劉少奇在他的著名的《對華北記者團的談話》中指出：「我們黨要通過千百條線索和群眾聯繫起來」〔註1〕，而新聞工作「就是千百條線索中很重要的一條」。在談話中，劉少奇強調橋樑的作用是雙向貫通，指出報紙的作用在於聯繫黨和人民群眾。首先，黨依靠報紙、通訊社等新聞工具宣傳黨的路線、方針、政策，「聯繫群眾，指導人民，指導各地黨和政府的工作」；另一方面，人民又依靠新聞工作「把他們的呼聲、要求、困難、經驗以至我們工作中的錯誤反映上來，變成新聞、通訊，反映給各級黨委，反映給中央」。這就把黨和群眾聯繫起來了。黨要盡一切可能聯繫群眾，而「千座橋、萬條線，

〔註 1〕劉少奇：《對華北記者團的談論》，載《劉少奇選集》（上卷），人民出版社 2004
　　　　年版裝本文所引劉少奇的文字除已注明者外全部引自《對華北記者團的談
　　　　話》。

主要的一個就是報紙。」因此，劉少奇所提出的「橋樑說」，指的是一種雙向貫通的傳播模式，而不是以黨的輿論為中心的單向信息流動。

「橋樑說」的提出正值 1948 年秋天，人民解放軍全面反攻節節勝利，新中國即將誕生，此時的新聞工作面臨著新的光榮而艱巨的任務，因此需要全國的新聞工作者們從政治、思想、業務和幹部隊伍方面做好準備。新形勢的發展則要求新聞工作者建立新的新聞工作理念，而不能再繼續實行戰爭時期的新聞工作理念。而劉少奇適時提出的「橋樑說」所代表的雙向貫通的傳播模式則是黨的新聞工作當時的努力方向。

劉少奇的「讀者觀」

與「橋樑說」相應的還有劉少奇的「讀者觀」。他所提倡的以讀者為中心，服務讀者的觀點正是「橋樑」說的一個方面的具體體現。

劉少奇強調，新聞工作要有讀者視角。在《對華北記者團的談話》中，他對記者們說：「你們是為讀者服務的。看報的人說好，你們的工作就是做好了。」1956 年，他進一步指出：「你們要調查報紙的讀者對象，究竟某一家報紙的讀者是些什麼人，他們的要求是什麼。」〔註2〕而在黨的高級領導人當中，劉少奇是最早強調報導要調查報紙讀者需要問題的。

他強調，新中國的新聞工作者要改變戰爭年代的新聞報導模式，而應在考慮大眾需求的情況下，構想改進新聞報導的方法。

此外，他還特別關注媒介對人民現實生活的報導。1956 年，在對廣播局的談話中，他說：「廣播要跟人民建立聯繫，政治上當然也要跟人民聯繫，但是總不能只限於政治上的，人民關心的事情是很多的，想聽的事情也是很多的。」〔註3〕他所指的人民關心的事情就是時裝、天氣、傳染病的流行、副食品供應、百貨商場購物、聽戲等。可以說，這些內容已經完全不同於戰爭年代的以政治新聞為主的新聞報導模式。

關注少數民族群眾生存狀態

劉少奇也還在努力運用新聞輿論促進少數民族地區政治和經濟發展。劉

〔註2〕劉少奇：《對新華社工作的第二次指示》，載《中國共產黨新聞工作文件彙編》（下），新華出版社 1980 年版，第 386 頁。
〔註3〕劉少奇：《對廣播事業局工作的指示》，載《中國共產黨新聞工作文件彙編》（下），新華出版社 1980 年版，第 376 頁。

少奇的民族工作思想包括五個方面：一是反對民族壓迫，主張各民族一切權利平等；二是加強民族團結維護祖國統一；三是少數民族地區社會改革要慎重穩妥；四是反對大民族主義和地方民族主義，五是要重視和幫助少數民族地區發展經濟。

劉少奇是我國土地改革運動的組織者和領導者，他依據黨的民族宗教政策，制定了一系列切合實際的有關規定和實施辦法，使廣大少數民族地區在盡可能地避免正常生活破壞和社會動盪的前提下勝利完成了土改，逐步走上了共同發展的道路。

上世紀 50 年代，全國大部分已經解放。為了促進西藏地區解放，劉少奇隨即考慮進軍西藏。他針對當時拉薩上層正在進行的「西藏獨立」活動，於 1950 年 1 月中旬指示外交部準備關於西藏問題的談話。經請示毛澤東同意後，該談話於 1 月 21 日在《人民日報》上發表。在毛澤東的指導和劉少奇的具體指揮下，全國解放戰爭順利進行。到 1950 年上半年，中國人民解放戰爭基本結束。

此外，劉少奇於 1956 年 9 月 15 日發表於《人民日報》的《幫助少數民族發展》文章中指出，「各少數民族的人口雖然只占全國總人口的百分之六，但是他們居住的地區，卻占全國總面積的百分之六十左右，其中許多地方富有各種工業資源。如果認為不要少數民族的共同努力和積極參加，單憑漢族人民的努力，就可以把我國建設成為一個偉大的社會主義國家，這顯然是一種錯誤的想法。」

當代社會「橋樑」的兩端需要具體化

當代社會，正確認識「橋樑」兩端的具體內容有著更加重要的現實意義。首先，「橋樑」說中的人民群眾的涵義更加豐富和具象化。在新中國建立之前，我們所指的人民群眾只是特指工人和農民。而隨著改革開放的逐步深入，以及國家各項政策的日益放寬，市場經濟的主體不僅指國有大型企業，還產生了眾多的私有企業主。而隨著知識經濟浮出水面，知識分子作為重要的生產力已成為人民群眾的一員。而在每個大群體中，還可劃分為若干個小類別。比如，在農民中按照就業方式來劃分，就可分為農民、農民工和農民中的個體經營者。

因此，為了服務這些逐漸細化的受眾群，就要用不同的方式處理新聞報導，而不能做「一刀切」的草率處理。新聞媒體作為一座溝通黨、國家和人民

群眾的橋樑，只有針對不同人群採取不同方式，採用受眾群最適合的方式與其溝通，才能真正起到橋樑的聯結作用。對於普通農民，就要面向他們及時發布國家相關的農產品政策，如關於減免徵收農業稅措施。而在發布過程中，由於農民的文化水平的局限，就應以最簡單形象的方式進行，這樣才能讓他們感覺到新聞報導的效用。

針對不同的讀者要分別採用不同類型的橋樑，這就要求媒體新聞報導的細化。不僅要有生活類報紙，還要有貼近各類人群不同口味的專業性媒體。立足法制類的報紙、文娛性的電視頻道等。而在不同媒體的報導過程中，也要儘量發揮出不同媒介的最大效用，讓「橋樑」物盡其用。

前段時間，各級各類媒體及時刊發中央紀委通報 6 起違反中央「八項規定」典型的報導，是雙向貫通傳播模式的最新體現，也是劉少奇等老一輩無產階級革命家的新聞思想在和諧發展時期的體現。（邱曉琴同志對本文的寫作亦有貢獻）

參考文獻：

1. 劉桂江、陳曉雲：《劉少奇有關新聞工作論述的主要內容》，載《新聞戰線》，1998 年第 12 期。

2. 文念蘇：《繼承、借鑒、創新——讀〈中國新聞傳播學說史〉筆記》，載《新聞大學》1995 年第 2 期。

3. 陳力丹：《劉少奇同志的新聞實踐和新聞思想》，載《新聞與傳播研究》1998 年第 2 期。

（原載《青年記者》2013 年 5 月下，總第 419 期）

第四輯

共促團結，建構民族和諧發展——
論少數民族新聞事業與民族地區社會發展

引言

　　遠古時期，我國的少數民族群眾就進行著豐富多樣的新聞傳播活動。步入近代，在八國聯軍組織的「都統衙門」統治天津之時，1902 年清末滿族大學者英斂之創辦的《大公報》，開啟了少數民族參與辦報的先河，將戊戌時期的學習西學，反封反帝啟蒙工作向前推進。隨後，內蒙古喀喇沁親王貢桑諾爾布創辦了我國境內第一份少數民族文字報刊《嬰報》。自此，少數民族新聞事業歷經抗日戰爭、新中國建立和改革開放，在各界人士的關心和精心培育下，已經發展為集報刊、廣播、電視、網絡為一體的多語（文）種、多渠道、多層次的新聞傳播體系。2007 年 8 月，新疆天山網和中國移動推出的圖文並茂的彩信手機報，將傳統媒體和網絡的信息進行整合通過手機網絡發布，「手機報・十七大特刊」，更是將黨和國家的新政策第一時間送到訂戶手中。少數民族新聞事業在百年的發展歷程中，不僅自身經歷著蛻變，更記錄著少數民族發展的點點滴滴，為民族繁榮獻言獻策，成為各民族發展的重要一環。

　　自 1954 年我國第一部憲法開始，平等、團結、互助的民族關係一直是黨和國家民族工作的立足點。2005 年，胡錦濤主席在中央民族工作會議上提出「和諧」民族關係的新提法，指出社會主義民族關係的本質特徵是「平等、團結、互助、和諧」，並將「鞏固和發展平等、團結、互助、和諧的社會主義民族關係」確定為新形勢下做好民族工作的重要指導原則。和諧社會和和諧民族

關係建設的新形勢，給少數民族新聞事業提出了嶄新的課題，如何突破少數民族新聞事業發展的瓶頸，尋找更優化的新聞宣傳模式，成為當今民族新聞人的重要課題。

一、開啟民智民思，推進政治文明

自洋務運動、維新變法，到學習蘇俄，中國近代以來，圖謀革新人士紛紛引入西方成功的政治理論和實踐，並加以變通和運用，使中國經歷了一個學習西方先進文化思想的變革之路。滿族報人英斂之便是這些革新人士中的一員。

英斂之是我國第一個少數民族報人，他於 1902 年在天津創刊的《大公報》出版之時，正是 1900 年庚子賠款之後，民族災難深重，受西方資產階級政治思想影響的英斂之，傾向於維新。其辦報宗旨十分明確，「採納西方思想、啟迪民智、開風氣之先」。在創刊當日的《大公報‧序》中，他寫道「報之宗旨，在開風氣，鋪民智，挹彼歐西學術，啟我同胞聰明，……」《大公報》初創之始，不僅以教育讀者，開啟民智，提倡學習西方的先進知識為辦報宗旨，而且積極參與反對封建專制，並以「敢言」而著稱。在創刊的第二天，該報就發表了《大公報出版弁言》，大膽地揭露清王朝的弊政。至今《大公報》已經度過了其百年壽辰，但他並非垂垂老矣，仍秉承創刊時訓，積極引入西方先進文化，在國家政治文明中扮演推介作用。

有萬報之報美譽的《參考消息》，創辦於 1931 年，曾是中華蘇維埃第一次全國代表大會僅供代表參閱的內部刊物。1956 年隨著訂閱範圍的擴大，《參考消息》由刊物型改成報紙型出版，並創辦民族文字版。少數民族文字的《參考消息》現有維吾爾文、哈薩克文、蒙古文 3 種，還有朝鮮文的《綜合參考》。以國際時事政治為主，特別是美國、前蘇聯以及港澳臺等國家和地區的政治經濟、軍事技術、文教衛生等方面情況，信息廣泛，及時向民族群眾傳播世界動態，幫助各界少數民族群眾開闊眼界，認識世界，從而形成對國內外形勢的正確判斷，有助於民族同胞權衡利弊進行正確決策。

當前，與引入西方政治思想相比，宣傳報導黨和國家的時事政治動態更是少數民族新聞媒體的重要任務與職責。民族地區電臺、電視臺對《新聞聯播》進行譯播，人民日報的重要社論和國家的大政方針也被譯為維、蒙、哈、朝等民族語文，在各民族媒體刊載和播放。一些媒體還開闢民族發展與和諧

社會等相關論壇，讓少數民族同胞在瞭解國家政治熱點的同時，深入國家事務尤其是民族問題的大討論中，成為溝通黨、國家與少數民族同胞的橋樑。一些良策和建議引起相關領導關注，並成為政策制定的參考，推動了國家政治的發展進程。

二、構建統一戰線，呵護共同家園

進入現代，尤其是抗日戰爭時期，少數民族文字報刊積極配合全民抗日高潮，文章中體現的保家衛國的愛國熱情將各個民族團結起來，共同抗擊日本法西斯主義侵略暴行。

1935 年，新疆最早的綜合理論性刊物《反帝戰線》（漢維文版）創刊，是當時新疆最大的群眾政治組織反帝會的機關報。反帝會作為統一戰線工作的組織形式，擔負著對民眾的宣傳和教育工作，號召並領導全疆各族群眾積極支持抗戰，保障和鞏固抗日的大後方的任務。《反帝戰線》通過專欄和特刊、專輯，宣傳抗日救亡運動和黨的方針政策，介紹蘇聯社會主義革命經驗和建設成就，揭露帝國主義本質，介紹抗日根據地情況和新疆各族人民反帝聯合會的領導進行獻寶、募捐寒衣支持抗日戰爭的事蹟和經濟建設事業的發展。該刊在抗日時期的理論宣傳成就，使其成為少數民族著名的馬克思主義時事政治期刊。很多文章被《新疆日報》轉載，兩者相互配合，使新疆各族群眾認清了帝國主義的侵華圖謀，為新疆抗日戰場的勝利奠定了堅實的思想理論基礎。

宗教在少數民族中的影響廣泛而深刻。國家尊重少數民族的宗教信仰，保護正常的宗教活動；對借宗教名義進行的危害國家安全等違法行為將予以強烈的譴責與懲處。地處民族分裂勢力最前沿的西藏人民廣播電臺，在打擊分裂勢力，維護祖國統一方面發揮了重要作用。

1951 年西藏和平解放，應民族宣傳之需，1959 年元旦西藏人民廣播電臺的藏、漢語節目正式開播。開播後不久，西藏上層策動了旨在「西藏獨立」的武裝叛亂，西藏人民廣播電臺毫不畏懼，依然堅持在地堡裏製作、播出各項節目，並按時轉播中央人民廣播電臺的漢、藏語節目，將黨和國家的聲音及時向藏民傳播，為平息叛亂做好輿論準備。進入 20 世紀 90 年代，西藏臺揭露了達賴集團背叛祖國、進行分裂活動的陰謀，並對其亂藏禍教的罪行進行鞭撻。同時，西藏臺秉承國家尊重宗教信仰，保護正常宗教活動的原則，對十世班神轉世靈童的尋訪、認定進行報導，並在 1995 年 11 月底，西藏臺與中央電視臺合

作，對轉世靈童的金瓶掣籤儀式和冊立典禮進行了現場直播。

目前，西藏臺已走過近 50 年風風雨雨，她深知民族分裂勢力的危害，始終把維護祖國統一，民族團結，反對分裂作為宣傳中心，以大量無可辯駁的歷史事實，揭露和批判分裂勢力的圖謀，並將黨和國家針對分裂勢力的政策及時傳播，打擊了分裂勢力的囂張氣焰，使西藏在日趨穩定的環境中加速經濟發展步伐。

三、傳承魅力文化，保護民族遺產

在我國這個幅員遼闊的國家中，每一個民族的文化都是一顆璀璨的珍珠，56 顆明珠在祖國這個華麗的桂冠上熠熠生輝。與報紙等以文字為載體的媒介相比較，以照片和圖像為主的畫報和電視，在展現民族文化的獨特性上有著更強的視覺衝擊力。改革開放新時期，隨著民族關係的穩定發展，民族文化的保護和傳承被提上重要日程，而人民生活水平的提高對民族旅遊資源的渴求，更將製作展現民族文化的欄目和節目，作為眾多媒體的重要內容。

自 1955 年創辦後，《民族畫報》這個「世界第一份反映本國少數民族情況的畫報」，在民族文化傳播上扮演著重要角色，她和《人民畫報》、《解放軍畫報》並稱「三大畫報」。《民族畫報》立足於 56 個民族，為少數民族服務，反映那些被稱為「活化石」的少數民族原始「俗」文化，地方特色和鄉土特色較濃。為迎接新世紀，1999 年畫報推出大型報導《中國少數民族百年回顧》，用大量歷史照片和追蹤採訪報導，展現各民族的滄桑。《民族畫報》讀者頗豐，鄧穎超還曾為有關回族烈士馬駿的報導撰寫文章並提供過照片，目前該刊擁有蒙、藏、維、朝、哈五種民族文字版和漢文版，遠銷海內外。

2002 年，中央電視臺西部頻道的文藝欄目《魅力 12》開播，欄目以演播室現場表演和嘉賓追憶為主要形式，對產生於西部的文藝形式、流派、現象以及廣為流傳的歌曲，進行多方位展示與追溯，折射西部少數民族民間文化的無窮魅力。如王洛賓的《在那遙遠的地方》中一些名詞含義的求證，此外還有歌曲的不同演唱方式的展示，都讓觀眾耳目一新。

除央視外，各民族省區更結合自身民族特色設置民族文化宣傳節目。廣西衛視展現全國少數民族精神風貌的《尋找金花》（漢語播出）、內蒙古衛視展現草原文化的《蔚藍色的故鄉》（蒙漢語言播出）、新疆電視臺展現新疆能歌善舞人民的《夏熱法特》（維吾爾語播出）等欄目，分別以實地選秀、演播室訪談、

舞臺演出等形式，利用衛視傳播迅速、覆蓋面廣的優勢，向海內外關注民族文化的受眾展現我國少數民族的歷史、民俗和地理風貌。

可以說，民族文化題材節目的每一個拷貝，都是對日益消逝的傳統民族文化的挽留和現實記錄，而大型紀錄片《新絲綢之路》，不僅有對絲路歷史遺跡及其背後故事的展現，更關注絲路的新面貌。觀眾看到的大漠落日、水草豐美的同時，更體驗到了沿途人民的樸實與好客。媒體的鏡頭將海內外遊客牽引至這條迷人的古代中西方通商要道，使其一度成為眾人神往的旅遊熱線。

四、獻言民族繁榮，促進民族和諧

改革開放後，我國 GDP 增速迅猛，進入快速發展新時期。新世紀，西部大開發戰略實施後，西部各少數民族地區的經濟發展水平得到普遍提高。在「發展是第一要務」，「科技是第一生產力」，「促進民族地區經濟和諧發展」等經濟發展理念的指導下，少數民族新聞媒體開始了新一輪的促進民族經濟繁榮的宣傳報導。

2001 年，西部電視人聯手推出特別節目《西部大開發》，通過展示西部的自然、人文景觀，報導西部投資環境，提供西部大開發政策與信息，讓人們關注西部，關注西部大開發。2002 年，中央電視臺將「西部大開發」報導進一步擴大，開闢專為西部大開發服務的西部頻道，通過不同節目和播出形式的相互配合，對西部進行全面展現。其中，《西部新聞》及時向民族觀眾告知國家西部大開發的政策動態；《財經前線》的《西部投資》板塊，將西部的重點招商項目推介給東部投資者，構建著東西部財經諮詢交流平臺；《西部論壇》則圍繞西部開發設計議題，邀請各級政府的官員、知名專家學者為民族繁榮獻言獻策。西部頻道緊鑼密鼓地為西部大開發和西部民族群眾盈利提供了便利的信息獲取途徑，並使西部大開發成為全國矚目的焦點，內地和東部沿海投資商紛紛走入西部簽署投資意向書。

2004 年，由於種種原因，誕生僅兩年的西部頻道被社會與法頻道取代，退出中國電視舞臺。但關於西部大開發的報導卻沒有停息，西部各電視臺仍將促進西部大開發作為報導的重要內容，開闢相關節目促進當地經濟發展。2005年，值西部大開發五週年之際，中央電視臺在新聞聯播推出「落實科學發展觀‧西部大開發」系列主題報導，集中展現西部大開發戰略的巨大成就。將西部經濟發展報導再次推向高潮。

少數民族省區電視臺在做好日常經濟報導同時，也推出了一些經濟類生產生活服務節目。新疆電視臺自 1970 年開播以來，已是擁有 12 個頻道資源的電視臺，並實現了維、哈、漢三種語言分頻道播出。新疆農牧特產豐富，哈密瓜、馬奶子葡萄、羔羊肉等農牧產品在新疆 GDP 增長中佔有很大比重。《農牧新天地》針對這一需求，為農牧民增產增收致富支招，並努力搭建購銷平臺，縮短產品流轉週期。此外，新疆電視臺第 9 頻道（XJTV-9）為維吾爾語經濟生活頻道，主要設有《經濟與服務》、《打假行動》、《經濟論壇》、《交通與安全》、《飲食文化》和《商橋》等欄目，為新疆各族群眾提供消費、投資、飲食、交通等經濟服務。

科技是經濟發展的動力，而科技的發展還要依靠全民科技素質的提高。少數民族科技報自誕生之日起，就承擔著科技普及的作用。目前，隨著市場經濟的發展和社會主義新農村戰略的提出，她除向民族群眾提供實用農牧科技信息外，更重視市場意識的培養，為塑造社會主義新農民服務。

《內蒙古科技報》的「奶牛飼養一百問」的臨時性專欄，回答了牧民在奶牛飼養中的疑問。該報與《青海科技報》相繼推出的文章《抱著南瓜闖市場》和《讓乾辣椒賣個好價錢》，則傳達了市場開拓意識和現代營銷技巧的經濟價值。《青海科技報》的《茶園：圓了馬雲福的致富夢》為農民提供了發展茶園經濟的致富經驗。

在 2005 年胡錦濤主席提出的新形勢下做好民族工作的重要原則指導下，促進了民族經濟和諧發展。少數民族新聞媒體經濟節目和民族科技報帶給少數民族同胞的不僅是產量和收入的提高，更有民族綜合素質的上升，以及隨生活水平提高而來的社會的和諧與穩定。

五、打破發展瓶頸，共建民族大家庭

擁有和使用本民族的語言和文字，是識別一個民族的重要依據，即使在民族融合過程中，為了溝通的需要，民族語文雖逐漸讓位於漢語普通話和國際英語，但民族群眾仍對民文、民語有著天然的親近感。迄今為止，少數民族新聞事業已經歷了百年風雨，這刻骨銘心的百年中，她為民族團結和國家穩定立下汗馬功勞的同時，自身也生根發芽，並長成大樹。但由於受眾分散、資金貧乏、人才素質尚需提高等因素，民族文字新聞作品的製作和播出質量，相對內地媒體仍有一定差距。

隨著社會主義市場經濟體制在我國建立，新聞事業作為文化產業的重要組成部分，也在經歷市場經濟的歷練。看到內地新聞媒體紛紛走入市場，少數民族地區的新聞媒體也躍躍欲試。廣西衛視和內蒙古衛視分別立足當地民族資源的特色定位，以及金牌節目《尋找金花》和《蔚藍色的故鄉》的打造，既達到了良好的民族文化宣傳效果，又創造了收視率和廣告額快速攀升的佳績。

由於各民族省區民族資源不同，以及各媒介的優勢相異，民族地區的新聞人如何學他人之長，並奮勇向前盡快打破發展瓶頸，尋求適合自身發展的新聞製作和傳播模式，進而擴大民族地區新聞事業整體的宣傳效果，為和諧社會和「和諧」民族關係建設搖旗吶喊，為共建民族大家庭服務，是擺在當今民族新聞人面前的重要課題。

我們翹首期待，少數民族新聞事業在新世紀經歷種種蛻變，逐漸走出襁褓，經過市場經濟的熔爐的歷練，不斷發展壯大。（與邱曉琴合作）

2007 年 11 月 30 日於北京昆玉河畔
（原載《青年記者》2011 年 2 月中，總第 337 期）

少數民族新聞傳播與構建和諧社會

中國少數民族新聞學（簡稱民族新聞學）是新聞學的一個分支，它主要是指發生在少數民族地區或是新聞事件的主體是少數民族的新聞。少數民族新聞學又可簡稱為民族新聞學，它的建立與發展，是近些年來中國新聞學研究不斷深入，專門化、細緻化所產生的必然結果。新中國成立以後，少數民族新聞事業的繁榮，與中國民族政策不斷完善，民族地區經濟與社會事業不斷發展，少數民族生活水平不斷提高有關。黨中央提出要構建「平等、團結、互助、和諧」的新型的社會主義民族關係，與現在所倡導的建設和諧社會的大方針是一致的，它同時也是中國民族新聞事業發展的指導方針。可以說，少數民族新聞傳播是中國整體民族工作的一個組成部分，是民族社會文化事業的一分子，是豐富少數民族精神生活不可缺少的工作。在當前，民族工作是創建社會主義和諧社會的一個重要組織成部分，那麼，民族新聞在創建社會主義和諧社會中，也起著十分重要的作用。民族新聞傳播與構建和諧社會，二者之間的相互補充、互為依託，共同發展的。

民族新聞傳播在構建和諧社會中發揮的作用

中國的少數民族新聞傳播事業雖然與漢族地區的新聞傳播事業相比，少數民族新聞傳播出現較晚，但它有起步晚，發展快，呈跳躍式發展的特點，這是中國少數民族新聞事業發展的一大特色。

中國少數民族新聞傳播事業興起於 20 世紀初葉。最初的 10 年，在一些少數民族地區，出現了用蒙古、藏、朝鮮、維吾爾等民族文字出版的近代化報刊。在內蒙古地區出版發行的《嬰報》（蒙漢合璧，1905 年）、在拉薩出版的

《西藏白話報》（1907 年）、在東北地區出版的朝鮮文的《月報》（1909 年）和在新疆地區出版的辛亥革命時期唯一的少數民族文字報紙《伊犂白話報》（1910 年，漢、維吾爾、蒙古、滿 4 種文字出版），是一批最早的少數民族文字報刊。

民國初年，少數民族文字報刊已發展到二三十種（不含外國人在海內外創辦的中國少數民族文字報刊）這個時期，少數民族新聞傳播事業尚處單一性的發展階段，我國少數民族新聞傳播自其誕生之日起，就邁過了古代原始狀態，顯示了我國少數民族文字報刊發展的跳躍性。

新中國成立後，尤其是改革開放以後，中國少數民族新聞事業得到了飛速的發展，除報紙外，廣播、電視以及最新的網絡媒體都得到了長足的發展。截至 2003 年，用少數民族文字出版的報刊 88 種，印數 13130 萬份；在民族自治地方有使用民族語言的廣播機構 122 個，用 15 種少數民族語言播出節目；少數民族語言的新聞網絡傳播也得到跨越式發展，現在已經有藏、維吾爾、哈薩克、蒙古、朝鮮、柯爾克孜、壯、錫伯等近十種少數民族文字開通了本民族語言文字的網站，對少數民族接觸外界，開拓信息領域都起到了促進作用。

民族新聞是反映少數族地區社會與經濟發展、少數民族生活和文化狀態的新聞，是對民族地區和少數民族的真實展現，因此處理好民族新聞與社會發展的關係，是構建和諧社會的重要一環。

要做好對民族新聞的報導，就要掌握有關中國各民族的經濟特點、民族歷史和文化，瞭解少數民族的生產生活習俗。在民族新聞報導中，既突出民族特色，又能讓本民族和其他民族接受，起到溝通交流的作用，只有全社會不同文化背景的人群相互理解，社會才能更加和諧。

中國的民族眾多，在新中國成立前，各個民族的發展處於不同的社會發展階段，有的是封建社會，有的是奴隸制社會，還有不少民族處於原始社會階段。新中國成立後，實行各民族一律平等的民族政策，使這些民族都成為社會主義社會民族大家庭的一員，所以從社會歷史變遷的角度來表現各民族的經濟生活發展，比較容易突出民族特點。

比如有一篇文章寫鄂溫克族牧民鍾尼浩一家搬遷的經歷，突出了原先在原始社會形態下過著放牧馴鹿生活的鄂溫克人，在新的社會形態下遇到的問題與心態變化。這裡所展現的是鄂溫克族原有的民族的文化與當今中國社會的主流文化的衝突，同時也體現了中國政府為保護少數民族原有文化所做出

的努力，以及這些少數民族同胞面對時代變遷而產生的內心的心路歷程。

少數民族新聞中，經常會有寫蒙古、藏、哈薩克等民族的牧民從游牧生活轉為定居生活的稿件。這些稿件反映的就是這些民族從原先的游牧生活轉為定居生活後，牧民們在生活習慣上和思想文化上所產生的變化。反映在我國不斷進步的大背景下各個民族共同的發展變化。所以，通過反映少數民族經濟生活的報導可以反映出中國的民族政策以及少數民族的生活狀況，使全社會對不同少數民族的歷史文化、生活特點及現狀有一個較為全面的瞭解。

民族新聞報導要尊重宗教信仰自由

宗教在少數民族中有著廣泛而深刻的影響。中國的少數民族大都居住在邊疆其中有 30 多個民族跨國界而居，對維護祖國統一，領土完整起著重要作用。而維護祖國統一，確保信教群眾的自由與穩定在構建和諧社會中，起著十分重要的作用。

我國的少數民族大部分中都有各自信仰的宗教，而在有的民族中宗教已經是民族生活的重要組成部分，所以在有關少數民族信教群眾的報導中，首先必須對相關的宗教有所瞭解。中國的宗教主要有佛教、伊斯蘭教、天主教、基督教和道教，其中以佛教和伊斯蘭教在少數民族同胞中影響最大。藏、蒙古、土、裕固、普米等少數民族信仰佛教，回、維吾爾、哈薩克等共 10 個民族信仰伊斯蘭教，他們有不同的宗教文化和生活習俗。在對信仰宗教的民族採訪時，首先要尊重他們的習慣；其次要對宗教本身有一些瞭解，也就是有一點宗教的基本知識，這樣才能對一些少數民族中的宗教現象有所瞭解，在文章中才會自然流露出這些民族與宗教有關的文化特色。這樣的報導寫出來，會得到信教群眾的認可，其他民族不信教的群眾也會對這種宗教現象更加瞭解。在文章中還應體現出中國政府的宗教信仰自由政策，為他們提供寬鬆的宗教環境以及平等的社會權利，利於促進民族平等和團結，起到維護穩定，促進社會和諧發展的作用。

共同的民族心理也是構成一個民族的基本要素之一，所以在民族新聞的報導中，就要關注這個民族的民族心理，這也是對少數民族文化關注的較高層次的要求。只有從民族心理的高度去審視，所採寫的民族新聞才能更符合和諧社會的標準與要求。長期以來，由於各民族不斷地遷移、交往，逐漸形成了大雜居、小聚居的分布格局，各個民族也在長期交往變遷中，形成了不同的分支和特點。但不管在什麼樣的情況下，少數民族同胞始終保持自己的少數民族身份，這就是民族心理在起作用。

所以在報導少數民族時，挖掘他們內心深處的情結，將是文章的民族特色之所在。

和諧社會離不開民族新聞事業的繁榮發展

社會主義和諧社會是充滿創造力的社會，是各方面利益關係不斷得到有效協調的社會，是社會管理體制不斷創新和健全的社會，是穩定有序的社會。政通人和，社會和諧，是中國各族人民的共同心願。

胡錦濤同志在最近召開的中央民族工作會議上的講話中指出：要「堅持鞏固和發展平等、團結、互助、和諧的社會主義民族關係，大力弘揚愛國主義精神，牢固樹立漢族離不開少數民族、少數民族離不開漢族、各少數民族之間也相互離不開的思想觀念，促進各民族互相尊重、互相學習、互相合作、互相幫助，始終同呼吸、共命運、心連心。」這一講話指明了中國民族工作中構建和諧社會的思路。

從民族工作來說，民族團結是社會和諧的基礎之一，而做好民族新聞的傳播工作，則是促進民族團結的有力保障。所以，民族新聞宣傳工作要弘揚和諧精神，不斷加強愛國主義和民族團結教育，宣傳黨和政府的民族政策，創造各民族共同發展的良好氛圍。

準確理解把握構建社會主義和諧社會的科學內涵，才能在實際的民族新聞宣傳中促進社會和諧發展，起到切實有效的作用。在新世紀新階段，就是要更好地堅持民族新聞宣傳「為少數民族服務，為民族地區服務」的宗旨，充分認識發展民族新聞事業符合構建社會主義和諧社會總體要求，還要認識到民族新聞事業與推進全社會經濟文化在新時期實現跨越發展的關係。民族新聞工作者要加大對人口較少民族的報導力度，全面推進「興疆富民」行動，為促進各民族團結奮鬥，繁榮發展，構建社會主義和諧社會做出應有貢獻。

總之，百年來，中國少數民族新聞傳播事業在經歷了興起、發展、繁榮幾個歷史時期後，形成了一支空前壯大、日益成熟的民族新聞工作隊伍。民族新聞的發展、傳播可以促進少數民族地區更加開放，信息更加暢通，活躍少數民族地區經濟，開闊少數民族的視野，促進當地經濟發展，人民生活水平提高，從而縮小東西部地區差別，使全社會更加和諧。（與年永剛合作）

（原載《當代傳播》2007 年第 5 期，總第 136 期）

立足「民族」——壯大少數民族傳媒經濟
——以回族報刊的市場化運作為例

　　文化多樣性和生物多樣性一樣，是人類共同的遺產，是人類社會進步和發展的不竭動力。「和實生物，同則不繼」，傳媒產業的發展自然也離不開少數民族傳媒經濟的壯大。因此，我們對少數民族傳媒的研究也必須與時俱進，必須對其現實的存在和經濟發展進行關注。

一、「民族」——少數民族傳媒研究的新視角

　　雖然國際和國內對「少數民族」的界定有所不同，但筆者認為，無論是國際的少數民族傳媒還是國內的少數民族傳媒，都是為具有不同於主體民族的特殊的經濟、文化、語言甚至地域特徵的特定群體提供新聞和信息服務的媒體。雖然它們服務的具體人群和運作的細節操作不盡相同，但它們有著相似的處境和規律。

　　雖然大眾傳媒日新月異，包括報紙、雜誌、廣播、電視、網絡等多種形態，但因經濟等能力的限制，少數民族報刊一直是少數民族傳媒的主要形態。

　　在美國，少數民族類報紙是專為全國人口中特定講英文的少數民族團體的需求而服務的報紙。多數少數民族類報紙為非日報。在少數民族類報紙的分類中，最大和最具活力的報紙有定位為黑人社區服務的芝加哥《每日保衛者報》（Daily Defender）和亞拉巴馬州伯明翰（Birmingham）《世界報》（world）。〔註1〕

〔註1〕〔美〕羅伯特‧皮卡德、傑弗里‧扎布羅迪著，周黎明譯，《美國報紙產業》，中國人民大學出版社 2004 年版，第 11～12 頁。

　　而在中國，少數民族特指除漢族以外的 55 個少數民族，包括滿、回、蒙、藏、壯等民族。中國的少數民族報刊就是專門為這 55 個少數民族提供新聞和信息服務的。如回族報刊就是定位於回族的。它的傳播者和受眾都以回族為主，傳播的信息和新聞雖然並不都是關於回族的，但基本是從回族的角度去採編和報導的。

　　但對於中國的少數民族報刊，無論是學界還是業界，多以地域和文字作為界限，主要是指少數民族自治地區的報刊和使用少數民族文字的報刊。這一界定在少數民族報刊研究的起步階段，無疑取得了很好的成效，但是，如果想研究少數民族報刊的經濟運營，這一視角則顯現出了一定的局限性。

　　這種局限性也曾經出現在我國區域經濟的發展和研究過程中。我國的區域經濟是以行政區劃為基礎的，民族自治地區只能在區域經濟中呈現其一些特性，而在非民族地區的區域經濟研究中，民族的因素大抵不在考慮範圍；即使是在包括民族自治地區在內的區域經濟研究中，對於不同民族的經濟進行分別的研究也是不多見的。從而不難看出「區域」的概念（即使是民族自治區域）並不能準確反映「民族」的經濟文化特質與實況，反而在同一個民族相對集中聚居的不同區域，會顯現其民族經濟文化的鮮明特色〔註 2〕。

　　有感於此，一些具有遠見卓識的專家學者開始了「民族經濟學」的探究之路。「民族經濟學」不再面囿於區域的束縛，而是跳出區域囊括整個「民族」。它努力使每一個民族發展出自己更有針對性和時效性的民族經濟學，力求國家的民族政策能真正落到實處，而不只是肥了「地區」瘦了「民族」。

　　相比之下，我們不難看出，長期以來，我國的傳媒也是具有明顯的行政區域特徵的。因此在國家投入大筆財政資金補貼民族傳媒時，少數民族自治地區的報刊發生了翻天覆地的變化，而少數民族文字報刊卻仍是步履蹣跚。寧夏回族自治區有了自己的報業集團，而回族報刊卻仍是小作坊式的生產。民族地區的傳媒和少數民族傳媒顯然是不能等同的。少數民族地區的傳媒服務的不一定是少數民族，因此並不能有效落實國家的民族政策，無法有力地發展和繁榮我國文化的多樣性。所以，少數民族傳媒的研究和發展，有必要向「民族經濟」取經，完成從「區域」向「民族」的轉變。

　　而我國城市化和現代化的進程，無疑使這一轉變具有更迫切的意義。

〔註 2〕葉坦：《全球化、民族性與新發展觀——立足於民族經濟學的學理思考》，http://www.xslx.com，2005 年 10 月 18 日。

　　早在 1993 年，聯合國東京會議就稱「21 世紀將是一個新的城市世紀」。在中國現代化的進程中，城市化也成為大勢所趨。世界銀行專家尤素福認為，20 世紀 80 年代以來，中國經濟增長有 10%是從城市化進程中獲得的。2001 年諾貝爾經濟獎獲得者斯蒂格列茨認為，新世紀對於中國有三大挑戰，居於首位的就是中國的城市化。

　　在我國城市化的進程中，少數民族人口也越來越多、越來越快地向城市流動。中國各大城市中少數民族人口呈直線上升的趨勢，城市裏的少數民族成分急速增加。

　　2000 年，城市少數民族人口估計已經超過 2000 萬，約占全國少數民族總人口的五分之一左右。〔註 3〕其中，北京少數民族人口已經達到了 59 萬，占全市總人口數的 4.39%，比第四次人口普查時淨增 17.6 萬人；上海有 53 個少數民族成分，少數民族人口約 10 萬。

　　少數民族現代化和城市化的發展，使得地域已經無法涵蓋少數民族傳媒發展的複雜性，由此必定帶來少數民族傳媒格局的改變。

　　與此同時，少數民族的語言文字特徵越來越不明顯，很多少數民族已經不再使用本民族的語言文字。2004 年，全國共出版 90 種少數民族文字報紙，使用 13 種少數民族文字。〔註 4〕回族作為我國分布最廣的第二大少數民族，漢語已經成為整個民族的通用語言。因此，長期以來形成的以少數民族語言文字來界定少數民族報刊的做法，使得回族報刊沒有引起足夠的重視。這顯然與回族在我國少數民族中的地位是不匹配的，也導致了我國傳媒研究的不完整。

　　因此，筆者認為，無論是少數民族報刊的發展還是研究都應該立足於「民族」，而不是「地域」或是「語言文字」。這個視角，不僅為我們的研究打開了局面，更為少數民族報刊的經濟運營和當代發展提供了施展拳腳的空間。

　　與當代非少數民族報刊市場化、集團化的一呼百應不同的是，少數民族報刊的經濟屬性和市場運作仍然是個頗有爭議的問題。對此，有人堅持認為，少數民族報刊走向市場，既是不必要的也是不可能的。市場化運作是講究投入產出的，現如今更是大投入大產出、小投入不產出。國家已經有了那麼多市場化運作的報刊，再在少數民族報刊的市場化上進行投入，無疑是畫蛇添足、浪費

〔註 3〕沈林、張繼焦、杜宇、金春子：《中國城市民族工作的理論和實踐》，民族出版
　　　社 2001 年版，第 18 頁。
〔註 4〕王國平：《2005 中國報業年度發展報告》，中國新聞研究中心，2005 年 8 月 5 日。

資源。而且少數民族報刊所依存的少數民族勢單力薄，根本不可能有大投入，發行市場和廣告市場的狹小也使其很難獲得良好的收益產出。總之，少數民族報刊追求的是社會效益而不是經濟效益，是沒有必要也無法實現經濟核算和運營的。對於少數民族報刊的發展和探究至多只能停留在補貼和捐助上，無論是來自民間的還是國家的。有這種想法的人不在少數，習慣了「等、要、靠」的少數民族報刊中有此想法的更是大有人在。

對於以上的觀點，筆者不敢苟同。正如民族經濟的發展一樣，每個民族都有自己獨特的經濟、文化和歷史積澱，因此需要形成適合於本民族的經濟發展的道路。而以民族經濟為依託的少數民族媒體，自然也有必要依據本民族的特點為自己量身定做一套切實可行的方案。在我國 55 個少數民族中，有一些少數民族因為人口少、經濟落後，暫時還沒有發展出自己的民族媒體。即使有了自己的民族傳媒，也在很大程度上和很長一段時間裏需要各種各樣的補貼和捐助。而對於回族這種人口眾多、城市化和經濟發展水平都已達到相當程度且有相當的辦報辦刊歷史的民族，走向市場是有必要的也是有可能的。市場化是回族報刊最終的生存之道！下面我們就以回族報刊為例，討論少數民族報刊的市場化問題。

二、回族報刊的歷史和現狀

無論是過去還是現在，回族報刊的運作雖然偶而也有廣告經營，但基本都是以精神資本為依託，以補貼補助為支撐的。然而即便如此，回族報刊仍然艱辛而頑強地生存著，甚至還催生了一定的「繁榮景象」。

回族歷史上，出現了兩次創辦報刊的熱潮。第一次，發端於 20 世紀初，形成於 20 世紀 30 年代，延續至 40 年代。這個熱潮是隨著整個中國出現的一個近代報刊出版的新高潮和我國少數民族報刊的產生而掀起的。據不完全統計，從清末到 1949 年新中國建立前，可以找到的回族報刊共有 130 餘種，除極個別省外，包括臺灣省在內，全國已有 31 個省、市、自治區發現有回族報刊。其中，值得一提的是，1906 年 11 月 16 日（光緒三十二年農曆十月初一）回族著名人士丁寶臣，在王子貞、楊曼青等支持下，在北京創辦了《正宗愛國報》，首開中國回族報刊的先河。它持續近 7 年，出刊 2363 期，發行量最多時達 4 萬份之多。〔註5〕

〔註 5〕張巨齡：《清末民初的回族報刊》，載白潤生主編：《中國少數民族新聞傳播史》，民族出版社 2008 年版，第 15～25 頁。

　　而 1929 年 10 月馬雲亭等在北平創辦的《月華》，則將回族報刊推向了一個巔峰。《月華》以「啟發西北回民知識」為宗旨，設有史乘、經典、回民教育、教務、文藝、國內回民概況等欄目。抗戰期間，積極宣傳抗戰，號召教民愛國愛教。1937 年因抗戰停刊，後多次復刊。共出 8 卷 418 期，有 8、20、16等多種開本，1948 年停刊。《月華》歷時 19 年，該刊物遠銷國外十幾個國家，成為當時影響最大、歷時最長的回族刊物。〔註6〕

　　第二次回族報刊的創辦熱潮發韌於 20 世紀 80 年代，延續至二十世紀末。十年文化大革命的結束，民族政策和宗教信仰政策的落實，使得回族同胞和全國人民一起飽含熱情地投入到改革開放的大潮中，回族報刊也與其他報刊一起開始了新的局面。

　　蘭州大學的楊文炯博士統計了 20 世紀末全國回族的報紙雜誌，共計 66種。〔註7〕其中，只有中國伊斯蘭教協會主辦的《中國穆斯林》（雙月刊）和寧夏社會科學院主辦的《回族研究》（季刊）公開發行。其餘的基本都為民間報刊。少數有內部刊號，如雜誌《甘肅穆斯林》（內部刊號為甘新出內 029 號）、《開拓》（內部刊號為甘新出內 077 號）報紙《穆斯林通訊》（內部刊號為甘新出連續性內部資料 126 號）；大多數沒有刊號。〔註8〕

　　需要說明的是，雖然這一時期的很多報刊多是以「穆斯林」或「伊斯蘭」為核心展開，但因為回族穆斯林是穆斯林中的大部分，所以這些報刊的創辦者、內容和受眾還是以回族穆斯林為主。如辦刊時間最長、發行量最大的《開拓》雜誌就是蘭州市回族穆斯林民間創辦的。〔註9〕而眾多報刊中唯一的報紙《穆斯林通訊》，全國各地的清真寺和回民穆斯林都可免費訂閱。每期第一版的通訊和評論文章，詳盡地報導了中國回族社會中的最新動向和焦點問題。〔註10〕因此，它們仍然是回族報刊。可以說，回族報刊之所以能取得如此的數

〔註 6〕雷曉靜：《中國近現代回族、伊斯蘭教報刊的崛起》，《回族研究》，1997 年第 1期，第 16～26 頁。

〔註 7〕張鴻雁、白友濤：《大城市回族社區的社會文化功能─南京市七家灣回族社區研究》，《民族研究》，2004 年第 4 期，第 38～47 頁。

〔註 8〕趙國軍、馬桂芬：《20 世紀 80 年代以來中國穆斯林民間刊物的現狀與特點》，《回族研究》，2003 年第 2 期，第 86～90 頁。

〔註 9〕楊文煒：《文化自覺與精神渴望─都市族群研究：〈開拓〉一種文化現象》，《回族研究》，2004 年第 1 期，第 58～64 頁。

〔註10〕王建平：《當代中國伊斯蘭文化刊物的興起和發展》，http://www.xueshubook.com，2004 年 12 月 31 日。

量規模，很大程度上依靠精神資本的支撐。回族報刊大多數都是由民間團體組織或回民學校、伊斯蘭學校以及回族的精神領袖（主要包括回族先進知識分子和宗教領袖、穆斯林賢達）自發創辦的。撰稿者基本沒有稿酬，受眾也多數不用付費，免費索取閱讀裝雖然有些報刊也有些許的廣告，但保證這些回族報刊正常的印刷、出版、發行的基本資金則主要源於創辦者自籌的資金、回族群眾的自覺捐助及各種社會組織的補助。

20 世紀 80 年代以來興起的占絕大多數的回族民間報刊，更是離不開回族群眾的捐助。比如現在的《開拓》每期收到的捐款有 5～6 萬元，基本上可以滿足刊物的印刷和發行費用；《穆斯林通訊》每期可以收到 2 萬餘元的捐助款用於報紙的印刷和發行；《甘肅穆斯林》每期可以收到近 4 萬元的捐助款，再加上甘肅省伊協的一些補貼，也可以完成刊物的印刷和發行裝同樣，從其他的刊物每期公布捐助名單中可以看到，這些刊物都或多或少地收到不同的贊助款，維持著刊物的生存。據粗略統計，中國穆斯林大眾每年有近 10 萬人次向穆斯林民間刊物捐資，約 100 餘萬元，維持著這些刊物的正常印刷和發行。〔註11〕

從回族報刊產生和發展的歷史可以看出，雖然近代回族第一份報刊比中國近代第一份報紙的出現晚了一個世紀，但回族報刊的發展總是體現著時代的特點。然而歷史發展到今天，當非少數民族報刊已經開始自己走路，其市場化、產業化、集團化的發展勢頭愈演愈烈之時，少數民族報刊的生存和發展卻仍是依賴著各種捐助和補助裝這不能不說少數民族報刊的運作已經落後於時代，與現實脫節了！

三、市場化──回族報刊的出路

在各種論壇上，很多人在為回族報刊的前途大聲疾呼著。有些回族報刊，雖然目前各地需求量日漸增加，贊助者人數也是有增無減，但贊助款的數量上升卻非常緩慢，造成了入不敷出的局面。對此，筆者認為，市場化是回族報刊的唯一出路，這是「報刊」和「回族」這兩個組成要素的應有之義。

首先，報刊作為大眾傳媒的一種，要想獲得生存和發展，就必須進行經濟核算和經營，少數民族報刊也不例外。馬克思和恩格斯曾一針見血地指出：

──────────────
〔註11〕趙國軍、馬桂芬：《20 世紀 80 年代以來中國穆斯林民間刊物的現狀與特點》，《回族研究》2003 年第 2 期，第 86～90 頁。

「辦一份編輯不領報酬、記者不領報酬、任何事情都不給報酬的日報,這是一開始就注定要失敗的。」〔註12〕

　　大多數回族報刊就是「任何事情不給報酬」,因此其拖刊、停刊的狀況隨時都有可能發生。因為資金短缺,這些報刊很少有全職的工作人員,現有的編輯記者多是出於責任而做的兼職;因為不付稿酬,這些報刊則很難得到保質保量的稿件;印刷、發行的費用基本依靠各種群眾捐助和社會補助,但由於捐助的隨機性和不確定性,就使得回族報刊的印刷和發行也很難掌控。

　　《穆斯林通訊》定位雖然是一張報紙,但卻是月刊型,基本是一月一期,這實屬罕見。自從創刊開始,《穆斯林通訊》的工作人員都是志願參與。他們是來自蘭州和西北一些城市的各行業的工薪階層,平均年齡不過30歲,全為本科以上文化程度的年輕知識分子,除近年來為工作需要聘請的兩位專職人員外,所有工作人員不取報酬,義務辦報,截至目前,前後參與過直接辦報的人員已有近20人。從2003年開始,雖然在一版左下角連續以「啟事」和「敬告讀者」的形式,倡導穆斯林大眾出資捐助,可見其在資金方面面臨的困難。〔註13〕資金的短缺,使得很多回族受眾不知道看了這期還有沒有下期。

　　截至2003年12月15日,《阿敏》超支3686元,《穆斯林通訊》超支16999元,《甘肅穆斯林》超支2902元,《伊斯蘭文摘》超支1510元,《伊蘭園》超支23209元,不同凡響的《高原》在告急,《中國穆斯林書畫》亦然,《開拓》和《上海穆斯林》因經濟因素不得不合刊出版。〔註14〕經濟的壓力已經壓垮了很多的報刊。資金的需求迫不及待,市場化的操作必然是呼之欲出。

　　其次,在文化多樣性的建設中,傳媒的作用日增月升,而少數民族報刊在其中更是肩負著越來越大的責任。回族報刊要想為文化的多樣性貢獻其應有的力量,也必須進行市場化運作。因為多樣性的建設需要少數民族報刊發出強有力的聲音,具有可以與他人、他民族的平等對話的影響力,而不能僅限於本民族的狹小範圍。

〔註12〕陳力丹:《精神交往論──馬克思恩格斯的傳播觀》,開明出版社1993年版,第296頁。

〔註13〕趙國軍:《當代中國穆斯林的一個話語平臺──〈穆斯林通訊〉現象關注》,《回族研究》,2004年第1期,第96~99頁。

〔註14〕高士有:《堅持正確輿論導向發揮大眾媒體功能──淺談穆斯林民間刊物的現狀和未來》,http://www.xaislam.com,2004年10月20日。

　　對此，有人或許會想到借助非少數民族傳媒的力量。畢竟非少數民族報刊的市場化運作已經遍地開花，其綜合影響力明顯大於少數民族報刊。但是，沒有誰比少數民族自身更瞭解本民族的歷史和文化，少數民族信息和文化的傳播終究是要依靠少數民族自己的媒體。而文化和心理等的接近性使得少數民族更傾向於選擇自己的媒體。雖然美國的少數族裔和我國的少數民族不是一個概念，但是 2005 年 6 月美國發布的一項媒體調查數據也可以為我們提供啟示。調查顯示，少數族裔媒體的受眾高達 5100 萬人，幾乎相當於美國成年人口的四分之一。相比於電視，美國主流報紙進人移民圈子的比例更小。只有570 的拉美移民經常讀《今日美國》、《紐約時報》或是《華爾街日報》；十分之一的亞裔和阿拉伯裔移民這樣做；七分之一的非裔美國人說，他們每天或是一周幾次讀「國家」大報。〔註15〕事實上，在市場化運作的過程中，為了吸引眼球，非少數民族報刊也已經開始關注少數民族。但是，卻往往是事與願違。在我國，有以回族為代表的 10 個少數民族信仰伊斯蘭教，他們的活動和節日自然引起了不少的關注。2000 年 7 月，廣州某報紙刊登的《耶蹟撒冷：美麗與哀愁》一文將穆斯林信奉的真主安拉誤稱為穆罕默德，引起廣州、深圳部分穆斯林群眾的抗議，認為歪曲了伊斯蘭教的信仰和教義，傷害了他們的民族感情。同年 8 月，杭州一家報紙刊登的題為《吃肉的是是非非》一文中，又對穆斯林習俗進行了歪曲，文章刊出後引起了杭州穆斯林群眾的強烈不滿，還有數名外籍的穆斯林留學生到當地伊斯蘭教協會和報紙所屬單位上訪。〔註16〕

　　在美國，傳統上，報業公司一直不太關心少數民族。而現在報業公司發現，它們必須在其社區內擴大包括對少數民族新聞和特寫在內的報導範圍。許多主編希望採寫有色人種的生活事件，以超越傳統報紙對少數民族報導範圍的三個主流：犯罪、食品和節日。然而，這些主編發現，實現這個目標是一件困難的事情，這不僅因為這些報紙的主編及其工作人員通常不太熟悉少數民族社區的情況，也因為少數民族記者和主編的數量實在太少。〔註17〕因此，少數民族報刊才是少數民族最佳的傳播者和代言人。

〔註15〕李焰：《少數族裔媒體：藏在美國主流媒體身後的傳媒巨人》，http://www. washingtonobserv-er.org，2005 年 8 月 3 日。

〔註16〕沈林、張繼焦、杜宇、金春子：《中國城市民族工作的理論和實踐》，民族出版社 2001 年版，第 180 頁。

〔註17〕〔美〕羅伯特・G・皮卡德、傑弗里・H・布羅迪著，周黎明譯，《美國報紙產業》，中國人民大學出版社 2004 年版，第 169 頁。

對於如何構建報刊的影響力，馬克思和恩格斯也曾開出一劑良方：「只有編輯部能夠以後一期跟著前一期間隔時間更短地出版，這個企業才會完全達到自己的目的——經常而深刻地影響輿論，而在經濟方面也才會有很大的希望。」〔註18〕

所以，像回族報刊這樣的少數民族報刊必須先解決經濟問題才能保證按時出刊，打造出自己的規模和影響力，為人類的多樣性發揮出自己的力量。

總而言之，無論是從少數民族報刊的自身生存考慮，還是從我國乃至整個人類的長久繁榮和發展著眼，回族報刊都必須進行市場化運作。

四、回族報刊市場化的可行性探析

要想進行市場化運作，就必須有需求。在市場上，買賣雙方各取所需，各得其所。從贈品到商品，將回族報刊作為商品來經營，這絕不只是報社的一廂情願，只有賣方沒有買方，市場化只能是一紙空談。對回族報刊的市場化而言，是否存在有效的買方需求是首當其衝的迫切問題。報刊的二次售賣決定了其買方不僅包括購買信息的報刊受眾，而且包括購買廣告版面的廣告商。因此，從數量上來說，這兩部分買方的需求之和就構成了整個市場對報刊的需求。從本質上來講，需求必須是有效的，而決定需求有效存在的兩個關鍵因素就是買方購買意願和消費能力。其中，報刊受眾的購買意願和消費能力是最為核心的。因為，廣告商表面上購買的是報紙的版面，但深究起來，廣告商購買的是凝聚在報紙版面上的報刊受眾的購買意願與消費能力。所以，筆者以下將以回族報刊受眾的購買意願與消費能力為突破口對回族報刊的有效市場需求進行探析。

（一）購買意願

購買意願取決於購買者的需求與商品的使用價值對購買者的滿足程度。如果報刊的內容是讀者欲知卻又未知的，那讀者自然有購買的意願。回族作為我國分布最廣的一個少數民族，不可避免地要受到來自於以漢族為代表的其他民族的更多的文化衝擊。人類學家奧伯格（Oberg）指出，文化衝擊是由我們失去了所有熟悉的社會交流標誌和符號所帶來的焦慮引起的。這種標誌和符號包括了我們適應日常生活的各種方式：怎樣定購、怎樣購物、什麼時候

〔註18〕陳力丹：《精神交往論——馬克思恩格斯的傳播觀》，開明出版社 1993 年版，第 361 頁。

回答、什麼時候不回答。〔註19〕

　　人類學家哈維蘭德（Haviland）認為：「人們維持文化是為了解決那些與自己息息相關的問題。」回族文化為回族人民提供了生存和生活的方式、手段甚至意義。回族文化的觸礁和喪失，將使他們的生活變得混亂不堪，威脅到他們的生存。因此，在文化衝擊中，回族對本民族文化的渴求不是減弱了，而是增強了。

　　前面已經提到，沒有人會比回族同胞自己更瞭解自己的文化，更有資格傳播自己的文化。其他媒體也只是在回族有重大的節日活動或變動時，才會報導一二。而目前的回族報刊多以學術研究為重。如最具代表性和影響力的《回族研究》就是如此，根本無法滿足普通群眾對回族新聞和現實信息的渴求。還有一些報刊則是從宗教信仰的角度出發，以伊斯蘭文化為報導的重點。要知道，雖然回族基本是全民族信教，但伊斯蘭教並不能成為回族的全部，回族文化是伊斯蘭文化與中國儒家文化相結合的產物。現如今，出現了很多回族不信教的情況。除了經典教義，在經濟、政治、文化等各個領域，回族社會都有新聞發生，回族經濟的發展也使回族人民對經濟信息有更迫切的需求。「知訊者生存」，回族對未來社會信息化的預期，將極大調動其對回族報刊的購買欲望。

　　此外，回族與以漢族為主的其他民族的頻繁接觸，使得回族不僅希望知道本民族的歷史和現實，也希望對其他民族有更多的瞭解。與此同時，漢族及其他民族也對回族文化有求知的欲望。因為一方面，他們需要互相學習。回族渴望學習漢族的先進文化及技術，而回族很多方面的優秀傳統和實踐經驗也是其他民族所渴望知道的。近十年來，雲南納古回族鎮的事蹟頻頻見諸報端就反映了他們的這種心理。另一方面，因無知而導致的衝突，使得各個民族的工作、生活、學習等都遭受很多的困擾和損失。

　　舉例而言，回族穆斯林禁食豬肉，這個近一百年前的棘手問題到了今天仍是讓人大傷腦筋。1906 年 1 月 12 日（光緒三十一年十二月十八日）北京影響頗大的《順天時報》，刊出了一篇所謂「穆罕麥德軼事」的文章，其中對回族伊斯蘭禁食「恨賊勒」肉的問題，做出了錯誤解釋，立即引起了回族伊斯蘭教界的強烈不滿。兩天之後，著名回族人士安銘（安鏡泉）就以「北京回族代表人」的身份刊出了給《順天時報》主筆的公開信，指出：「貴報附張記載穆罕麥德軼事，大半由莊諧選錄鈔記，並非在回教歷史真本上所翻譯，已屬不經，

〔註19〕〔美〕拉里‧A‧薩莫瓦、理查德‧E‧波特著，閔慧泉等譯，《跨文化傳播》，中國人民大學出版社 2004 年版，第 332 頁。

姑不申辯。查本教人不食豬肉，實因豬性最濁，與臭泥坑為伍，且冥頑不靈，性又淫僻，有礙衛生，故本教懸為厲教。」（1906 年 1 月 14 日《京話日報》）接著，1 月 16 日的《順天時報》又刊出了丁寶臣給該報的函件，而且「一字未改」，用王友三大阿訇的話說，這就「足見該館主筆人自知過誤」（1906 年 1 月 20 日《京話日報》）。〔註 20〕

　　事隔近百年，《光明日報》等報紙、雜誌還是要專門刊登「穆斯林為什麼不吃豬肉」等文章以正視聽。〔註 21〕這也反映了回族文化傳播的缺位，說明人們對此還存在著嚴重的信息饑渴。

　　綜上所述，回族報刊在內容上是大有可為的。只要它牢牢把握住人們對回族文化的現實渴求，在「大文化」和「大民族」上做足文章，就一定會激起以回族為主體的各族同胞的購買欲望。所謂「大文化」，就是指跳出「伊斯蘭」和宗教的狹小範圍，熔精神、物質、歷史、現實於一爐。伊斯蘭文化自有其經典和值得稱道的地方，回族的清真食品、經商文化等也有可圈可點之處。而「大民族」則是說回族報刊雖然其主體受眾是回族，但也要考慮其他民族尤其是漢族的因素。回族受眾需要的也不僅僅是回族的內容。我國著名的人類學家、社會學家費孝通先生在回想其進行的少數民族研究時，總是遺憾忽略了「民族關係」。在他看來，對我國的少數民族來說，民族關係主要是和漢族的關係。出於中國的特點，少數民族是離不開漢族的。如果撇開漢族，以任何少數民族為中心來編寫它的歷史很難周全。〔註 22〕而現在，我國更是提出了「三個離不開」，即「漢族離不開少數民族，少數民族離不開漢族，少數民族離不開少數民族」的口號。從一定程度上來說「大民族」就是要求回族報刊的新聞採編和報導貫徹「三個離不開」的精神。

（二）消費能力

　　當受眾有購買意願後，如果沒有消費能力，那麼這種需求也無法使報刊這一商品的價值得以實現。這裡的消費能力不僅包括經濟購買力也包括文化購買力，因為報刊的消費是需要一定的文化程度作基礎的。曾有調查顯示，受眾對報刊的需求是隨著受教育程度的提高而增大的。雖然漢族也可以成為回族

〔註 20〕張巨齡：《綠苑鉤沉一張巨齡回族史論選》，民族出版社 2001 年版，第 24 頁。
〔註 21〕沈林、張繼焦、杜宇、金春子：《中國城市民族工作的理論和實踐》，民族出版社 2001 年版，第 181 頁。
〔註 22〕費孝通：《簡述我的民族研究經歷與思考》，載《中央民族大學學報》（哲①社版），2000 年第 1 期，第 1～9 頁。

報刊的受眾，但是，近千萬的回族大眾才是為回族報刊買單的主體。也正因為如此，很多人才質疑少數民族報刊的市場前景。因為在他們看來，少數民族的經濟水平和購買力還很不足，與漢族有很大差距。其實，這就是將少數民族與少數民族地區混淆的結果。筆者認為，以少數民族地區的經濟落後來否定少數民族的購買力是沒有道理的。

拿回族來講，我們並不能將寧夏回族自治區的經濟水平等同於回族的經濟水平。雖然寧夏是我國最大的回族聚居區，但目前其三分之二的人口仍然為漢族，而寧夏回族人口也只占全國回族人口的六分之一左右。回族在全國的31個省、自治區、直轄市中均有分布，回族人口在20萬以上的地區還有北京、河北、內蒙古自治區、遼寧、安徽、山東、河南、雲南、甘肅和新疆。

回族是我國城市化水平最高的少數民族，且城市化水平還在不斷提高。根據1990年第四次人口普查資料，中國少數民族的城鎮人口有1493.74萬人，以回族最多，為337.00萬人，占全部少數民族城市人口的22.56%，即居住在城鎮的少數民族人口中，5個裏有1個以上是回族。〔註23〕2000年，回族城鎮人口則已達到441.71萬人，占總人口的45.30%，與10年前相比，回族城鎮人口比率提高了6.17個百分點。

在城市化的進程中，回族的經濟水平不斷提高。回族善於利用自身的經商優勢，挖掘所在地區的市場空白點，使得回族在食品、牛羊、香料、珠寶、製藥等行業都佔據了一席之地。

1993年北京市湧現出了48個億元村，其中有回族聚居村5個，占億元村的10.4%；福建省晉江市陳域鎮所轄七個丁姓回族村，大辦鄉鎮企業，村村辦工廠，人人忙生產，走在了市場經濟的前頭。其中溪邊村發展速度尤為突出，是1992年晉江市6個工農業總產值超億元的「億元村」之一。當時創辦的鄉鎮企業就有80多家，主要是製鞋業，有4家中外合資企業，7家獨資公司，餘者多為股份企業。在呼和浩特，回族經濟基本形成了國有、集體、私營三種經濟格局。由原先的回民奶食品加工廠和回民牛奶廠發展成立的伊利集團，已成為家喻戶曉的名牌企業。〔註24〕

當然，遍布全國的回族經濟同全國經濟一樣，存在著發展不均衡的態勢，

〔註23〕中國都市人類學秘書處編：《城市中的少數民族》，民族出版社2001年版，第166頁。

〔註24〕馬壽千、趙宏慶主編：《當代回族經濟掠影》，中央民族大學出版社1997年版，第5頁。

一些偏鄉僻壤，還沒有解決溫飽，如寧夏西海固地區。但是，這絲毫不能掩蓋回族經濟體的利好趨勢和回族人民生活水平不斷提高的事實。當 1997 年有記者去晉江市陳埭鎮溪邊村採訪時，這個只有 2500 多人的回族村已經完全是一個新的「城鎮」。據村黨支部書記丁金針介紹，這個村的建設共投資 3500 多萬元，佔地面積達 5000 多平方米，新建工業小區 3 片，居民小區 5 片，新建樓房 150 多座，建築面積達 7 萬多平方米，村民們家家戶戶住上了樓房。全村僅餐館就有近 200 家，還有大小商店 80 多家。〔註 25〕

回族經濟的騰飛，使回族受教育程度和文化程度大幅度提高。在東部沿海地區，有些省市回族的文化程度還略高於漢族。如 1990 年，山東回族人口約 46 萬，有文化的人口占 6 歲以上人口的比重為 80.82%，其中大學文化程度和初中文化程度分別為 1.18%、28.35%，均高於漢族的 0.1%、10.64%。〔註 26〕上海回族 50392 人中，具有大專以上文化程度的有 4829 人，占 9.58%，高於上海市平均水平（6.53%）〔註 27〕

2000 年人口普查資料顯示，全國回族人口中 15 歲及以上人口有 713.46 萬人，文盲人口 126.75 萬人，比率為 17.77%。與 1990 年相比，文盲人口減少了 67.16 萬人，文盲率下降了 15.34%。6 歲及以上人口 892.98 萬人，其中，受過小學及以上教育的占 81.67%，受過初中及以上教育的占 44.88%，受過高中及中專以上教育的占 15.89%，受過大專、大學教育的占 4.08%。平均受教育年數 6.89 年，比 10 年前增加 1.39 年。

因此，我們完全有理由相信回族大眾對回族報刊的消費能力是實實在在地存在著的。這一點也可以在回族穆斯林對回族報刊的捐贈中得到最直接的體現。據粗略統計，中國穆斯林大眾每年有近 10 萬人次向穆斯林民間刊物捐資，約 100 餘萬元，維持著這些刊物的正常印刷和發行。〔註 28〕雖然穆斯林包括了十個少數民族，但回族穆斯林占絕對多數。

綜合以上兩部分的分析，我們可以看出，市場化運作的回族報刊是可以有

〔註 25〕王世煥：《新華每日電訊》，1997 年 12 月 23 日，第 5 版。

〔註 26〕馬壽千、趙宏慶主編：《當代回族經濟掠影》，中央民族大學出版社 1997 年版，第 151 頁。

〔註 27〕沈林、張繼焦、杜宇、金春子：《中國城市民族工作的理論和實踐》，民族出版社 2001 年版，第 126～127 頁。

〔註 28〕趙國軍、馬桂芬：《20 世紀 80 年代以來中國穆斯林民間刊物的現狀與特點》，《回族研究》，2003 年第 2 期，第 86～90 頁。

強有力的具備購買意願和消費能力的有效受眾去支撐的。而當回族報刊凝聚起了相當受眾的購買意願和消費能力，具有相當的影響力時。也就自然會激起以這些受眾為目標清費者的廣告商的購買意願。這些廣告商既包括企業廣告商也就包括分類廣告商，既包括回族也包括漢族等其他民族。

眾所周知，廣告商的購買能力取決於經濟水平及其增長，並存在正相關的關係。而我國經濟尤其是回族經濟現在的經濟水平和增長幅度無疑為廣告商的購買能力做了良好的注釋。

在國外，分類廣告佔了廣告收入中的很大份額。美國報紙的分類廣告在總廣告份額內佔據了很大比重。2000 年，美國全國日報的總廣告額中，三大類廣告依次為零售商廣告（214.09 億美元）、分類廣告（196.08 億美元）和全國廣告（76.53 億美元），其中分類廣告與排第一位的零售商廣告僅相差 8 億美元，卻比排第三位的全國廣告高近 120 億美元。在很多大中城市，分類廣告都是報紙第一大財源（普遍超過四成）而在中國，大部分報紙分類廣告的比重幾乎可忽略不計。當然，這裡還有計算方式的輕微差異，主要是中國分類廣告的統計範疇比國外分類廣告稍窄。〔註29〕

從以上數據不難看出，分類廣告無疑是一支潛力股，有待中國報業大力開發。我國報紙分類廣告與美國分類廣告的一個很重要的差距就是品種。美國報紙分類廣告五花八門、品種繁多。除了我們在國內報紙分類廣告中常見的求職招聘、車輛交易、房產租售、尋人覓偶等傳統品種外，舊貨出讓、家請幫手、婚喪嫁娶、賀壽慶歲、聲明告示等也洋洋灑灑。而每逢情人節、母親節、父親節、感恩節、復活節、聖誕節等西方節日來臨，專門針對這些節日的分類廣告便又頻頻見諸報端。因此，具體到回族報刊，回族大眾結婚難、吃飯難等問題，有的回族人想到回族企業工作等問題，都為回族報刊的分類廣告提供了很大的空間。同時，回族大大小小的節日和各式各樣的禮儀也是分類廣告很有潛力的源泉。回族有三大節日，即開齋節、古爾邦節、聖紀節。除此之外，還有法圖麥節、登霄節、阿舒拉節等小的節日，紀念日和誕生禮、命名禮、抓周禮、割禮、見面禮等禮儀，這都是回族分類廣告可以開發的品種。

結語

綜合以上的論述，筆者認為，對回族報刊來說，開發具有購買意願和消費

〔註29〕王衛庭：《美國報紙分類廣告的經營與啟示》，新華報業網，2004 年 8 月 17 日。

能力的受眾和廣告商這兩個買方的有效需求，是完全有可操作性的。而回族報刊在悠久的創辦歷史中積聚起的人才、信息、渠道等資源和實踐經驗則使回族報刊的市場化運作如虎添翼。因此，只要轉變觀念，整合現在的資源，對於市場潛在的有效需求進行充分開發，那麼回族報刊的市場化就指日可待了。此外，還有一點需要提出的是，即使回族報刊走向市場化，其仍然需要國家的支持。當然這裡的支持是發生了質的變化的。而現在回族報刊走向市場的一個很重要的先決條件就是刊號。刊號在我國是一種稀缺資源，前面已經說過，回族報刊中除了有兩種學術性刊物具有外部刊號外，其餘有的只是內部刊號或根本沒有刊號。所以，回族報刊的市場化還是需要國家的支持，需要國家提供必需的刊號資源。這樣，回族報刊的市場化才能啟動並走向正軌。

　　回族報刊有必要也可以走向市場，這是著眼於回族傳媒得出的結論。而關於其他民族傳媒的研究，還需要我們根據各個民族的實際情況做進一步的研究。（與吳清芳合作）

參考文獻：

1. 〔美〕羅伯特·G·皮卡德、傑弟里·H·布羅過：《美國報紙產業》，中國人民大學出版社 2004 年版。

2. 白潤生主編：《中國少數民族新聞傳播通史》，中央民族大學出版社 2008 年版。

3. 白潤生主編：《中國少數民族新聞傳播史》，民族出版社 2008 年版。

4. 白潤生：《中國少數民族文字報刊史綱》，中央民族大學出版社 1994 年版。

5. 白潤生：《中國新聞通史綱要》（修訂本），中央民族大學出版社 2004 年版。

6. 陳力丹：《精神交往論──馬克思恩格斯的傳播觀》，開明出版社 1993 年版。

7. 邵培仁：《媒介管理學》，高等教育出版社 2002 年版。

8. 邵培仁、陳兵：《論中國報業集團改革中的六大困境》，2004 年第 5 期，第 8～11 頁。

9. 〔美〕拉里·A·薩莫瓦、理查德·E·波特：《跨文化傳播》，中國人民大學出版社 2004 年版。

10. 金碚：《報業經濟學》，經濟管理出版社 2002 年版。

11. 孫燕君：《報業中國》，中國三峽出版社 2002 年版。

12. 支英珺：《新傳媒帝國——競爭格局下的品牌、資本和產業化》，中國水利水電出版社 2005 年版。

13. 歐陽宏生等主編：《區域傳播論：西部電視專題研究》，四川大學出版社 2003 年版。

14. 沈林、張繼焦、杜宇、金春子：《中國城市民族工作的理論和實踐》，民族出版社 2001 年版。

15. 張巨齡：《綠苑鉤沉——張巨齡回族史論選》，民族出版社 2001 年版。

16. 中國都市人類學秘書處編：《城市中的少數民族》，民族出版社 2001 年版。

17. 馬壽千、趙宏慶主編：《當代回族經濟掠影》，中央民族大學出版社 1997 年版。

18. 周傳斌：《雪泥鴻爪——回族文化與歷史論集》，寧夏人民出版社 2004 年版。

19. 高發元主編：《雲南民族村寨調查回族——通海納古鎮》，雲南大學出版社 2001 年版。

20. 沈林、李志榮編：《散雜居民族工作政策法規選編》，民族出版社 2000 年版。

（原載鄭保衛主編：《媒介產業——全球化·多樣化·認同》，
中國傳媒大學出版社 2007 年版）

中國少數民族新聞史研究的理性思考

　　我國少數民族新聞傳播研究始於 20 世紀 80 年代中葉，至今已有近 30 年的歷史了。20 多年來，隨著少數民族新聞事業的不斷發展，少數民族新聞傳播研究的空間愈來愈寬廣。少數民族新聞傳播研究幾乎覆蓋了史論、實務等各個領域，研究層次逐步提高，由原來的自選項目、校際合作項目，發展到省部級項目、國家社科基金項目，大大推進了少數民族新聞傳播學的發展。

　　中國少數民族新聞傳播史的研究，在若干領域中，成果最豐富、種類最齊全，有通史、地區史；有報刊史、有廣播電視史；有專著也有教材。據瞭解，在人文社會科學評獎活動中，獲優秀成果的比率相對較高。例如，《中國少數民族文字報刊史綱》兩次獲省部級獎，《中國朝鮮族報紙、廣播、雜誌史》、《西藏新聞傳播史》分別獲普通高等學校人文社會科學研究優秀成果獎，《中國少數民族新聞傳播通史》在 2010 年獲國家民委第二屆人文社會科學優秀成果（著作類）二等獎，《中國少數民族新聞傳播史》2011 年獲北京高等教育精品教材。周德倉主持國家社科基金項目「中國藏語報刊發展史研究」以優秀等級結項，其最終成果《中國藏文報刊發展史》業已出版。

　　少數民族新聞傳播史的研究取得了如此不菲的成績。原因何在？

一、學術的發展、文化的繁榮與社會的進步息息相關，緊密相連

　　學界泰斗方漢奇教授在中國新聞史學會成立 20 週年座談會上講到學會成立發展的原因時一口氣說出了三個「得力於」：「得力於中國的改革開放，得力於思想戰線上的撥亂反正，得力於『左』的思想禁錮的解除」。同樣，少數民族新聞研究也是在「改革開放、思想解放」這個大背景下發展起來的。「『和實

生物，同則不繼』。當『和諧』，成為中國社會的時代強音，『多樣化』也不可避免地再次被提上歷史發展的日程。對於一個國家——中國來說，少數民族為其提供了更多的可能和發展空間；而對於一個學科——新聞傳播學，少數民族新聞傳播學的出現和發展為其提供了新的元素和動力。」〔註1〕20世紀80年代，學界業界學術空氣空前濃厚。北京有中央一級的研究機構和學術團體，在民族地區民族院校也成立了研究機構和學術團體。內蒙古自治區新聞研究所，是這個時期少數民族省區中唯一的專門研究少數民族新聞傳播學的機構。編纂出版了《內蒙古報業志編目》《內蒙古日報五十年》，並與內蒙古新聞工作者協會和新聞學聯合會創辦了蒙漢文版的綜合性業務刊物《新聞論壇》。1988年在貴州黔東南苗族侗族自治州首府凱里市宣布成立的中國少數民族新聞學會（現為中國報業協會少數民族地區分會）是業界成立的第一個學術團體。而後由西藏民族學院與中國人民大學教育部人文社科研究基地「新聞與社會發展中心」聯合成立的西藏新聞傳播與社會發展研究所是高校成立的第一個研究機構。2011年7月，經民政部批准，中國新聞史學會少數民族新聞傳播史研究委員會成立，這是我國第一個由國家主管部門批准的全國性少數民族新聞研究學術團體。上世紀80年代，隨著新聞教育的大發展，民族地區民族院校也相繼創辦了新聞傳播學及其相關專業，少數民族新聞研究和教學隊伍也相應擴大，學術活動也日漸增多。2009年7月30日在雲南舉行的國際人類學與民族學聯合會第十六屆大會「中國少數民族新聞傳播與民族地區社會發展」專題會議，雖初露端倪卻「將少數民族新聞研究平臺一舉提升到國際學術舞臺」。〔註2〕2009年9月和2010年6月，中央民族大學連續兩年主辦了兩屆「新媒體與民族文化論壇」，並出版了兩輯《新媒體與民族文化傳播研究》，以「融合、交流」為主題，「旨在通過新聞傳播促進公眾對民族文化多樣性的尊重和理解，促進民族間的跨文化傳播與交流，促進少數民族地區共享媒介技術與傳播技術發展帶來的進步。」論壇「以盡心勉力的中青年學者為先鋒，以華髮閃爍的前輩學人為砥柱，以鋒芒初露的新一代學子為底色，更有諸多媒體精英添彩誼染，其情其狀，叫人感懷！」2009年12月和2010年10月，中國人民大學新聞與社會發展中心與新聞學院、中國人民大學新聞與社會發展中心與中國人

〔註1〕方漢奇：《中國少數民族新聞傳播通史》序，載《中國少數民族新聞傳播通史》，北京：中央民族大學出版社2008年版，第5頁。
〔註2〕引自周德倉：《構建「少數民族新聞學」的學科高地》，載《新媒體與民族文化傳播研究》（第二輯），中國廣播電視出版社2011年版，第25頁。

民大學新聞學院和西藏民族學院共同主辦兩屆以「傳播‧團結‧發展」為主題的「中國少數民族地區信息傳播與社會發展論壇」，來自全國 30 多所民族地區民族院校及相關普通高校，以及媒體的 100 多位專家、學者參加了論壇。影響廣泛深遠。雖然少數民族新聞研究尚處於初創時期，但是研究成果覆蓋各個領域，而史學的研究走在這個時期的前頭，這是這個大背景大時代的召喚，也是這個大時代大背景的產物。

二、視野開闊，豐富理論內涵，著眼於構建學科體系，是初創時期史學研究的總體特色

20 世紀 80 年代，我國進入了建設、改革和發展的新時期。少數民族新聞事業迎來了蓬勃發展的春天。1999 年黨中央提出西部大開發的戰略決策，少數民族新聞傳播研究迎來了千載難逢的發展機遇。但是，從總體上看，少數民族新聞事業與其生存發展的民族地區經濟文化的發展不相適應，比如新聞單位技術設備陳舊，缺乏高素質高水平的新聞人才，等等。加強民族團結，落實民族區域自治政策，是建設和諧社會的基石。總結少數民族新聞事業弘揚主旋律、繁榮民族文化的經驗成為這一時期的重要任務。某些學者開始關注少數民族新聞事業發展規律，尋覓其軌跡，著眼於構建新的學科體系。

（一）內容的拓展與創新

被認為「在我國新聞出版史上可以說是破天荒第一遭兒」〔註 3〕的《中國少數民族文字報紙概略》，詳細地介紹了當代我國 13 個省區 68 家少數民族文字報紙。作者馬樹勳〔註 4〕把這 68 家報紙按各自出版的省區（新疆維吾爾自治區 23 家、內蒙古自治區 14 家、西藏自治區 4 家、廣西壯族自治區 1 家、青海省 4 家、吉林省 4 家、遼寧省 3 家、黑龍江省 1 家、雲南省 6 家、四川省 3 家、甘肅省 1 家、貴州省 3 家、湖南省 1 家）編排，總結歸納各家報紙的辦報經驗，為中國當代新聞史增補了新的寶貴史料。全書 23.5 萬字。而後出版的《中國少數民族文字報刊史綱》以中國通史為分期標準，劃分幾個時期。首先

〔註 3〕楊子才：《中國少數民族文字報紙概略》序，載《中國少數民族文字報紙概略》，內蒙古大學出版社 1990 年版，第 1 頁。
〔註 4〕馬樹勳（生卒年不祥），回族。中國少數民族新聞學的開拓者。生前為內蒙古烏蘭察布日報社副社長、副總編。著有《民族新聞探索》《民族新聞縱橫談》《民族地區採訪經驗談》等。詳見《中國少數民族新聞傳播通史》（下），第 999 ～1000 頁。

以中華人民共和國成立為界限，之前為古近代和現代部分，之後為當代部分。上限始於 1898 年，下限止於 1990 年，全書共分 3 編 8 章 46 節。實現了編撰體例和內容的擴展與增新。新華社報導稱，這部書的出版標誌「中國少數民族文字報刊研究取得突破。」

2008 年國家「十五」社科基金項目《少數民族語文的新聞事業研究》的最終成果之一《中國少數民族新聞傳播通史》（下簡稱「專著」）和北京市高等教育精品教材立項項目《中國少數民族新聞傳播史》（下簡稱「教材」）都是在《中國少數民族文字報刊史綱》（下簡稱《史綱》）基礎上重新編寫的。《史綱》作為中央民族大學歷屆研究生學位課「中國少數民族新聞傳播史及研究方法」的教材，一直沿用至 2004 年。

中央民族大學新聞專業成立以來，十分重視少數民族新聞人才的培養。在教學工作中主要體現在對有關課程教學內容改革與增新方面，特別是新聞史論等課程。在新聞學學科建設上確立了少數民族新聞研究這一主要方向，形成了中央民族大學新聞學學科特色。《史綱》就是這個學科教材建設上的一大收穫。在十幾年研究生的教學中，得到了學生和學界的認可。「專著」和「教材」充分總結歷年的教學實踐經驗，對《史綱》的內容進行全面修訂與補充。針對《史綱》缺少報刊產生前的少數民族信息傳播和 20 世紀後 10 年及 21 世紀新聞事業的發展狀況，尤其未曾涉及少數民族新聞網站的興起與發展以及有關少數民族女報人及婦女報刊的興起、少數民族廣播電視事業的發展、少數民族新聞工作者的評介等過於簡略等局限，「專著」和「教材」對中國少數民族新聞傳播事業（報刊、廣播、電視、網絡、新聞教育與研究、隊伍建設）興起、發展、繁榮的歷史，進行了全景式的紀錄，全面系統地挖掘和闡發其中的新聞傳播規律。並配合各章節內容和教學需要，容納了六七十幅民族報刊原件和少數民族新聞工作者的圖片資料。「專著」和「教材」的科學性、前瞻性、理論創新性以及便利教學的直觀性、形象性、實用性都得到了增強。

（二）豐富理論內涵，堅持理論創新

中國新聞史是中華民族新聞史。中國少數民族新聞傳播史研究成果的問世改變了過去只限於研究漢族新聞史、內地發達地區新聞史或者說只限於研究以漢語文為載體的新聞史的單一格局，豐富和發展了中國新聞史。中國新聞史以及作為中國新聞史重要組成部分的少數民族新聞史，都是漢族與 55 個少數民族共同創造的，它們又都是中華民族文化的一部分。因此，我們在研究和

闡釋少數民族新聞傳播時，必定將其放在使之孕育發展的社會文化的母系統
中，考察其社會的、時代的、文化的發展依據與規定性，進而分析少數民族新
聞傳播在這規定性中得以產生、運作、發展的狀況。在這一文化觀考量與觀照
下，史學的著作新意迭出，特色鮮明。

　　1. 以社會文化綜合因素考量，確立新聞為本位的理論框架。史學著作首先
遇到的是歷史分期問題。我們認為，「應以聯繫和發展的觀點進行分析研究。任
何事物都不可能孤立地存在和發展，世界是一個相互聯繫、相互影響的統一整
體。探討中國少數民族新聞傳播發展的內在規律，要考慮到社會諸種因素的作
用，如科學技術的發展狀況，文化教育的水準，交通運輸的發達程度以及民族心
理、民族文化的影響與滲透等。由於新聞傳播反映對象的豐富性，它和各個時期
的政治、經濟、文化等都有著緊密的聯繫，因此，研究中國少數民族歷史新聞傳
播學，同研究其他新聞傳播學一樣，都離不開各個時期的政治鬥爭史、政黨發展
史和生產鬥爭史、經濟發展史等。」〔註5〕周德倉的《西藏新聞傳播史》歷史分
期的創新與突破是其一大特點。「全書除總論外，分為上中下三編。上編係西藏
古代的信息傳播（原始社會──1907 年《西藏白話報》的創辦）共四章：分別
評述了西藏原始的信息傳播現象、吐蕃時期的信息傳播和西藏元明清時期的信
息傳播，並對這一時期的信息傳播給與總體評價；中編係西藏近現代的新聞傳播
（1907 年《西藏白話報》的創辦──1951 年十八軍創辦的《新聞簡訊》），由西
藏郵政傳播的建立、西藏近現代報業、西藏廣播事業的開始和延續以及西藏近
現代新聞傳播的基本特點四部分組成；下編西藏當代新聞傳播（1951 年～2000
年），由西藏當代報業的萌芽、西藏當代新聞傳播事業的確立、西藏新聞傳播事
業的初步發展、西藏新聞傳播事業的曲折發展、構建西藏新聞傳播事業的完整
格局（上中下）、西藏新聞傳播事業的整體躍升幾部分組成。」「從以上敘述，
可知作者已突破了政治歷史劃分章節的傳統，而是以西藏地區新聞傳播活動本
身發展和客觀規律確定古代、近代、和現代與當代各個歷史時期。」〔註6〕

　　《中國少數民族新聞傳播通史》和《中國少數民族新聞傳播史》亦遵循了
這一歷史分期原則。全書除緒論、附錄外，分四編：蹣跚學步（遠古～20 世紀
20 年代）；崢嶸歲月（20 世紀 20 年代～40 年代末）；火紅年代（20 世紀 40 年

〔註 5〕參見白潤生主編：《中國少數民族新聞傳播通史》，中央民族大學出版社 2008
　　　　年版，第 13 頁。
〔註 6〕引自白潤生：《少數民族地區新聞傳播史的突破性成果──〈西藏新聞傳播史〉
　　　　序》，載《西藏新聞傳播史》，中央民族大學出版社 2005 年版，第 2～3 頁。

代～70 年代中葉）；滿園春色（20 世紀 70 年代中葉～20 世紀末），共 12 章 71 節 90 萬字（「教材」65 節 68 萬字）。它較為全面而真實地再現了中國少數民族新聞傳播活動發展各個時期，使政治、經濟以及重要人物與新聞傳播活動密切相揉，從而改變了史書枯燥乏味的面貌，可讀性、趣味性大大提高，有助於學生對歷史的理解和記憶。

2. 少數民族新聞傳播在歷史發展中不僅與意識形態密切相連，更是社會文化多種因素合力促進的結果，因此在編寫「專著」和「教材」的《報刊產生前的少數民族新聞傳播》一章時編委會把它放在一個完整的社會環境中即文化生態中去考察，主要是為了看清其發生發展的脈絡和現狀。

在編寫《唐報狀產生前的少數民族新聞傳播活動》和《元朝以前至明代藏族、蒙古族等少數民族的新聞傳播活動》等篇章中，因為把少數民族新聞傳播的產生與運作方式完全置於當時的部落發展、民族交流和政治、經濟、戰爭、宗教占卜、民俗民風等文化生態中考察，所以視野顯得廣闊，公允全面深刻。在以後各章節的編寫中，對每一種新聞傳播現象發生、發展的背景闡釋，都不偏於或政治或新聞或民族等單一角度，而是予以多方面的文化觀照。特別是第二、三、四、五章，是基於中國社會由古代轉型為近現代的過程中，對少數民族的歷史文化在此特殊歷史背景下因其豐富的個性而愈發顯出多種變數的考察和觀照，「專著」「教材」清楚地完成了對少數民族新聞傳播史近代化歷程主體線路的把握與描述，從而使之成為少數民族新聞傳播史的一部「民族志」或「民族文化志」。

三、少數民族新聞傳播研究成果體現民族性，這是這一時期史學編撰者的共識

如何展示民族特性呢？我們認為，「保持民族性，將民族性貫徹到底，從形式到內容都要貫徹民族性。如堅持使用民族語言傳播；堅持使用少數民族喜聞樂見的傳播形式，如傣族的「甘哈」就是以說唱為主的傳播形式。堅持以少數民族同胞的生活見聞為傳播內容。堅持民族性，尊重民族文化，是保持民族性的關鍵。成功的民族新聞媒體，應是「民族政策、民族觀、民族形式、民族內容、民族心理的完美融合。」〔註7〕這一理念始終貫穿在每一部史學著作及

〔註 7〕傅寧：《白潤生：手持木鐸的采風者》，載王永亮、成思行主編：《傾聽傳媒論語》，新世界出版社 2003 年版，第 46 頁。

其各章各節的寫作中。

四、資料翔實，客觀地總結各個時期新聞傳播特點

「從第一手材料出發，勾畫歷史的脈絡，才能談到去總結規律、得失和經驗教訓」「打深井，研究個案」〔註8〕。資料是寫作的基礎，從某種意義上說，史料是對歷史最好見證。為搜集資料，除在原有積累和利用北京地區館藏資料外，「專著」「教材」作者們的足跡遍及大江南北、長城內外、東部沿海和西部邊睡22個省市、自治區，他們深入民族地區采風，挖掘有價值的史料。「內容豐富」是「量」的概念，更為重要的是「質」的飛躍。這兩部書時間跨度大，上至先秦，下至20世紀末，從縱向上使「史」的內容更加充實、完整，尤其是編入唐報狀產生前的少數民族新聞傳播活動，補充了少數民族新聞傳播活動的源起階段也為後邊的研究提供了較大空間。對於少數民族新聞工作者的寫作，除擴充英斂之、貢桑諾爾布、葆淑舫、劉清揚、薩空了、蕭乾、穆青等著名報人的辦報經歷、經驗和歷史貢獻外，還詳細記述了「五大回族報人」、彝族報人安健、水族報人鄧恩銘、壯族報人張報、滿族報人金劍嘯以及當代獲稻奮新聞獎、范長江新聞獎的少數民族新聞工作者。雖然對史料的挖掘整理很重要，但是總結歷史經驗，客觀審視歷史人物與事件更重要。因而，「專著」和「教材」在對大量史料進行分析研究基礎上，從少數民族新聞傳播活動的方式和模式、內容和範圍、政治角色以及發展狀態等多個方面，客觀全面地總結了報刊產生前、清末民初、現當代等等各個歷史時期、不同歷史階段少數民族新聞傳播活動的特點。同時對上下各個歷史時期，彼此不同歷史階段進行比較分析，層層遞進，詳盡展示各個歷史時期、不同階段的進退成敗，歷史作用和時代意義，加深讀者印象。

周德倉為了撰寫《西藏新聞傳播史》，先後五次進藏調研。在國家社科基金項目《中國藏語報刊發展史研究》獲准立項以來，他克服藏文報刊分布廣泛、資料匱乏、不易搜集的困難，通過進藏調研，與藏語媒體、新聞職能部門親密接觸獲得了大量寶貴資料。對於青海、四川、北京等地，凡是有藏文報刊的地區從不放過，他在訪問報社負責人和新聞出版等管理部門的領導的過程中，「不僅獲得了代表性藏文報刊的詳細資料，而且還得到了關於全國藏文報協作

〔註8〕參見《新聞史研究的地位、路經與標準──對話方漢奇教授》，載《新聞春秋》
　　　2011年第1期，第5頁。

會議和青海省藏文報刊年檢表等完整資料，收穫頗豐。」〔註9〕因而學界泰斗方漢奇教授給他的著作以高度評價，「《中國藏文報刊發展史》填補了報刊史的重大空缺。」「史料的挖掘彙集及歷史研究的姿態，值得褒揚。……在這部書稿中，我們會看到歷史研究應有的對事實的尊重。所有結論並不處於研究者的憶斷，而是事實中包含的科學邏輯。」〔註10〕

五、有的史學著作出現了多民族合作的局面，被讀者譽為「和諧新聞教育讀本」〔註11〕

「專著」和「教材」就是多民族作者辛勤勞動的結晶。參加編撰的除漢族外，還有蒙古族、回族、藏族、維吾爾族、苗族、彝族、布依族、朝鮮族、滿族、土家族、納西族、錫伯族等十多個民族四五十人。這是老中青在中華民族和睦相處的和諧社會編寫出的「和諧新聞教育讀本」，體現了黨和國家一貫倡導的「三個離不開」（漢族離不開少數民族；少數民族離不開漢族；少數民族也離不開少數民族）！

在少數民族新聞傳播學學科建設中，《中國少數民族新聞傳播通史》《中國少數民族新聞傳播史》都是首次獲得國家社科基金和北京市高等教育精品教材建設立項項目的著作。兩部著作新的理論框架，推動了少數民族新聞傳播學向著成熟、獨立的學科發展。它和其他優秀史學成果日益凸顯其學術價值和社會意義。

綜上，史學的研究是學科建設的基礎。中國少數民族傳播史的研究已取得了較為突出的成果，為構建中國少數民族新聞傳播學理論大廈奠定了基礎。這個基礎的奠定是時代的、社會的、經濟文化的以及學界業界諸種因素合力作用的結果。但是無論是距離理論大廈的構成，還是就少數民族新聞傳播史自身建設而言，還有廣闊的空間。當前我們要以鄧小平理論、「三個代表」重要思想為指導，全面落實科學發展觀，深化少數民族文化體制改革，推動少數民族文化大發展大繁榮，弘揚中華民族文化，為建設社會主義文化強國做出更大的貢獻！以優異的科研成果迎接黨的十八大的勝利召開！

〔註 9〕見周德倉：《中國藏文報刊發展史·後記》，中國社會科學出版社 2010 年版，第 339 頁。

〔註10〕引自方漢奇：《中國藏文報刊史》序，載《中國藏文報刊史》，中國社會科學出版社 2010 年版，第 2 頁。

〔註11〕讀者史謙在黑龍江省一級學術期刊《新聞傳播》（2009 年 7 月號）上發表書評，文章標題為《和諧新聞教育新範本——讀〈中國少數民族新聞傳播史〉有感》。

參考文獻：

1. 田建平：《少數民族新聞傳播史研究學術體系的確立──評白潤生主編之〈中國少數民族新聞傳播通史〉》，載《中國傳媒報告》2009 年第 9 期。

2. 哈豔秋馬彩虹：《客觀書寫新聞史作真情描繪民族畫卷──評〈中國少數民族新聞傳播通史〉》，載《中國廣播電視學刊》2009 年第 9 期。

3. 傅寧：《多元文化視野下的中國少數民族新聞學研究──評白潤生〈中國少數民族新聞傳播通史〉》，載《當代傳播》2011 年第 2 期。

4. 傅寧：《中國少數民族新聞學研究的集大成之作──評白潤生教授〈中國少數民族新聞傳播通史〉》，載《國際新聞界》2009 年第 5 期。

5. 張燕：《我國新聞傳播史研究的重要拓展──〈中國少數民族新聞傳播通史〉簡評》，載《中國民族報》2010 年 1 月 22 日第 06 版。

6. 向陽：《中國少數民族新聞傳播史理論架構的力作──讀〈中國少數民族新聞傳播史〉》，載《中國民族》2008 年第 8 期。

7. 史謙：《和諧新聞教育新範本──讀〈中國少數民族新聞傳播史〉有感》，載《新聞傳播》2009 年第 7 期。

8. 李秀雲：《少數民族新聞傳播史學科獨立、建設與發展──讀高等教育精品教材〈中國少數民族新聞傳播史〉》，載《學理論》2009 年 12 月上。

9. 荊談清：《掀開中國少數民族新聞傳播史研究的新一頁──讀〈中國少數民族新聞傳播史〉》，載《中華新聞報》2009 年 1 月 7 日 c3 版。

10. 於鳳靜：《論白潤生中國少數民族新聞傳播研究的文化觀》，載《當代傳播》2011 年第 6 期。

（原載《當代傳播》2012 年第 5 期總 166 期）

少數民族新聞傳播學基本問題探析

　　少數民族新聞事業興起於 20 世紀初葉，但其發展與繁榮是在新中國成立後，尤其是改革開放之後，形成了較為系統、多語（文）種、多層次、多渠道的特色鮮明的新聞傳播體系。少數民族新聞事業的發展，為少數民族新聞傳播研究提供了廣闊的領域與空間。少數民族新聞傳播研究始於 20 世紀 80 年代中葉，我國少數民族新聞事業由「火紅年代」步入「滿園春色」時期。研究成果涉及各個方面，取得了較大成績，產生了一定影響。但從學科整體發展來看，尤其是與相關學科比較而言，尚有較大差距，並有許多概念需要進一步探討。

一、少數民族新聞傳播學的學科性質及研究對象

　　中國少數民族新聞傳播學具有民族學、新聞學、傳播學、文化學的特質，是多學科交叉的邊緣學科，其興起與發展改變了過去以漢語文為載體的新聞傳媒的單一格局，完善和發展了新聞學與傳播學。這一學科的創立與發展拓寬了研究領域，是研究當前少數民族地區建設中國特色的社會主義新聞傳播事業基礎理論和實踐的重要學科。

　　少數民族新聞傳播學研究的主要對象，包括少數民族新聞，以少數民族語文傳播的新聞，民族新聞機構及其業務活動，以中國少數民族語文傳播的新聞機構及其業務活動，少數民族新聞工作者的隊伍建設和少數民族新聞傳播的歷史發展。作為新興的跨學科的少數民族新聞傳播學研究，已引起新聞傳播學界、民族學界、文化學界的廣泛關注與重視，這一研究已使「冷門變熱點」。[註1]

〔註 1〕徐培汀：《20 世紀中國新聞學與傳播學·新聞史學史卷》，復旦大學出版社
　　　2001 年版，第 460 頁。

二、少數民族新聞傳播領域核心概念的探討

少數民族新聞研究機構隨著少數民族新聞學的興起與發展逐漸興辦。1981 年 6 月 19 日，中共內蒙古自治區黨委辦公廳批准成立內蒙古日報社新聞研究所，編制 10 人，由內蒙古日報社和內蒙古社會科學院雙重領導。它是當時全國三十多個省區中唯一的專門的研究機構。這個研究所還與內蒙古新聞工作者協會和新聞學聯合會創辦了綜合性新聞業務刊物《新聞論壇》。1986 年出版漢文版（雙月刊）；1988 年出版蒙古文版（季刊）。

1988 年 11 月中旬，中國少數民族新聞研究會在貴州省黔東南苗族侗族自治州首府凱里市宣布成立。1994 年改名為「全國少數民族地區州盟地市報新聞研究會」。1997 年又更名為「全國少數民族地區州盟地市報研究會」，進入 21 世紀後，於 2003 年年底又更名為「中國少數民族地區報業研究會」。隸屬於中國報業協會，其全稱為「中國報業協會少數民族地區報業分會」，簡稱「中國報協少數民族地區分會」。它是我國業界唯一的少數民族新聞傳播研究學術團體。

2011 年 12 月 3 日，中國新聞史學會少數民族新聞傳播史研究委員會在北京成立。它是中國新聞史學會所屬全國性的二級學會，也是全國第一個由國家主管部門（民政部）批准的少數民族新聞傳播研究學術團體。其職責與使命就是探討少數民族新聞傳播的歷史與現狀以及與之密切關聯的新聞傳播活動與新聞政策的關係；研究少數民族新聞傳播事業發展動向；配合國家社會科學研究規劃，開展少數民族新聞傳播史論研究，制定和引導少數民族新聞教學與發展方向，聯合全國新聞傳播學術機構及在新聞傳播方面有造詣的學者，定期召開少數民族新聞傳播史論研討會，開辦網站，加強與其他學術團體的交流活動，促進少數民族新聞事業的發展；普及少數民族新聞傳播學基本知識，為政府機構、社會團體和新聞媒體等提供諮詢。

少數民族新聞傳播研究隊伍已初步形成並在不斷壯大。正如丁淦林教授所說，這支隊伍稱得上是「有發展前途的新軍，他們正朝著建設成熟的獨立學科的目標前進」「他們的研究是能夠計日成功的」。

現在需要進一步探討的或者說爭論的問題比較多，在這裡首先探討其核心概念：1.關於少數民族新聞的內涵與外延；2.關於少數民族新聞工作者界定及其特殊素質。這是兩個在少數民族新聞傳播學領域裏最根本最基礎的兩個問題。

（一）關於少數民族新聞的內涵和外延

什麼是少數民族新聞，其內涵與外延如何界定，最初有 9 種定義。

1.「民族新聞，就是新近發生的與民族政治、經濟文化、生活等方面有關的事實的反映。」（余正生）

2. 民族新聞，「即運用符合民族個性特點的報導形式，對新近發生的與少數民族政治、經濟、文化、生活等方面有關的事實的報導。」（劉萬嵐）

3.「民族新聞就是受眾及時獲得的具有民族意義事實的新信息。」（王春春、王洪祥）

4.「民族新聞就是大眾媒介及時傳播的受眾應知、欲知、未知的具有民族意義的事實的信息。」（王曉寧、徐豔紅）

5.「什麼叫民族新聞？顧名思義，就是以少數民族為報導對象的新聞。」（張儒）

6.「所謂少數民族新聞，就是關於少數民族和與少數民族直接相關的新聞。」（崔茂林）

7.「民族新聞即新近發生的與少數民族政治、經濟、文化、生活等方面有關的新聞報導。」（白克信、蒙應）

8.「民族新聞是新近發生的少數民族政治、經濟、文化、社會生活等方面的事實的報導。」（韋榮華）

9.「什麼是民族新聞？我以為它是發生在民族地區的、反映少數民族各方面的新鮮而有價值的事實報導。簡言之，民族新聞即反映少數民族生活的新聞。」（方苹）〔註2〕

2001 年第 5 期《中央民族大學學報》發表了徐利撰寫的《民族新聞辯》，在分析上述 9 種定義的基礎上，提出自己對民族新聞的理解。她的界定是：「民族新聞即新近發生的與少數民族政治、經濟、文化、生活等方面有關的具有一定民族意義的事實的報導。」

作者是從三個方面論證的：先從邏輯學意義上進行論證，「民族新聞是新聞的一個分支，是邏輯上的屬與種的關係。」「可表述為：民族新聞＝新聞（新近發生事實的報導）與少數民族有關並具有一定民族意義的事實。」作者認為

〔註 2〕以上幾種定義分別見於《民族新聞研究與實踐（理論・探討・思考）》第一卷，第 21 頁，第 47 頁；《新疆新聞界》1996 年第 6 期，1997 年第 2 期，第 5 期；《中央民族大學學報》1998 年第 3 期，1989 年第 1 期；《民族新聞學導論》第 12 頁以及韋榮華的碩士論文《試論民族地區報社的新聞報導和多種經營》。

「上述定義符合邏輯方法，說明了民族新聞與一般新聞之間的聯繫和兩者的區別之所在。」第二，從社會學角度進行論證，「民族新聞不僅是新聞事業的重要組成部分，同時也是民族工作中不可或缺的一部分。」「民族工作開展需要媒體的大力支持和配合，民族新聞正是以其對少數民族的特殊瞭解，來完成宣傳民族政策，交流民族工作經驗，促進民族團結，推動少數民族繁榮發展等任務，同時也有助於全社會的安定團結。」第三，是從新聞學角度來論證，這一定義包括了四層涵義：一是時間性要素，二是內容要素，確定了它的報導範圍，三是民族新聞的價值性要素。「所謂一定的民族意義是指對少數民族的生存發展具有歷史意義和現實意義，即能反映少數民族生生不息的生命力，民族間的和睦相處，能體現人類共同的情感和願望，給人以深刻啟迪的題材。按照其所具有的民族意義進行取捨，對於那些雖然與少數民族政治、經濟、文化或生活等方面有一定關係但不具有民族意義的事實，就不能成為民族新聞。」最後就是定義中的方式要素，符合上述因素的事實必須經過報導，才能由民族方面的事實真正轉化為民族新聞。

這一界定比較準確地表述了民族新聞的根本屬性和基本特點，「是較為可取的」，在學術界產生了較為廣泛的影響。這就誕生了第 10 種民族新聞的定義。

在對少數民族新聞 10 種定義經過縝密思考和深入分析之後，有人又提出了第 11 種定義，即「民族新聞是中國少數民族新聞的簡稱，是對新近發生的中國少數民族政治、經濟、文化事實的報導。」這一定義由兩部分組成，第一部分為「是中國少數民族新聞的簡稱」，第二部分為「是對新近發生的中國少數民族政治、經濟、文化事實的報導」，而第二部分是這一定義的主體部分。

關於「民族」一詞在現代漢語中兩層含義，其一是對世界各地各民族的總稱；其二，中國專指「中國的少數民族」。第一部分特別強調「民族新聞」「是中國少數民族新聞的簡稱」，使人們比較清晰地認識到「民族新聞」僅與中國的少數民族有關，而並不涉及中國的漢族以及外國各族。另外，世界上很多民族是跨國而居的。強調「中國」的概念，意在界限清楚，使民族新聞的定義更加準確嚴密。強調「中國」，並非要求所有的民族新聞事件都發生在中國境內。

關於第二部分中的「政治」、「經濟」和「文化」均為廣義，「政治」包括政治、法律（司法）、軍事等，經濟既包括各項生產建設活動，也包括經濟制

度和生產關係等，文化包括文學藝術、科教衛生、新聞出版、體育運動、日常
生活、民俗節慶等等。可以說是從政治、經濟、文化這3個方面對古今少數民
族的社會生活進行了全面概括，具有廣泛的包容性。「政治」、「經濟」、「文化」
不是靜觀的，在不同的歷史階段，其內容、表現、特徵都有所不同。以「文化」
為例，少數民族文化不僅包括燦爛的傳統文化，也包括隨著民族融合、國際交
流而不斷湧現的「新」文化，如「流行音樂」、「搖滾音樂」等舶來品，它們不
屬於傳統的少數民族文化範疇，但它們傳入國內後，同樣引起了少數民族青年
的喜愛，他們不僅愛聽，而且還結合本民族的音樂傳統，創作和演出既有濃鬱
少數民族氣息又有現代風格的流行音樂和搖滾音樂。像來自涼山彝族的「彝人
製造」演唱組，新疆的「阿凡提樂隊」以及他們的音樂作品等都是少數民族新
文化的代表。這些也應該被包括在少數民族文化的範圍內，有關新聞報導也可
視為民族新聞。現階段，少數民族政治集中表現為少數民族同胞平等地參與國
家政治生活和在全國範圍內落實國家的各項涉「民」政策；少數民族經濟集中
表現為少數民族同胞平等地參與國家經濟生活和因地制宜地發展民族地區經
濟；少數民族文化集中表現為少數民族同胞平等地參與國家文化生活，保持和
發展本民族文化。

　　第二部分中的「中國少數民族」與後面的政治、經濟、文化是連為一體
的，即我們強調的報導對象是新近發生的中國少數民族政治事實、少數民族
經濟事實和少數民族文化事實。因為只有當某一少數民族個體有關活動構成
「少數民族政治」、「少數民族經濟」或「少數民族文化」事實時，才能稱之為
「民族新聞」。民族新聞可以以少數民族語言文字傳播，也可以以漢語文傳播，
或以外國語文傳播。語言文字只是個形式問題，關鍵是一條新聞是否是對新
近發生的中國少數民族政治、經濟、文化事實的報導。民族新聞和以少數民
族語文傳播的新聞，是分別從報導內容和報導所使用的語言文字兩個不同角
度對新聞所進行的細化分類，既不相同，也不相互排斥，在新聞傳播中都有
各自的作用和意義。民族新聞是滿足受眾對瞭解中國少數民族政治、經濟、
文化新聞事件的需求，而以少數民族語文傳播的新聞是滿足使用少數民族語
文的受眾對瞭解新聞事件的需求。可以通俗地理解：民族新聞是宣傳中國少
數民族，而以少數民族語文傳播的新聞是向中國少數民族進行宣傳。我們以
較多的筆墨介紹了第10種和第11種定義的內涵與外延，這無疑也顯示了本
人認識的傾向。

2008 年《當代傳播》第 1 期發表了王曉英的文章《對民族新聞定義的評析》，她對現有 11 種定義進行評析後，她認為，以上 11 種定義都是「按照某一方面的特徵給『民族新聞』下定義，縮小了『民族新聞』概念的內涵和外延，不能完全涵蓋『民族新聞』的範疇。」同時認為「過多糾纏一般性的『新聞』概念，而沒有涉及『民族新聞』的特殊本質。」據此，她提出，「民族新聞就是具有民族特性的新聞。」

以上 12 種定義仁者見仁智者見智，我們期待著一個公認的完整的統一的民族新聞定義的誕生。一個公認、完整、統一的民族新聞定義的誕生是進行有關研究的基礎和前提，它將會進一步促進民族新聞研究向縱深發展。

（二）關於少數民族新聞工作者的界定及其特殊素質的探討

關於少數民族新聞工作者的界定，最早見於《中國少數民族文字報刊史綱》，作者提出：「首先，凡是從事新聞工作的少數民族同胞都是少數民族新聞工作者。既包括在民族地區報社、電臺、電視臺、通訊社從事新聞採編、新聞學研究和管理工作的少數民族，也包括內地新聞單位的少數民族同胞。其次，在以民族語文傳播的新聞單位從事採編、校勘、科研、教學和管理工作並做出一定成績的漢族同胞，特別是那些民文、漢語皆通的漢族同胞也應當歸入少數民族新聞工作者。」白克信、蒙應撰寫的《民族新聞學導論》採用了這一說法，並提出「改革競爭」、「宏觀開放」、「自強不息」意識和「民族意識」為其特殊素質。

但是，現階段界定往往只以民族成分為準。1999 年 3 月 23 日，在首屆少數民族女新聞工作者座談會上，宣布 42 個民族都有了自己的女記者，就是以民族成分為準繩的，至於雖是漢族但從事少數民族新聞採編、管理工作的女新聞工作者均未包括在內。前一界定雖然也得到了與會同行的贊同。

正式提出不同看法的是中央民族大學碩士生張召國，他在學位論文《試論當代少數民族新聞工作者的歷史貢獻及其作用》中對這個界定給予修正。他認為，「凡是從事新聞工作的少數民族同胞，都是少數民族新聞工作者」這一觀點應改為「從事新聞工作的以反映民族生活為主要內容的一切從業人員，都是少數民族新聞工作者。」陳娟在《我讀〈中國少數民族文字報刊史綱〉》一文中指出：「筆者認為，少數民族文字報刊應具有兩個層面：一是該報刊的受眾以少數民族為主；二是該報刊的內容以少數民族的政治、經濟、文化為主。我們說，只要一份報紙具備了以上兩個層面的任一層面，就可以稱之為少數民族

文字報刊。有了這一定義，我們便有了另一個定義：少數民族新聞工作者，是指所有服務於少數民族文字報刊的人員。」韓愈則認為「少數民族新聞工作者，是指以少數民族為傳播對象，以少數民族及地區的政治、經濟、文化生活為傳播內容而從事新聞傳播活動的人。」（見《淺析〈中國少數民族文字報刊史綱〉》），還有人說，民族新聞機構和民族新聞欄目的主要工作人員（包括編輯、記者、通聯、校對、排版、播出、技術等），都可稱之為民族新聞工作者，並進而認為民族新聞工作者和少數民族新聞工作者是兩個不同概念，二者之間至少有兩點不同：前者與本人的民族成分無關，不論其是少數民族，還是漢族或外國人，只要是在民族新聞機構和民族新聞欄目的工作人員，就是民族新聞工作者；後者則強調本人是少數民族且從事新聞工作，漢族與外國人則不包括在內。以上不同提法，都從不同角度，為中國少數民族新聞工作者予以界定，都有其各自的道理。

關於少數民族新聞工作者的特殊素質，雲南《怒江報》和偉著文《少數民族地區新聞記者的特殊素質》認為，在少數民族地區從事新聞工作的記者，除了要有較高的政治素質、業務素質外，還需具備幾種特殊素質：①通曉當地多種少數民族語言，能熟悉會話。②瞭解、熟悉、尊重當地少數民族的風俗習慣。③能適應當地少數民族的飲食習性。④能跋山涉水，吃苦耐勞。少數民族新聞工作者「能熟練掌握一種或幾種少數民族語言，不僅能使自己突破民族、語言的隔閡，深入到基層，發現和捕捉到一些細緻入微的東西，及時獲得難以得到的新聞素材，更重要的是加深了民族團結，達到親密無間。」「新聞記者到民族地區採訪，必須首先要瞭解熟悉當地少數民族的宗教信仰、風俗習慣、禁忌好惡，並給予尊重，才能得到他們的信任、配合，完成採訪任務。」和偉還說，「少數民族新聞工作者要有一副容納形形色色粗雜食物和各種奇怪風味飲食的腸胃，才能跟採訪對象密切關係、增進感情，獲得所需的新聞信息或素材。」〔註3〕

還有人特別指出，少數民族新聞工作者在採訪和寫作中要注意民族稱謂，如不能稱伊斯蘭教為「回教」，不要把「毛南族」寫作「毛難族」〔註4〕；不要隨意簡化少數民族的稱謂，如蒙古族不能簡化為蒙族，維吾爾族不能簡化為維

〔註3〕以上引文均見和偉：《少數民族地區新聞記者的特殊素質》，載《民族新聞》1998年第1期。
〔註4〕1986年6月5日，經國務院批准，「毛難族」改為「毛南族」。

族。還有在民族報導中慎用「炎黃子孫」的提法，苗族發源於黃河中下游，後來才遷居於南方，苗族的祖先蚩尤是同炎帝、黃帝在同一土地上生息的部落，說苗族是炎黃子孫，苗族同胞就難以接受。還有人提出，少數民族地區應培養「兩栖」型〔註5〕報紙副刊人才。把培養少數民族新聞採編人員提高到發展繁榮少數民族事業的戰略高度上來認識。

中央民族大學文學與新聞傳播學院 2002 級研究生楊樹（現為湖南理工大學新聞專業教師）在他的《民族新聞工作者應具備的基本素質》〔註6〕一文中提出：「作為民族新聞工作者，不僅要具備強烈的政治意識，道德自律意識，過硬的業務素質，紮實的理論功底，而且要對民族理論、政策，民族的歷史與現狀，以及各民族的政治、經濟、文化、語言文學、風俗習慣等都有所瞭解。」他把民族新聞工作者的基本素質，概括為「懂新聞」、「懂民族」。「懂民族」的實質就是其特殊素質。

三、少數民族新聞傳播領域需要探討的兩個重要問題

除少數民族新聞內涵與外延、少數民族新聞工作者的界定等核心概念外，還有一些重要問題，比如《嬰報》的歷史地位、少數民族新聞教育興起於何時也應該經過爭論統一認識。

（一）《嬰報》的歷史地位研究

《嬰報》是內蒙古地區第一張蒙古文報紙，也是我國最早的少數民族文字報刊。而創辦於 1895 年到 1897 年間在俄羅斯赤塔市出版的《東睡生活》（又譯作《東方邊疆生活》），因從其創辦人到創辦地點、辦報宗旨、讀者對象、發行範圍等幾個方面看，只能說是由外國人在海外創辦的蒙古文報刊。〔註7〕但至今仍有人認為《東睡生活》應該是我國第一份蒙古文報刊。持不同意見者認為，該報創辦人巴達瑪耶夫是布里亞特人，在俄國的赤塔出版。「但他的讀者對象都是蒙古高原上所有蒙古人。當時的外蒙古尚未獨立，所以它的主要讀者對象是中國蒙古人。巴達瑪耶夫是沙皇的乾兒子，他的所謂

〔註 5〕所謂「兩栖」型報紙副刊人才，是指在新聞報導的採寫、編輯和副刊稿件的寫作、編輯都有所長，既能抓新聞又能進行新聞寫作與文學創作，既能抓新聞又能辦好副刊之「兩栖」。

〔註 6〕載《新聞天地》，2003 年論文版冬季版。

〔註 7〕具體論述參見白潤生主編：《中國少數民族新聞傳播通史》（上冊），中央民族大學出版社 2008 年版，第 126～128 頁。

《巴達瑪耶夫計劃》即把蒙古高原納入俄羅斯版圖深得沙皇賞識與贊許,創辦《東睡生活》是實施這一計劃的重要組成部分。既然 1815 年英國人馬禮遜、米憐在馬六甲創辦的《察世俗每月統記傳》能夠被認定為我國第一份漢文報紙,那麼,同樣是外國人在外國創辦的《東睡生活》為什麼不能認定為我國的第一份蒙文報紙呢?」〔註 8〕

2000 年《內蒙古社會科學》第 5 期,發表了楊棋撰寫的《關於〈嬰報〉的幾點思考》。作者在這篇文章裏指出,刊登在《嬰報》上的文章是由貢王用英文字母創造出的簡易的蒙古文字母和拼寫方法撰寫的。但這種文字不能算蒙古文,因此用這種文字印刷刊登的《嬰報》也不能說就是蒙古文報紙。他又從另一個角度質疑《嬰報》是否是最早的蒙古文報刊。

作者先是以《內蒙古近代王公錄》中《略喇沁親王貢桑諾爾布》一文中有關貢王創辦《嬰報》的記載為論據的。作者寫道「貢王因感到旗民中的文盲太多,便開展了相當廣泛的旗民識字運動。他的具體辦法是,用英文字母創造出一種簡易的蒙文字母和拼音方法,先在軍隊中試行,逐步推廣到旗民的男女老少中。貢王 60 高齡的母親也參加了這一識字運動。據說由於他的帶頭,不到數月……大多數人都具有了閱讀報紙的能力。」「從當時貢王府與治下旗民的情況來看,他們閱讀的報紙只能是由崇正學堂內的報館所出的《嬰報》。反過來說,刊登在《嬰報》上的文章是由貢王用英文字母創造出的簡易蒙文字母和拼音方法所寫成的。」於是作者十分尖銳地指出:「貢王用英文字母所創造的這種簡易蒙文字母和拼音方法是否稱其為蒙文,甚至是否稱其為少數民族文字,就成了《嬰報》是否是蒙文報紙或少數民族文字報紙的關鍵。」

然後作者又從語言學角度論述道:「貢王用英文字母創造出的簡易蒙文字母和拼音方法……或者可以說應算作一種語言文字,但絕不可以就此斷言它是蒙文。」「貢王用英文字母的拼音方法雖然達到了能夠讓人利用它來讀報的程度,但這種字母的拼音方法適用範圍最多不過一旗……使用時間不過數年(1905 年至辛亥革命前後),能夠運用的不過是極少數的蒙古人……可以說無一符合普遍認同的語言文字界定,而把這種字母和拼音方法說是蒙文,很難讓人信服。」他又進而指出,「貢王創造的那種符號是只服務於少數人,因此不能算作蒙文。」

〔註 8〕阿勒得爾:《民族理論的探索者——訪原內蒙古新聞研究所所長巴干》,載《中國民族報》,2005 年 11 月 4 日。

接著，作者又從蒙古文自身演變的歷史角度進行論證，最後的結論是「在從語言文字的性質、特點、作用、發展等方面對比討論了貢王用英文字母創造出的簡易字母和拼音方法與現行蒙文即維吾爾蒙文（舊蒙文）之後，很難下結論說前者是一種蒙古文字，因此，用這種符號印刷刊登的《嬰報》也不能說就是蒙文報紙。」

總之，關於《嬰報》在少數民族新聞傳播史上的定位，學界還存在爭議。

（二）少數民族新聞教育興起於何時的研討

講到少數民族新聞教育的興起時，學界起初認為是 1956 年在拉薩木汝林卡（今拉薩一中）辦起來的有 200 多名藏回學生參加的新聞培訓班。進入 21 世紀後，在內蒙古圖書館裏發現了一則報導，內稱 1953 年內蒙古蒙文專科學校成立時就培養報紙編輯人員，校長是著名報人特古斯。現將這一報導全文引述如下：

內蒙古蒙文專科學校成立

本報訊　為了培養蒙文翻譯、編輯人員，內蒙古蒙文專科學校已於七日在歸綏市成立，並舉行開學典禮。參加開學典禮的有內蒙古自治區人民政府副主席兼文教部部長哈豐阿暨該校全體教職工一百餘人。

內蒙古自治區人民政府哈豐阿副主席在講話中，首先代表內蒙古人民政府及文教部祝賀這個學校的成立。他說，這個學校的成立，更進一步的體現了毛主席的民族政策。內蒙古自治區六年來在各方面的建設都取得了很大的成績，今後在發展民族語言文字方面也要取得更大成績。過去有的人輕視蒙文蒙語，這是錯誤的，他們不懂得落後民族要想達到先進民族的程度，必須發展語言文字，這是發展民族文化的重要步驟，對自治區的成長與發展有極大的重要意義，而內蒙古蒙文專科學校的成立，正是繼蒙文工作者會議後發展民族語言文字的第二個有力措施。

校長特古斯在講話中，說明了蒙文專科學校成立的意義和受到各方面重視的情況後，他向學員們著重指出兩點：一、學習目的必須明確，學習是為了發展民族的文化；二、學習必須聯繫實際，學以致用。要校長領導好，先生教好，學生學好，共同來完成黨所給予我們的光榮任務。

按：內蒙古蒙文專科學校分甲、乙兩班，甲班培養翻譯人員，乙班培養編輯人員。學習期間為一年，現有學員 80 人，大多來自伊克昭盟、烏蘭察布盟及熱河、黑龍江等地。（原載 1953 年 7 月 7 日《內蒙古日報》漢文版）

內蒙古大學蒙古語言文學院的烏雲同志發現這一資料，證明該校於 1953 年成立時就已開設新聞編輯科，並以蒙古文教授新聞編輯課程，培養蒙、漢兼通的少數民族新聞工作者，是內蒙古地區比較正規的民族新聞教育的發端。

隨著時間的推移，新的史料不斷被發現。2004 年初，新疆大學新聞與傳播學院的帕哈爾丁教授在《當代傳播》雜誌撰文《新疆新聞教育的發展》，提出新疆地區早在 20 世紀 30 年代興辦了新聞教育。1939 年，在新疆日報社工作的中共黨員李宗霖、李河、馬殊、王賢堂、白大方等人，為培養少數民族新聞工作者，舉辦了 3 期新聞技術訓練班。帕哈爾丁教授稱，這是新疆新聞教育的開端。帕哈爾丁的這一發現，把我國的少數民族新聞教育的肇始時間提前了 14 年。

在少數民族新聞研究領域裏，還有許多未開墾的處女地，有不少應當研究的問題，有的問題已引起學界的關注，正在研究。除以上已提到的以外，還有如關於斷層說，少數民族新聞史的分期問題；也有些問題，少有人涉獵。如，少數民族新聞採編、少數民族新聞寫作、民族地區新聞史的研究，以及著名少數民族新聞工作者的研究等等。有如此多地問題有待人們去認識、去探討它，以其得出科學的結論，這說明我國少數民族新聞研究正在起步和探索階段，還留有巨大的學術空間。

——我們的研究事業正處於開創時期！

注：本文為國家社科基金項目「當代東北地區少數民族新聞傳播史研究（1949～2010）」（項目編號：11BXW003）階段性成果之一。

參考文獻：

1. 白潤生主編：《中國少數民族新聞傳播通史》（上下），中央民族大學出版社 2008 年版。

2. 白潤生主編：《當代中國少數民族新聞事業調查報告》，中央民族大學出版社 2010 年版。

3. 張小平著：《民族宣傳散論》，中國藏學出版社 2005 年版。

（原載《新聞學論集》第 28 輯，經濟日報出版社 2012 年版）

第五輯

簡論中國少數民族新聞史

中國少數民族新聞事業的興起

一、早期的少數民族文字報刊

我國少數民族新聞傳播事業興起於 20 世紀初葉。最初的 10 年，在一些少數民族地區，出現了蒙、藏、朝、維、滿等民族文字出版的近代化報刊。《嬰報》、《西藏白話報》、《月報》、《伊犁白話報》是最早的一批少數民族文字報刊。

《嬰報》(蒙、漢合璧)是內蒙古地區第一份蒙古文報刊，也是我國歷史上最早的少數民族文字報紙。該報刊創辦於 1905 年，4 開，隔日刊，石印。社址設在內蒙古昭烏達盟略喇沁右旗王府「崇正」學堂內。該報以「啟發民智、宣揚新政」為宗旨，主要刊載國內外重要新聞、科學知識、內蒙古各盟旗政治形勢的動態及針對時局的短評等，免費投遞。辛亥革命前後終刊。當年在學堂任教的邢致祥說：「貢王辦教育辦報紙，不但蒙藏尚在夢中，就連熱河全省也未聞有一處。」其創辦人貢桑諾爾布，他出生於 1871 年 (一說 1873 年)，卒於 1930 年 (一說 1931 年)。

《西藏白話報》是我國最早的藏文報紙，創辦於 1907 年四五月間，其創辦人是清廷最後一位駐藏大臣聯豫和幫辦大臣張蔭棠。

聯豫、張蔭棠有一共同點，就是都出使過歐美，通曉洋務，並具有一定的愛國主義思想。駐藏期間，他們的主要功績是收回了中央在西藏的主權，先後「請撥餉銀，編練新軍，改官制，鑄銀元，舉辦漢文藏文傳習所、印書局、初

級小學、武備學堂、白話報館等」，大膽改革，實行新政，但是，清末的西藏「錮蔽已深，欲事開通，求難速效」。他們認為「與其開導唇舌，實難家喻戶曉，不如啟發以俗話，自可默化於無形」〔註1〕於是他們便以「愛國尚武開通民智」為宗旨，參照《四川旬報》及各省官報的辦法，創辦了我國最早的藏文報刊《西藏白話報》。這是西藏地區第一家近代報刊。

《西藏白話報》為十天一期（旬刊），每期發行三四百份。該報以漢藏兩種文字印刷出版，深受藏族同胞歡迎，據說還有很多讀者「自來購閱」。西藏自治區文管會藏有宣統二年（1910年）印刷的《西藏白話報》，該報長方形，長34.5釐米，寬21.5釐米，共7頁。首頁為封面，正中劃一長方形框，框內用紅藍雙色套印。上部自左至右印有藍色的漢藏兩種文字的「西藏白話報」幾個字，下部正中印有紅色團龍一條，四角飾雲紋。方框右邊為墨書漢文「宣統二年八月下旬第二十期」字樣。最後一頁是漢藏兩文的說明，藍色，字跡有些模糊，尚依稀可辨。說明是：「本報系每十日出版一本，每本收藏圓一枚，每月三本，每年三十本，全年投資合藏口三十圓。此口日零買之價也。若訂閱一年及半年者，每本減二分……」中間5頁為正文，主要內容有西藏新聞、內地新聞、國外新聞以及科技報導等15篇。

繼《西藏白話報》之後，在我國東北地區出現了最早的朝鮮文雜誌《月報》。該刊於1909年由延吉「墾民教育會」創辦，其宗旨是向朝鮮人民群眾進行反日啟蒙教育。此間尚有《大成團報》、《韓族新聞》、《新興學友報》、《延邊實報》等朝文報刊陸續出版。

在西北，《伊犁白話報》是新疆地區辛亥革命時期唯一的少數民族文字的革命報紙。該報創刊於1910年（宣統元年）3月的伊犁惠城。由馮特民主編，主要撰稿人有馮大樹、李輔黃、郝可權、鄭方魯等。他們都是在1910年前後隨同新軍協統楊纘緒從湖北調到新疆的湖北籍的同盟會員。

馮特民，湖北江夏人，名一，又名超，字遠村，筆名鮮民。畢業於湖北自強學堂。早年加入科學補習所和組織日知會並任評論員。1905年與人在武漢接辦《楚報》，「縱論部省政治，不避嫌疑。」〔註2〕因刊發張之洞與英人密訂《粵漢鐵路借款合同》全文，配發評論而遭查禁，馮氏逃往新疆，此後加入同

〔註1〕吳豐培主編：《聯豫駐藏奏稿·聯豫小傳》，西藏人民出版社1979年版。
〔註2〕歐陽瑞弊：《馮特民傳》，載張難先《湖北革命知之錄》一書，商務印書館1945年重慶版，1946年上海版。

盟會，因形勢所迫，以辦報形式傳播革命思想。他與其他同志一道主動吸收當地傾向革命的各族知識分子，請他們到各地採寫稿件，使該報成為辛亥革命時期新疆地區最有影響的報紙。1912年被馬騰霄刺殺於惠遠城。

該報設有《摘登來函》、《轉載專件》、《演說》、《愛國話歷史》、《本省新聞》、《譯報》、《雜組與聞評》等7個欄目，報導新疆各族人民反對帝國主義侵略、維護國家統一的各種消息。內容豐富，文字新鮮活潑，深受讀者歡迎。該報除在新疆發行外，還遠銷北京、天津、上海、漢口等地。影響之廣，印數之多，在當時少數民族文字報紙中首屈一指，1911年11月被志銳勒令停刊。

《伊犁白話報》用漢、維吾爾、蒙古、滿四種文字出版，漢文為鉛印，滿、蒙古、維吾爾文為油印。由中國同盟會主辦，日刊。這張報紙除宣傳同盟會的綱領外，還向少數民族同胞進行民族民主革命教育，號召他們與全國人民一道反對清朝封建獨裁統治。由於報紙的宣傳，新疆地區的同盟會會員日益增多，許多少數民族同胞積極投身於革命。

當年，伊犁有維吾爾族、回族，還有游牧的哈薩克族、蒙古族。《伊犁白話報》面向各少數民族進行反壓迫的宣傳。1912年1月的伊犁起義，能夠得到少數民族的支持，是跟《伊犁白話報》的宣傳鼓動分不開的。

在西北，除《伊犁白話報》外，同期出版的少數民族文字報刊還有《新報》、《伊犁日報》、《覺悟》、《解放報》等。

民國時期在北京出版的有《蒙文大同報》（1912年）、《蒙文白話報》（1915年更名為《蒙文報》）、《藏文白話報》、《回文白話報》（1913年）等。此外，還有「大總統登記在案，由內務部發行」的《新聞》和由西北籌邊使署主辦的《朔方日報》等。這個時期，少數民族文字報紙約有二三十種（不含少數民族創辦的漢文報刊）。少數民族文字報紙的出現一方面打破漢文報刊一統天下的格局，同時也反映了少數民族同胞在辛亥革命前後參與社會政治論爭的積極性。少數民族新聞傳播事業此時尚處於單一性的發展階段，除了報刊這個媒介外，再也沒有其他媒體了。雖然我國少數民族新聞傳播發展緩慢，品種單一，但是自其誕生之日起，就越過了原始形態，徑直進入近代化報刊，顯示了我國少數民族文字報刊發展的跳躍性。

二、少數民族現代報刊的出現

少數民族現代報刊萌芽於五四時期和第一次國內革命戰爭時期，並出現了宣傳馬克思主義的政治時事性期刊。以「三‧一」運動時期的朝鮮文報刊、

《蒙旗旬刊》等朝鮮族和蒙古族的現代報刊較為著名。1925 年 5 月在北京創辦的《蒙古農民》是我國最早的馬克思主義的少數民族政治時事性期刊。

「三‧一」運動是朝鮮人民在俄國十月革命影響下，反對日本殖民統治、爭取民族獨立的一場愛國運動。隨著反對侵略，爭取民族獨立的鬥爭不斷深入，朝鮮文報刊也像雨後春筍一般相繼出版，蓬勃發展起來。「三‧一」運動時期的朝鮮文報刊，最早興起於關外，逐步發展到關內等地。其中，關外有《朝鮮獨立新聞》、《我們的信》、《大韓獨立新聞》、《韓族新報》、《半島青年報》、《大韓青年報》等，其明顯特點就是具有強烈的反對日本侵略的獨立意識。為了正義和人道，為了驅逐日本侵略、為了實現民主主義和民族自覺，借助輿論的力量，號召人們拿起武器，投入到民族獨立的潮流。

關內以《獨立新聞》最為著名。《獨立新聞》係朝鮮臨時政府機關報。1918年 8 月 21 日創辦於上海。最初報邊只有「獨立」二字，朝、漢文混用，自第 22 期開始印「獨立新聞」。週三刊，由李光洙主編，該報宗旨在在創刊詞中闡述得非常明確，負有宣傳群眾，使國民團結一致，共同奮鬥；加強國際間的交流，爭取世界人民的同情和支持；造成輿論監督力，正確引導國民；培養新國民等五大使命。當時臨時政府裏，在如何獨立的問題上分為自治派和獨立派，並相互攻擊。李承晚是自治派的代表人物。這張報紙由於經費不足曾多次拖期，也停刊過。該報查封後，1920 年 9 月，繼續出版由李惟我編輯的油印小報《民聲》。

除上海外，在北京、天津、廣州也有朝鮮人辦的報刊。這些朝鮮文報紙都是流亡中國內地的不同政黨、不同團體創辦的，不同程度地體現了民族獨立意識。

20 世紀 20 年代，少數民族文字期刊興起，以內蒙古、東北地區最多。蒙古文期刊有《蒙旗旬刊》、《蒙古》、《祖國》、《綏遠蒙文半月刊》、《蒙文週刊》，其中以《蒙旗旬刊》較為著名。

《蒙旗旬刊》（蒙漢合璧），由張學良管轄的東北政務委員會蒙旗處於 1924年 4 月編輯發行。張學良為其封面題字。該刊係蒙旗處的機關報刊。這個刊物免費贈送給各機關、學校、各旗縣，出版經費由委員會負責支付。這個刊物以「牘啟蒙民知識，促進蒙旗文化」和蒙古民族與政府「同事合作，共同奮進」，警惕日本帝國主義侵略為宗旨，以實現「五族一家，天下為公，和衷共濟，促進大同」。每 6 期為一卷，闢有近 10 個欄目，著重報導蒙古族各種改良事宜、

蒙古族教育設施，辦實業，興交通，啟發民智，興修寺廟，保護宗教信仰自由等讀者關心的重大事件。該刊無專職採編和譯員。蒙古文由克興額譯校，東蒙印書局印刷，漢文由遼寧翠斌閣印刷，鉛印。1931 年終刊。

五四新文化運動和十月革命的勝利，在我國產生了廣泛影響，促進了我國廣大知識分子（包括少數民族知識分子）的覺醒。報刊的主要言論，總的思想傾向發生了重大變化，宣傳新文化新思想，以及十月革命的影響，馬克思主義的傳播逐步走向深入，報紙版式呈現雜誌化。少數民族先進的知識分子也同樣受其影響，出現了著名的馬克思主義期刊。

《蒙古農民》報由 1923 年冬在北京蒙藏學校成立的中國共產黨第一個蒙古黨支部主辦。它是農工兵大同盟的機關刊物，64 開鉛印本，半月刊（也有週刊的說法），每期售價 2 枚銅圓，農民優惠半價，裝幀精巧。該刊以辛辣、通俗、流暢的文筆向廣大蒙古族勞苦大眾宣傳黨的民族政策，指出蒙古民族求解放的正確道路。內容豐富、通俗易懂，該刊除閃耀著馬列主義思想外，還以歌曲、漫畫等形式向讀者宣傳蒙漢團結起來，反對軍閥、帝國主義、王公貴族對蒙古民族和各國各族人民的統治和壓迫，在共產黨的領導下，走武裝鬥爭的道路，奪取社會主義的勝利。體裁多樣，具有蒙古民族文化特有的風格。1926 年被迫停刊。

20 世紀 20 年代以來，少數民族共產主義者還創辦了一些維吾爾文、朝鮮文的馬克思主義時事政治性期刊。這些期刊共同特點就是宣傳反帝、親蘇、民族平等，重視黨的建設，提高黨員政治思想素質和文化水平。

中國少數民族新聞傳播事業的發展

一、二十世紀三四十年代的初步發展階段

20 世紀 30～40 年代是我國少數民族新聞傳播事業發展時期的第一個階段。這個階段少數民族文字報紙數量、種類增多，蒙、維、哈、朝、錫伯、滿、俄等 7 個民族有自己本民族文字的報紙，尤以蒙、朝、維、哈、錫伯等 5 種文字的報刊比較發達，並已具有現代報刊的性質和辦報規模。

首先，這一時期少數民族文字報業出現了多元共存的局面。中國共產黨與中國國民黨創辦的少數民族文字報刊共存；國共兩黨與敵偽創辦的少數民族報刊共存；中國人與外國人創辦的民族報刊共存以及境內外創辦的中國少數

民族文字報刊共存。這個多元共存的局面是這個時期國內政治形勢和整個新聞事業發展的特點所決定的，也是中國少數民族新聞史上獨有的現象。

其次，內蒙古地區的蒙古文報刊、東北地區的朝鮮文報刊和新疆地區民族文字報刊有新的發展並積累了十分寶貴的經驗。中共黨報和統一戰線報刊在這個時期把愛國主義和抗擊外族入侵作為其宣傳的重大主題，這是主流。從文種上說，又有新的少數民族文字報刊加盟民族新聞事業，哈薩克文報（1935 年 12 月 27 日創辦的《新疆阿勒泰》）、錫伯文報《自由之聲》，（現名《察布查爾報》）都是這個時期新的文種。而這兩種文字的報刊在其歷史悠久，持續時間長這點上，又是其他文種無可比擬的。1936 年 4 月，在迪化（今烏魯木齊市）創辦的《新疆日報》（先後以維、哈、俄文出版）和 1947 年元旦創辦於王爺廟（今烏蘭浩特）的《內蒙古自治報》（9 月 1 日起正式成為中共內蒙古黨委機關報），是我國最早的省級少數民族文字報紙。它們的創辦是我國少數民族新聞傳播事業進入發展時期的標誌之一。從刊期的種類上看，又以蒙古文和朝鮮文報刊最多，日刊、隔日刊、三日刊、週刊、旬刊、半月刊、月刊等，辦出了特色，受到讀者的歡迎。

高揚愛國主義和反對外族入侵旗幟的黨報黨刊及黨領導下的統一戰線報刊，不僅有不同文種，不同刊期的鉛印、石印、油印的省地縣各級的機關報，而且為了滿足需要還辦起了《蒙漢聯合畫報》和《內蒙古畫報》，以通俗的文字和生動的畫面向農牧民宣傳黨的方針政策，民族團結政策，滿足了文化水平低、識字不多的少數民族同胞交流信心，瞭解時事的要求。也就是說，在這個時期出版了第一張地方性少數民族文字畫板，這是項開創性的工作，具有重要意義。少數民族文字報刊在新聞業務各方面有了較為明顯的變化。內蒙古、新疆、東北及西藏地區的少數民族文字報紙版面和欄目逐漸增多，內容日益豐富。重視當地的新聞報導，把少數民族關心的事件作為重要內容放在顯要的位置發表，對於重要新聞重大事件配以社論、評論，造成聲勢形成輿論，注重效果。新聞體裁已從單一的消息跳躍出來，通訊、特寫等作品開始出現。而各個報社有自己的記者採編的新聞通訊稿件，試圖改變民族文字報紙就是漢文報紙的翻版的現象，文藝副刊所刊載的詩詞、散文等文藝作品質量普遍提高、更自覺有效地配合要聞版的中心內容，要聞版分副刊、專刊逐漸統一和諧，更集中地宣傳中心任務。同時注重版面的美化，出現了插圖和照片、遇有重大新聞還要用紅色套版印刷。報社領導已意識到輿論陣地的重要，開始向敵對的輿論

爭奪領導權，努力使自己的報紙成為組織、宣傳和鼓舞群眾為了自身解放，為了從外國侵略者與本國反動派的奴役下解放出來而勇敢戰鬥的輿論工具。我國少數民族文字報刊在編採業務上有了較大進步。

中共各級黨組織的重視是這一時期黨報和統一戰線報刊發展的主要原因。這個時期，黨中央、毛澤東同志制定了一系列有關做好民族工作的方針政策。1936 年 6 月 8 日，《毛澤東、周恩來、楊尚昆關於回民工作給一、十五軍團的指示》中明確指出：「中央決定回民工作基本原則是回民自決，我們應站在幫助地位上去推動和發動回民鬥爭。」並以鐵的紀律約束部隊幹部、戰士尊重少數民族風俗習慣，加強民族團結。〔註3〕與此同時，黨中央結合實際，也制定和頒布了一系列辦好黨報的方針、政策和重要指示。例如，1938 年《中共中央關於黨報問題給地方黨的指示》；1941 年《中宣部關於黨的宣傳鼓動工作提綱》，還有 1944 年毛澤東在陝甘寧邊區文化教育工作座談會上的講話，是指導黨的新聞事業發展的理論，也是辦好少數民族文字黨報和統一戰線報刊的綱領性文件。各級黨委認真貫徹執行中共中央和中央領導同志的精神，並落實在各自的辦報實踐中。內蒙古地區黨委在此期間就辦好《群眾報》《內蒙古自治報》《內蒙古日報》《綏蒙日報》專門做出決定。這些決定對如何辦好少數民族文字報紙做了具體指示。由於各級黨委的重視、各個報刊非常重視自身建設，在新聞工作實踐中摸索總結辦好黨報和統一戰線報刊的經驗，培養少數民族新聞工作者，逐步提高他們的政治素質和業務素質。《內蒙古自治報》在《把報紙辦好》的社論中提出了「大家辦報」的觀點，在第四版開闢了《新聞工作》的專欄「共同研究新聞業務上的問題以推進新聞工作的發展」。報社領導創造一切有利條件，為採編人員提供學習、研究民族語文的機會，把辦好少數民族文字報紙與提高民族語言文字表達能力結合起來，統一起來。

黨報和統一戰線報刊能夠迅速發展的另一原因，是各個報紙的採編人員既按照各級黨委的指示辦事，又與新聞工作實踐相結合，遵循新聞工作自身發展規律。1945 年底，黨中央在《和平建國綱領草案》中指出「在少數民族區域，應承認各民族的平等地位及其自治權。」1947 年 5 月 1 日，內蒙古自治區成立，標誌著我國少數民族人民對於自治權利的實施。從此，少數民族新聞傳播事業就在落實黨的民族區域自治政策，發揮各個少數民族當家做主、自己

〔註 3〕詳見《毛澤東、周恩來、楊尚昆關於回民工作給一、十五軍團的指標》，載 2006 年 10 月 20 日《中國民族報》。

管理本民族內部事務的自治權利的形勢下發展起來。黨的民族區域自治和民族團結政策《是少數民族黨報和黨的報紙興起和發展的可靠保障。母庸諱言，辦好少數民族文字的黨報和統一戰線報刊必須堅持無產階級黨性原則，同時還應在堅持黨性原則的基礎上，運用民族地區的自主權，正確處理黨性原則與自主原則的關係。把這兩者關係處理好，報紙就辦得好，就能發展具有民族形式和民族特點的少數民族新聞事業。

第三，外國人在海內外創辦的中國少數民族文字報刊是這一時期的顯著特徵。外國人在海內外創辦的中國少數民族文字報刊始於 19 世紀末，進入 20 世紀三四十年代逐漸增多。其中有朝鮮人在上海和抗日戰爭時期的東北、華東、華中、華北創辦的朝鮮文報刊以及 1949 年前夕在印度創辦的藏文報刊等等，形成了這個時期少數民族新聞史上一道奇特的景觀。這些報刊絕大多數具有鮮明的政治傾向，肩負著一定的歷史使命。由於稿源、經費。採編人員不足以及不了解讀者，對讀者研究不多等原因，這些報刊存世時間較短。因此，逐漸改變了策略，即在中國少數民族聚集區內尋找他們的代理人，創辦他們的御用報紙。外國人在海內外創辦少數民族文字報刊，儘管目的不同，文化侵略也好，文化交流也罷。在客觀上促進了我國少數民族文字報業的興起與發展，這一點是母庸置疑的。中國少數民族新聞工作者從外國人辦報活動中汲取和借鑒了不少好的經驗，尤其是在編採業務方面。因此，三四十年代我國少數民族文字報刊在標題製作、版面編排、圖片攝影及新聞通訊的寫作上都有了明顯改進，民族報業有了一定發展。

第四，少數民族新聞傳播事業開始打破單一性的發展。這一時期，不僅在主要的民族地區出版了民族文字報紙，而且開始出現民族語言的廣播事業。三十年代，新疆的廣播事業已經興起，進入四十年代之後，廣播成了新疆獲得各種信息的有力工具。新疆各族人民通過廣播瞭解省內外，國內外的政治時事，但節目比較單調，尚不能滿足各民族聽眾的要求。1941 年底，廣播內容才比較豐富起來。除廣播新聞外，還播放時事政治報告和少數民族音樂在內的唱片以及各社會團體的歌詠等文藝節目。直到 1949 年 1 月，在新疆才真正出現少數民族語言的廣播——維吾爾語廣播。

新疆的廣播事業雖然在我國少數民族地區比較發達，但是少數民族語言的廣播事業最早並不始於新疆地區。少數民族語言的廣播最早始於 1932 年。這個時候國民黨中央廣播電臺先後增加了蒙古語和藏語廣播。1934 年，由國

民黨中央事業管理處和交通部共同在北平籌建河北廣播電臺，並於同年 10 月下旬試播，12 月 1 日正式開播。這座電臺一開始就辦有蒙古語和藏語節目。1937 年 11 月，南京國民政府遷都重慶，國民黨中央廣播電臺奉命隨遷。在重慶期間，中央廣播電臺先後用多種語言廣播，其中有蒙古語和藏語。國民政府和邊疆省份軍政當局辦廣播的目的是為了宣傳中國國民黨的主張，加強對少數民族的統治。儘管如此，廣播的出現，畢竟開闢了人類傳播的新紀元，尤其是在少數民族地區給人們的生活和社會發展產生了巨大的影響。

具有現代進步意義的人民的少數民族語言的廣播是吉林延吉新華廣播電臺和牡丹江廣播電臺朝鮮語節目的開播。它們是中國共產黨最早創建的少數民族語言的廣播。吉林延吉新華廣播電臺與 1946 年 7 月 1 日正式開播，呼號 XNYR，頻率 735Hz，面對華中華東地區廣播，是中國第一個使用朝鮮語廣播的電臺，也是中國人民廣播史上第一個使用少數民族語言播音的電臺。牡丹江廣播電臺建於 1947 年 8 月 15 一開始辦有朝鮮語廣播。翌年，更名為牡丹江新華廣播電臺。

少數民族語言廣播事業的出現，打破了民族新聞事業的單一性。同時，這也是我國少數民族新聞事業進入發展時期的又一個重要標誌。

第五，各種民族文字的馬克思主義時事政治報刊逐步增多，快速發展，也是我國少數民族新聞傳播事業逐步進入發展時期的重要標誌之一。少數民族文字時事政治報刊興起於 20 世紀 20 年代，跟全國新聞事業發展形勢一樣，時事政治報刊的興起，標誌著我國少數民族新聞也進入了現代發展階段。而只是具有現代性質的報刊或者說具有比較明顯的現代意義的期刊，則是進入 30 年代以後，這主要從報刊所刊載的時事政治內容而言的。這其中有偽滿洲國主辦的，國民黨地方黨部主辦的，更多的是中國共產黨主辦的進步報刊，有蒙古文、朝鮮文期刊，也有回族和外國人在我國創辦的越文刊物。蒙古文期刊主要創辦於 1949 年前後，地點多在北平、內蒙古地區及寧夏、甘肅和東北地區。從《蒙文大同報》算起到 1949 年各種期刊約有 45 種之多。而在這眾多民族文字的期刊中辦得好，影響大，較為著名的是馬克思主義的時事政治期刊。

新疆最早的傳播馬列主義毛澤東思想的理論刊物《反帝戰線》（漢維文版），1935 年創辦於迪化（今烏魯木齊）市，由新疆反帝聯合會主辦。初為半月刊，實為不定期、開本和頁數不等。自 1949 年 1 月三卷第四期起改為月刊，每月 1 日出版，並開始每月 20 日出版維吾爾文版。其發刊詞指出，它是「建設

新疆過程中思想和理論的唯一正確領導者」。並解釋說：「打倒帝國主義必須要有銳利的武器，而最要緊的武器之一是思想武器，也就是反帝理論。」並號召「建設新疆的先鋒隊——反帝會員，各族的知識分子、教授、作家、學生以及軍人，對反帝戰線的愛護，應該比你們愛護最寶貴的眼珠還要愛護她，使她能夠擔負起領導思想和領導鬥爭的偉大使命。」該刊主要由共產黨員，進步人士及革命青年組成的編輯委員會主持工作。1942 年被迫停刊。共出漢文版 55 期，維吾爾文版 8 期。

這個時候，朝鮮文馬列主義時事政治性期刊也日漸增多。比較著名的有《延邊通訊》、《民族工作通訊》、《農民的喜悅》、《新農村》等。其共同特點是重視黨的建設，提高黨員政治思想素質和文化水平。

二、二十世紀五六十年代的進一步發展階段

20 世紀 50、60 年代是少數民族新聞傳播事業進一步發展階段。1950 年，我國有少數民族文字報紙 21 種。1954 年 7 月 17 日，中共中央政治局通過的《中共中央關於改進報紙工作的決議》中明確指出，「各少數民族地區凡有條件的就應創辦民族文字報紙」，「少數民族地區的報紙，應注意宣傳黨的民族政策，宣傳愛國主義和民族團結，並按照當地的特點適當的進行關於黨在過渡時期的總路線的宣傳。」〔註4〕1955 年 3 月國務院發布《關於邊遠省份和少數民族地區建立收音站的通知》，《通知》指出，作為惡劣天氣對農業、畜牧業的損害，以及部分滿足農民對文化娛樂的要求，特撥出 1500 部收音機，在雲南、貴州、西藏、甘肅、青海、新疆、廣西、海南和內蒙古自治區建立收音站。並對建站工作做出了具體指示。另外，中共中央專門發文「同意中央統戰部、中央民族事務委員會黨組關於在少數民族地區宣傳總路線的意見。」〔註5〕在黨的民族區域自治政策和民族團結政策的指引下，我國少數民族新聞傳播事業在原有的基礎上有了較大的發展。主要的少數民族聚集區基本上都有了本民族文字的報紙，如《內蒙古日報》、《新疆日報》、《西藏日報》、《延邊日報》等等，形成了多層次的黨報系統。從 1957 年開始，我國新聞事業在探索中曲折前進。黨中央，毛主席十分關心少數民族地區的情況。1947 年 4 月 7 日。毛澤東在給時任中共中央統戰部副部長、國家民委副主任汪峰的信中開頭說：

〔註 4〕見《中國新聞年鑒》，中國社會科學出版社 1982 年版，第 99 頁。
〔註 5〕中共中央宣傳部辦公廳、中央檔案館編研部編：《中國共產黨宣傳工作文獻選編》（1949～1956），學習出版社 1996 年版。

「我想研究一下整個藏族現在的情況。」並接連提出了 13 個問題。1961 年 7 月 15 日，新疆維吾爾自治區黨委宣傳部召開自治區地、州、縣報紙工作座談會，總結和研究報紙工作的問題。與會者強調宣傳黨的方針、政策，必須堅持貫徹面向群眾，面向基層的方針。二十世紀六十年代前後，在已有文字的少數民族中，絕大多數興辦了自己的報紙，除蒙、藏、朝、維、錫伯等民族文字報紙在過去已創辦外，這個階段又有柯爾克孜文、傣文、景頗文、傈僳文、壯文等報刊相繼創辦。從地域上講，從中央到地方，從首都到邊疆，尤其是民族地區有了少數民族報刊，甚至在一個縣內也能出版一種或兩種民族文字報紙。

20 世紀 50、60 年代，我國少數民族文字報紙的板式呈現新的特點：民文與漢文合刊。民文與漢文兩個報頭，第一版由民文漢文分別出版，二、三版則是漢文版，沒有民族文字，如《喀左縣報》和《阜新蒙古族自治報》，就是蒙漢文合刊的民文報紙，雖然這種版式留下了少數民族文字報紙發展初期的印記，但也不失為一種獨特的形式。

少數民族文字報紙板式的發展經歷了幾個階段。最早創辦的報紙一般都是「民文與漢文合璧」式，比如《嬰報》就是蒙漢合璧，即在這張報紙上既有蒙古文，也有漢文，其內容基本一致，這種版式大多在這種文字的報紙的初創時期，從民族新聞事業發展角度來說，則是民族文字報業的興起時期。接著，是民族文字報紙與漢文報紙分刊出版，民文報紙基本是漢文報紙的譯報，或者兩者的內容大同小異。這種版式大約出現在 20 世紀 30、40 年代。50、60 年代創辦的報紙大多數也是這種形式。「譯報」滿足不了廣大少數民族讀者的需求，也不符合少數民族的閱讀習慣，因而現實向報社提出新的要求，即少數民族文字的報紙要辦出自己的特色，辦出地區特點和民族特點；並且要培養和造就精通本民族語文的新聞工作者，提高民族新聞工作者的業務水平。各級各類報紙上上下下增強責任感實行自編自採，獨家新聞始見報端。從民族新聞傳播事業發展角度來看，這種分刊形式的出現，是我國少數民族文字報紙的一大進步，由初創階段逐漸步入了發展階段。但是，以上各種版式的民族文字的報紙，沒有一家報紙有自己獨立的報社，都是與漢文版同屬一個報社，這就是民族新聞傳播事業中一社多報的現象。

這個階段，我國少數民族新聞傳播事業徹底打破了單一性，尤其是 60 年代，隨著我國民族文字報刊的蓬勃發展，中央和民族地區以民族語文為傳播工具的廣播事業已初具規模，而民族地區的電視事業也在這一階段誕生和發展。

1949 年 12 月 21 日，迪化人民廣播電臺開始播音，1951 年開始用新疆人民廣播電臺呼號，自此，該臺成為獨立的省級新聞單位，建臺之始使用漢語和維吾爾語進行廣播，20 世紀 50 年代中後期，增辦哈薩克和蒙古語廣播。如今新疆人民廣播電臺維、漢、哈、蒙、柯 5 種語言用 20 多個頻率廣播，每天播音 80 多個小時。社會主義民族廣播事業誕生並日益壯大發展。1950 年 11 月 1 日，內蒙古烏蘭浩特人民廣播電臺建立並正式播音，1954 年 3 月 6 日改名內蒙古人民廣播電臺。內蒙古地區蒙古族同胞是以本民族的語言作為交際和思維工具的，因而這座廣播電臺一成立就以蒙漢兩種語言廣播，使蒙古族同胞享有現代政治生活的權利。它是我國最早的省級廣播電臺之一。在 20 世紀 60 年代前期，該臺先後建成一座較大功率的中短波廣播發射中心。第一期工程完成後大幅度提高了內蒙古臺的發射功率，明顯改善了自治區無線電廣播的覆蓋狀況和收轉效果。1958 年第二期工程建成後，蒙漢語言兩套節目所需發射技術已具備，變蒙、漢兩套節目交替播出為分機播出，延長了播音時間，收到更大的宣傳效果。在這個階段，內蒙古各盟市先後建立了廣播電臺。1959 年初，自治區已有 7 盟 2 市創建了電臺，形成了以內蒙古廣播電臺為中心的無線電覆蓋體系。

西藏地區在 1956 年自治區籌委會成立之前，中共西藏工委宣傳部就開始籌建拉薩有線廣播站。1958 年，廣播站啟用無線電廣播。1959 年元旦用「拉薩人民廣播電臺」進行播音，使用藏漢兩種語言，每天播音時間為 8 小時。同年 3 月，西藏人民廣播電臺在平叛改革中從「拉薩人民廣播電臺」中脫胎而出。從建立之日起，該臺就以辦好藏語節目為主，從機構設置、幹部配備、頻率分配、節目時間等方面，總是優先考慮和滿足藏語廣播的需要。

「以藏為主，漢藏並舉」方針的提出，為西藏廣播事業確定了科學發展原則，之後成為西藏新聞傳播事業的基本方針，具有重大歷史意義。

作為為全國各族人民服務的中央人民廣播電臺，為了各民族的平等團結和共同繁榮，專門開辦了少數民族廣播節目。1950 年 5 月 22 日，為配合西藏解放，首先開辦藏語節目，以後陸續開辦蒙古語、維吾爾語、壯語廣播。

總而言之，在這個階段我國少數民族語言的廣播從中央到地方，尤其在少數民族同胞聚居的民族地區已經形成了網絡和體系，它跟報紙一樣，成為黨和少數民族同胞聯繫的紐帶，擔負著宣傳黨的民族政策和民族地區社會主義建設的光榮使命。

三、十年動亂的特殊階段

「文化大革命」動亂的十年是我國少數民族新聞傳播事業發展的特殊年代。在這場空前浩劫中，少數民族新聞事業跟全國的新聞事業一樣，成為重災區。絕大多數民族文字報刊被查封，或被迫停刊，保留下來的主要是自治區首府的黨委機關報或者歷史比較悠久的幾張報紙。這些報紙，除了以少數民族文字印刷發行外，已無特色可言。絕大多數少數民族文字報社實行軍事管制，許多民族新聞工作者以「莫須有」罪名遭到迫害，各種專業技術人員銳減，使「文化大革命」之後的人才「斷層」。雖然如此，我國民族區域自治政策、民族團結政策還是具有強大生命力的。即是在黨的新聞工作傳統遭到嚴重破壞的十年浩劫中，我國少數民族文字報業也有新的發展，《內蒙古日報》（蒙古文版）就是從 1966 年起增加刊期，使之成為每日出對開 4 版的日報。在廣大民族新聞工作者逐漸認清「四人幫」的倒行逆施的 20 世紀 70 年代，又有一些民族文字報紙創刊、復刊。如內蒙古自治區的《烏蘭察布日報》的蒙古文版就創刊於 1971 年 7 月 1 日，16 開小本式出刊，後改為 32 開本「文選式」的週刊。1976 年 4 月 25 日改為隔日刊。初為蒙古文 4 號字，發稿量較少。1985 年先由 1、4 版，後擴大到 2、3 版，全部改用 5 號字。又如少數民族文字《參考消息》在動亂的 10 年中又增加了哈薩克文版（1975 年 8 月 1 日創刊）和蒙古文版（1973 年 4 月 1 日創刊），1975 年開始向全國發行。維、哈、蒙三種文字的《參考消息》都是從幫助廣大少數民族幹部、知識分子和各界群眾開闊眼界，認識世界，正確分析和判斷國內外形勢，滿足少數民族日益增長的新聞需求的角度出版發行的。

民族地區的電視事業也在這個階段誕生發展。內蒙古電視臺和新疆電視臺都籌建於 1960 年，1970 年兩座電視臺開始播放黑白節目，揭開了自治區電視臺歷史的第一頁。雲南電視臺 1969 年 10 月正式播出。這個階段，還有一批地州盟的電視臺創立：1971 年 10 月包頭臺創辦，等等。民族地區電視事業的誕生為我國少數民族新聞傳播事業又增添了一支生力軍。

中國少數民族新聞傳播事業的繁榮

一、少數民族文字報刊發展概況及其特點

20 世紀 80、90 年代是我國少數民族新聞傳播事業繁榮時期。據統計，20

世紀 80 年代初葉，我國已有 17 種少數民族文字的報紙 84 家，用 11 種民族文字出版的期刊 153 家。在此尚未將油印和內部出版的報紙統計在內，如苗文報和布依文報，連同這些報紙在內，已有 91 家，分佈在 13 個省區，形成了以黨報為核心的多層次、多地區、多種類、多種文字的民族報刊體系。到 2003 年年底，全國共出版 12 種民族文字的報紙 88 種，分佈在 11 個省區。據最新資料表明，到 2005 年底，「有 99 種民族文字報紙，用 13 種民族文字出版；有 223 種民族文字雜誌，用 10 種民族文字出版。」〔註6〕少數民族文字報刊體系更加完整，內容更為豐富。

改革開放以來，民族報刊時效性增強，信息量增大，注重服務性，適應改革開放、發展商品經濟的需要，適應提高人民文化生活的需要。內蒙古、新疆、西藏等自治區早已形成以首府為中心、輻射狀的民族報刊網絡，使黨報為核心的多層次、多地區、多種類、多種文字的報刊體系更加完善，也更加明顯。近年來，我國少數民族文字和民族地區報刊同全國其他新聞媒體一樣，響應黨中央的號召，把發展本地區經濟、宣傳國有企業改制情況，報導在建立和完善社會主義市場經濟體制過程中湧現的新人新事、新風尚作為工作重點。同時，各民族地區的報紙也注重報紙自身的建設，針對本地區具體情況，加以改進。如《內蒙古日報》（蒙古文版）除了加大蒙古文新聞自採率外，還努力辦好《草原曙光》、《民族團結進步》、《致富之路》等一批在讀者中已享有一定聲譽的專欄、專頁，並從 1999 年元旦起，將原來的週日版改為《社會週刊》，新增一個《經濟週刊》，以適應讀者需求。隨著改革的不斷深入，民族地區的報紙也注意到生產生活一線去挖掘新聞，使讀者能及時瞭解身邊發生的最新變化。如《伊犁日報》把基層報導作為重點，記者深入農村改革一線去擷取生動的事實，反映基層改革的進程和成果。

此外，民族地區報紙還根據自身特點，策劃了一些專題報導。如 1999 年是西藏民主改革 40 週年，《西藏日報》為配合這一紀念活動自 3 月 29 日起，組織 4 個採訪小分隊，從雅魯藏布江源頭起，行程 5000 多公里，對沿江 30 個縣進行了深入採訪，以典型的事例，細膩的描寫，充分、生動地反映了西藏民主改革 40 年來各方面發生的巨大變化，再現了西藏高原的秀麗風光和多彩生活。

〔註 6〕劉寶明：《語言平等觀：中國的實踐與經驗》，載《中國民族報》2006 年 9 月 8 日。

總之，少數民族報刊是目前我國民族地區最貼近基層群眾的新聞媒體。隨著改革開放的不斷深化，取得了長足發展。報紙絕對數量雖然不多，但種類趨於齊全，呈現多樣化態勢；報紙質量不斷提高，影響力不斷擴大；少數民族新聞工作者隊伍不斷壯大，人員素質不斷提高，業務能力不斷增強；技術不斷改進，日益現代化。

二、日新月異的少數民族廣播電視

新時期，國家對少數民族廣播電視事業給予大力扶持和幫助，少數民族地區的廣播電視覆蓋率有了很大提高，各少數民族地區的電臺、電視臺都使用少數民族語言播送的節目。20 世紀 80 年代實施的「四級辦廣播、四級辦電視、四級混合覆蓋」的措施，使我國少數民族廣播電視迅速發展。1991 年我國民族自治地方已有廣播電臺 133 座，電視中心臺 96 座，電視發射臺和轉播臺5435 座，衛星電視地面接收站 7975 個，市縣廣播站 1335 個，廣播喇叭 56643萬隻〔註7〕。從中央到地方，包括省（自治區）、地（州、盟）、縣（旗）共辦有蒙古、藏、維吾爾、哈薩克、朝鮮、壯、彝、傣、傈僳、景頗、拉祜、哈尼、瑤、佤、納西、白、羌、布依、水、侗、苗、柯爾克孜、土、錫伯等 24 種少數民族語言廣播節目。1998 年底，各地辦有少數民族語言的廣播電臺（站）已達 165 座，電視臺 141 家。少數民族廣播和電視人口覆蓋率分別達到 74.5%和 74%。1981 年 6 月 1 日，中央人民廣播電臺創辦漢語「民族專題」節目（即現在的《民族大家庭》）。該臺的少數民族語言廣播節目深化改革，增加針對性，在提高收聽率方面已見成效。如藏語廣播開辦《空中信箱》欄目，一年內共播出內地西藏中學的藏語家信 1100 多封，收到來信來電近千封（個）。中央臺少數民族語言節目全部實現「上星」，這是我國少數民族新聞史上一件大事。

民族地區少數民族語言廣播也有新的發展。到 1987 年我國已有省地縣三級少數民族語言廣播站 386 座，7 個少數民族聚居區的省區有 55 座，其中內蒙古 21 座、寧夏 6 座、新疆 10 座、廣西 7 座、雲南 7 座、青海 3 座、西藏 1座。在縣級臺中，創辦較早的是雲南陸良人民廣播電臺，1983 年 10 月開始播音。少數民族語言節目日益豐富，內蒙古人民廣播電臺蒙語部年發各類新聞近5000 條，其中重點報導 120 餘條，專欄、特別節目 64 組，全年新錄製蒙古語

〔註 7〕有關數據引自國家民族事務委員會經濟司編：《中國民族統計・1992 年》，中國統計出版社，1993 年版。

說書 2000 小時、數來寶 20 首、詩歌 40 首、散文 35 篇，全年共播出文字專題 160 組（每組 30 分鐘）。目前，該臺已形成 5 個系列臺，全天播出 88 個小時，其中蒙古語頻道每天播出 18 個小時 15 分鐘。以短波遠距離發射覆蓋諸多周邊國家，2002 年 5 月 1 日，在烏蘭巴托建立的 1KM 調頻轉播臺正式播出，全天轉播內蒙古電臺蒙古語節目。黑龍江人民廣播電臺設有全國唯一的省級朝鮮語廣播，每天播出 5 小時節目。從 1998 年起，有一個小時的節目通過亞洲 2 號衛星的轉發擴大覆蓋面，並向韓國放送公社（KBS）每年供稿 540 餘件。四川人民廣播電臺藏語部辦有康巴語《藏語新聞》節目，每天 20 分鐘；康巴語專題節目《雪山草地》，每週播 3 次，每次 10 分鐘。雲南人民廣播電臺辦有西雙版納傣語、德宏傣語、傈僳語、景頗語、拉祜語 5 種少數民族語言廣播。每種語言節目為 45 分鐘。各種語言廣播每天安排上星節目一次，每次 45 分鐘。新疆人民廣播電臺有維吾爾、哈薩克、蒙古、柯爾克孜 4 種少數民族語言廣播，並錄製維、哈、蒙、柯 4 種語言的歌曲。新疆臺已形成了衛星、短波、中波、調頻四位一體的交叉覆蓋網，和世界上 20 多個國家和地區保持著聽眾聯繫，成為我國開辦語種最多、覆蓋面最廣的省級廣播電臺。

電視事業到了 20 世紀 80、90 年代有了飛躍性發展。新疆電視臺 1979 年開播彩色電視節目。1984 年 4 月，新疆電視臺通過電視通信衛星，錄像轉播中央電視臺的當天新聞，結束了從北京航寄中央新聞的歷史。1986 年 7 月 1 日，該臺利用中央電視臺一套節目播出的空當，租用郵電部米泉地球站，使維、漢語電視節目上星傳輸，成為全國第一家在自治區內上星的省級電視臺。1997 年 8 月 28 日，新疆電視臺通過租用亞太一號衛星，採用數字壓縮技術，實現了維、漢、哈三種語言衛視節目的分頻道播出，結束了 3 種語言共用一個頻道輪流播出節目的歷史。新疆電視臺的節目不僅覆蓋全疆，而且輻射到全國和亞太地區。

發展少數民族語言廣播，是解決老少邊窮地區廣播電視覆蓋的重要方面。自 1989 年 9 月國家廣播電視總局在貴州召開「村村通廣播電視」現場會以來，民族地區加大了興建廣播電視基礎設施的力度。雲南省起步較早，已基本實現城鄉廣播電視覆蓋網，全省 84%的人口可看到電視。

廣播電視對於地處邊遠、地域遼闊、交通不便、文化水平較低的少數民族地區較之報紙具有優勢。它比報紙快，少數民族同胞可以直接聽到黨中央的聲音。到 1996 年底，145 個邊境縣（旗、市）共有中波調頻廣播轉播臺 170 多

座，電視轉播臺 2200 多座，電視發射機 3000 多部，衛星地面站 4000 多座。

新疆西藏等自治區的廣播電視節目建設已步入快車道。1998 年底，新疆廣播電視人口覆蓋率達到 82.9%和 84.53%各類電臺、電視臺星羅棋佈，遍布全疆。音樂電視片《最美的還是我們新疆》和 8 集電視連續劇《依然香如故》獲 1995 年度全國精神文明建設「五個一工程」提名獎。一批頗有新疆民族特色的電視片如《絲綢之路的努爾肉孜》、《維吾爾十二木卡姆》等在全國「駿馬獎」評比中獲獎。一批名著如《紅樓夢》、《西遊記》、《三國演義》、《水滸》等譯製片獲全國「駿馬獎」優秀譯製片獎。在 1996 年度中國廣播電視政府評獎中，新疆人民廣播電臺有 4 篇稿件和一部廣播劇獲一等獎。

1997 年，新疆經濟電視臺與湖北經濟電視臺、廣東經濟電視臺、內蒙古經濟電視臺、西安電視二臺、成都經濟電視臺等聯合籌資舉辦全國經濟電視臺1997 年春節文藝晚會，第一次向全國人民展示了經濟電視臺協作體的凝聚力。到 1997 年底，成立已有 5 年的新疆一臺，已形成了全日播出覆蓋半徑 145 公里的傳播網。

西藏廣播電視事業也進入了歷史上發展最快的時期。1996 年初，西藏人民廣播電臺推出了以拉薩為中心、覆蓋鄰近郊縣、具有城市電臺特點的高頻立體聲板塊直播節目，每天播出 10 小時，該節目融新聞、專題、服務、知識、教育、欣賞、娛樂、信息為一體，深受廣大藏族同胞的喜愛。30 多篇作品分獲「中國廣播獎」、「中國新聞獎」、「首屆全國藏語節目獎」和「自治區新聞獎」。西藏電視臺全年播出 5979 小時，比上一年增加了 365 小時，其中《第十一世班神轉世靈童金瓶掣簽儀式在拉薩舉行》等 3 個專題片獲中國電視新聞獎、專題類一等獎；《七色風》專欄和譯製片《封神榜》獲第六屆少數民族題材電視藝術「駿馬獎」一等獎。

三、少數民族網絡新聞傳播的興起

20 世紀末，少數民族網絡新聞傳播以驚人的速度發展，成為弘揚民族文化最為便捷的方式。據不完全統計，2002 年有關民族類的各種網站已有 200多家。西藏自治區已經開通關於西藏經濟及文化等各個方面的網站不下數十家。如西藏自治區政府開辦的「西藏網」，有介紹西藏風土人情的「中國西藏網」、有專門介紹藏族歷史與文化的「西藏文化網」，還有側重西藏經濟發展方面的「西藏經濟信息網」。《西藏日報》也開通了網絡版，在宣傳西藏民族新聞

及文化方面都發揮了作用。少數民族文字也在網絡上出現了，如《人民畫報》現在除漢、英兩種文字是印刷出版外，其餘 16 種文字全部在網上發電子版，其中也有少數民族文字。朝鮮族的「白衣同胞網」有漢、朝兩種語言文本。國內外均有藏文網頁。此外，「中國苗族新聞網」是專門收集發布國內湘、黔、漠、桂一帶苗族聚居地區的新聞事件以及少數民族同胞新聞的網站。「海南網」是介紹海南黎族、苗族風土人情及文化生活的專門網站。

少數民族類的網站分工不斷細化，對象日益明確，而發展規模也日益擴大，兼容並蓄，有的已做成集成式的系統網站。如「民族網」就是專門介紹 56 個民族經濟、文化狀況的網站「民族經濟文化網」，除了介紹各民族的基本情況外，還開通了網絡直銷業務。

四、少數民族新聞教育、新聞學研究和新聞隊伍建設

我國少數民族新聞教育始於 20 世紀 30 年代，由在新疆、西藏等地區興辦的新聞訓練班開始；1953 年內蒙古蒙文專科學校成立伊始培養從事蒙古文翻譯、編輯、記者工作的實用人才，這是少數民族新聞專科教育的開端。比較正規的少數民族新聞教育是創辦於 1961 年的中央民族大學新聞研究班，1975 年內蒙古大學蒙古語言文學系的新聞班，到 20 世紀 80、90 年代，首都有中央民族大學，民族地區有新疆大學、內蒙古大學、廣西大學、寧夏大學等十餘所學校設有新聞系（專業），招收少數民族學生，為民族地區培養新聞人才。中央民族大學和民族地區新聞院校始終堅持正確的辦學方向，堅持發揚民族性和實踐性獨有特點與特長。為民族地區培養合格新聞人才的宗旨和任務決定了其課程設置、教學計劃、教學內容的安排與辦學方向等，都根據民族地區新聞事業發展的需要進行設計，尤其是研究生的培養方案，更突出了民族新聞學的特色，設置了中國少數民族新聞史、中國少數民族新聞學概論、民族新聞攝影學、中國少數民族新聞業務研究、影視人類學課程。民族新聞院校培養的一批批少數民族新聞工作者已不斷充實到新聞戰線，他們是發展和繁榮少數民族新聞事業的一支新的力量。

民族新聞學研究 20 世紀 90 年代更上一層樓。這一時期出版和發表了一批有影響的著作和論文。改革開放以來，新聞傳媒和新聞學術刊物對民族新聞報導和學術研究日益重現。它們積極宣傳黨的民族政策，推動有關民族法規的執行與監督，反映少數民族的歷史發展和改革開放以來的新風貌。

少數民族新聞工作者隊伍也在逐漸壯大。據瞭解，目前中國新聞工作者達75 萬左右。中國新聞出版總署統計數據顯示，截至 2005 年 3 月份，全國共有 15 餘萬記者換發新記者證。其中，大專以上學歷者占 98%以上，20 至 40 歲者占 56%，女記者占 40%以上。其中，少數民族新聞工作者約計 8.9 萬餘人。更為可喜的是，其中少數民族女新聞工作者的人數已由新中國成立的「寥若晨星」發展到一萬多人以上，42 個少數民族已有了自己的女新聞工作者。我國少數民族新聞工作者已經形成了一支精幹的隊伍，出現了一批知名的新聞工作者和社會知名人士。

總之，一百多年來，我國少數民族新聞傳播事業在經歷了興起、發展、繁榮幾個歷史時期後形成了一支空前壯大、日益成熟的民族新聞工作隊伍。我國少數民族新聞傳播事業，尤其是新中國成立後，其發展速度是過去無法比擬的，其成就也是前所未有的。

（原載《新聞與寫作》2007 年第 3 期──第 6 期，
總 273 期～276 期連載）

中國少數民族報刊的歷史與現狀〔註1〕

　　中國少數民族新聞事業，歷經百年的風風雨雨，經歷了興起、發展、繁榮幾個歷史階段，目前已經形成了較為系統、多語種、多層次、多渠道的特色鮮明的新聞傳播體系，其中，少數民族報刊，特別是少數民族文字報刊，始終是我國民族地區最貼近基層群眾的新聞媒體。

一、歷史的簡要回顧

　　我國少數民族新聞傳播事業興起於 20 世紀初葉。最初的 10 年，在一些少數民族地區，出現了用蒙古、藏、朝鮮、維吾爾、滿等民族文字出版的近代化報刊。《嬰報》、《西藏白話報》、《月報》、《伊犁白話報》是最早的一批少數民族文字報刊。

　　少數民族現代報刊萌芽於五四時期和第一次國內革命戰爭時期，並出現了宣傳馬克思主義的政治時事性期刊。20 世紀 30、40 年代是我國少數民族新聞傳播事業發展時期的第一個階段。這個階段少數民族文字報紙數量、種類增多，蒙古、維吾爾、哈薩克、朝鮮、錫伯、滿、俄等 7 個民族有自己本民族文字的報紙，尤以蒙古、朝鮮、維吾爾、哈薩克、錫伯等 5 種文字的報刊比較發達，並已具有現代報刊的性質和辦報規模。

　　20 世紀 50、60 年代是少數民族新聞傳播事業進一步發展階段。1950 年，我國有少數民族文字報紙 21 種。在這個階段我國少數民族報紙，成為黨和少數民族同胞聯繫的紐帶，擔負著宣傳黨的民族政策和民族地區社會主義建設

〔註 1〕本文是國家民委文化宣傳司與中國社會科學院文化研究中心合作研究課題
　　　　「中國少數民族文化發展戰爭研究」的子課題成果。

的光榮使命。

「文化大革命」動亂的十年是我國少數民族新聞傳播事業發展的特殊年代，在這場空前浩劫中，少數民族新聞事業跟全國的新聞事業一樣，成為重災區，絕大多數民族文字報刊被查封，或被迫停刊，保留下來的主要是自治區首府的黨委機關報或者歷史比較悠久的幾張報紙，許多民族新聞工作者以「莫須有」罪名遭到迫害，各種專業技術人員銳減，使「文化大革命」之後出現人才「斷層」。

隨著改革開放的不斷深化，民族報刊取得了長足發展「20世紀80、90年代是我國少數民族新聞傳播事業繁榮時期」據統計，20世紀80年代初葉，我國已有17種少數民族文字的報紙84家，用11種民族文字出版的期刊153家。

二、少數民族報刊的現狀

（一）概述

近年來，民族報刊絕對數量雖然沒有明顯增多，但種類趨於齊全，呈現多樣化態勢；報紙質量不斷提高，影響力不斷擴大；少數民族新聞工作者隊伍不斷壯大，人員素質不斷提高，業務能力不斷增強；技術不斷改進，日益現代化。

據不完全統計，2003年我國共出版有12種民族文字的報紙88種，平均期印數81.81萬份，總印張13130萬份，與2000年相比，民族文字報紙增加了4種，總印數增幅達30%。最新資料表明，到2005年底，「有99種民族文字報紙，用13種民族文字出版；有223種民族文字雜誌，用10種民族文字出版。」少數民族文字報刊體系更加完整，內容更為豐富。

21世紀，少數民族報刊進入蓬勃發展時期，成為我國新聞事業一支不可或缺的生力軍。雖然受國家總量控制、黨政部門報刊治理整頓、報業生態環境欠佳等方方面面的影響，少數民族報刊仍然呈現出平穩發展的態勢。對少數民族報刊業來說，新世紀的許多日子更是值得紀念和回味。它們是少數民族報刊業發展的里程碑，標誌著少數民族報刊業進入了有史以來最為輝煌的時期：

（1）2001年初始的一周之內，民族報刊捷報頻傳。2001年元旦，（中國民族報）誕生，成為新中國成立以來第一份也是唯一的一份中央級民族報紙，同日，雪域高原也推出了首家商業報紙（西藏商報）；1月6日，大型中央級民族期刊（民族團結）正式更名為（中國民族），以漢、蒙古、藏、維吾爾、哈薩克五種文字出版。

（2）2003 年，《中國民族》雜誌英文版創刊，我國少數民族報業大踏步走向世界，足跡遠涉全球 180 多個國家和地區，填補了民族報刊業的空白。

（3）2005 年，距我國第一份少數民族報紙《嬰報》（蒙漢合璧）的創刊整整一百年，我國少數民族報業喜迎百歲華誕；同年，《新疆經濟報》維吾爾文版、漢文版遠銷中亞五國，《遼寧日報》韓（朝）文版登陸韓國。

（4）2006 年 6 月底，人民網推出英文版和藏文版，還將陸續開設蒙古、維吾爾、哈薩克、朝鮮等少數民族語言版本，借助人民網遍及海內外的威望與影響，民族信息的交流與溝通必將得到進一步的加強，從而促進民族報刊的發展。

新世紀少數民族報刊影響力的空前提高，在很大程度上歸功於中央級民族報刊的突破性發展，它們在傳遞民族信息、指導民族工作、普及民族知識、增進民族團結等方面具有權威性與指導性，這類報刊突出宣傳黨的馬克思主義民族觀和「三個代表」重要思想，在少數民族報業中起著主流媒體的重要作用。這類報刊主要有：《中國民族報》（漢文版）、《參考消息》（蒙古、哈薩克、維吾爾文版）、《中國民族》（漢、蒙古、藏、維吾爾、哈薩克文版）、《民族畫報》（漢、蒙古、藏、維吾爾、哈薩克、朝鮮文版）、《半月談》（漢、維吾爾、藏文版），等等。

民族自治地方的報刊是民族報刊的主體，尤其是民族文字報刊。它們類型繁多，可大致分為黨報、綜合類報紙、行業報、專業報、生活服務類報紙等。這類報刊及時報導有關民族工作的重大舉措、重要部署和活動；全方位展示我國少數民族和民族地區在改革開放和西部大開發中的成就和經驗；廣泛反映少數民族同胞豐富多彩的文化生活，增強各民族的相互瞭解和團結；促進少數民族和民族地區的經濟繁榮與社會發展。此外，它們也向讀者介紹獨具特色的中國少數民族和廣大民族地區的民俗風情、自然風光、音樂舞蹈、民居民宅、美味佳餚以及宗教信仰。相對於內地發達地區，民族地區報刊依然是方興未艾，但毫無疑問，她的發展已經進入有史以來最為輝煌的時期。

黨報是民族報業發展的領頭羊，為方便當地各族讀者，取得最佳宣傳效果，民族地區黨報多以兩種或兩種以上的文字發行，這是她的一個突出特色。《德宏團結報》是雲南德宏自治州委員會機關報，全國唯一的用 5 種文字（傣、景頗、傈僳、載瓦、漢）出版 5 張報紙、一個網絡版的州市級黨報，其中，景頗文版和載瓦文版已正式進入《德宏團結報》網絡版，傣文、傈僳文也正在向

網絡版進軍。「一張黨報，五種文版，統一領導，各有特色」，這就是《德宏團結報》的魅力所在。

《新疆日報》是新疆維吾爾自治區黨委機關報，全國唯一的一家用四種文字出版的省級黨報，有維吾爾、漢、哈薩克、蒙古四種文版，目前總發行量由創刊初期的 17100 份躍至 123900 多份（發行量最高時是 1967 年，達 34 萬多份）。報社除了辦好四種文版的《新疆日報》外，還辦了維吾爾、漢、哈薩克文版的《新疆畫報》，漢、維吾爾文的全國新聞核心學術期刊《當代傳播》；漢文的《新疆都市報》、《服務超市報》、《新疆法制報》（漢、維吾爾）、《庫爾勒晚報》等 19 種報刊。

向規模化、集約化進軍，以黨報為核心組建報業體系，是民族地區黨報發展的又一個突出特色。中國入世前後，「狼來啦！」的呼聲不斷。為應對國外傳媒的競爭，同時，為解決我國傳媒市場的「碎片化」狀況，使國內媒體統一力量「一致對外」，我國政府適時提出創建傳媒集團。目前，各自治區都積極以黨報為核心組建了自己的報業體系。廣西日報報系目前已有 5 報 3 刊 1 網站，寧夏日報社有 7 報 2 刊，內蒙古日報社至少擁有 7 個週刊（其中 4 個為蒙古文版）、1 個週報、2 份經濟類和生活類報紙、1 份雜誌（蒙古、漢文版）。

新世紀以來，民族報刊積極走向世界報業舞臺。不僅《中國民族》（英文版）這樣的中央級報刊已扎根世界各地，一些地方性報刊也亮相世界報壇。《雲南日報》共創建了五個海外新聞專版，將對外宣傳覆蓋區域擴大至歐、美、澳三大洲和香港地區。在西藏日報社的推動下，美國第二大華文報紙《國際日報》推出《看西藏》專版，引領海外讀者體驗西藏神秘文化的魅力。〈遼寧日報〉海外專頁韓（朝）文版也於 2006 年 11 月，在潘陽和韓國的首都首爾同時面世。

《新疆經濟報》無疑是又一個成功的典範。她的特刊《西部風》於 2004 年 5 月以每期 1.3 萬份的速度正式入駐北京，成為西部地區第一張進入北京市場的黨報，架構了全國瞭解新疆的窗口與橋樑；半年之後，即 2004 年 11 月，維、漢兩種文版的《新疆經濟報》同時進入哈薩克斯坦、塔吉克斯坦、吉爾吉斯斯坦等 5 個國家，開創了中國媒體進入中亞國家之先河，為中國報業，特別是少數民族報業，開拓了國際市場。

（二）面臨的問題
報刊業市場不成熟

一個突出表現就是報業結構不平衡。民族自治地方的報紙結構中，黨報在

種數報齡和人力財力上，具有先天的優勢，是各自治區報業體系的核心。而相對於黨報來說，其他類型的報紙數量嚴重不足。以西藏為例，2003 年年底，西藏共有報紙 20 種，其中，黨報 12 份，晚報 1 份，都市報 1 份，行業報 6 份，其他自治區情況也大致相同。而成熟的報業結構應該是：主導型的領袖報＋邊沿型的市場細分報紙。而少數民族報業尚未掙脫襁褓，亟待增強其遊走於市場的生命力。

報業的發展與經濟水平、教育交通狀況、居民習慣都有密切關係，因此民族報紙基本都集中在較發達的自治區首府或周邊的大城市，但這也造成了報紙的區域分布過於集中。銀川集中了寧夏回族自治區 17 張報紙中的 13 家，占全區的 76%，而該區幾年前剛剛成立的中衛市目前尚無一家報紙；拉薩有 7 家報社，12 份報紙，而整個西藏地區僅有 20 種報紙；南寧則集中了廣西全區 60%以上的公開發行的報紙。報業的分布極不平衡，不利於整個民族報業的健康發展。

民族地區經濟和社會發展水平的落後，報紙的低發行量，使得少數民族報業的廣告發展水平在全國報業中處於落後的地位。2000 年，西部地區 10 省區廣告營業額僅占全國總額的 8.43%。據報導，一個國家、地區經濟越發達，其廣告經營總額占 GDP 的份額就越大。國際平均水平是 1.5%，我國平均水平是 0.79%，而寧夏回族自治區僅占 0.3%。近年來，廣西報業發展迅猛，報紙總印數、平均期印數在五個自治區中均居前列。廣西日報報系是廣西報界老大，下有 5 報 3 刊 1 網站，但只有《南國早報》收入過億元。2002～2004 年，廣西廣告收入以每年 25%的速度增長，即便如此，其年廣告收入僅為廣東的十七分之一，占全國的 0.01%左右。西藏的 20 種報紙中，有經營廣告能力的僅《西藏日報》、《西藏商報》、《西藏廣播電視報》、《拉薩晚報》四家，其他地區報幾無廣告收入。即便是西藏報業的中流砥柱，上述幾家報紙的年廣告收入總和，尚不如廣州、深訓等城市一家暢銷報紙的月廣告收入。

發行量是報紙的生命線，直接決定著報紙的興衰。但除了經濟較發達地區的漢文報發行還算樂觀外，大部分民族文字報紙的發行形勢嚴峻，有的自治區級民文報只發行幾千份甚至幾百份。例如，察布查爾錫伯自治縣縣委機關報《察布查爾報》，作為目前中國和世界上唯一的錫伯文報紙，只在該縣發行幾百份。《西藏日報》雖然已進入全區各個角落，及全國大、中城市，漢文版每天發行 2.1 萬份，藏文版 1.7 萬份，但該報的零售量僅占 0.6%，99%多依靠強

制訂閱發行，其真正的市場生命力可見一斑。

邊疆地區的報紙發行主要依靠郵政系統，但民族地區大多地處偏遠，交通不發達，人口分散且流動性強，造成報紙的投遞不便。即便是已經自辦發行者，也只能集中在首府及周邊的大城市。再者，郵局發行只能到鄉鎮，大部分行政村未通郵路，形成發行區域上的「盲點」。加之少數民族本身人口數量的限制（目前我國有 22 個人口較少的民族，總人口 64 萬）及語言文字障礙等原因，民文報紙的發行舉步維艱。近年來，內蒙古自治區大張旗鼓建設「民族文化大區」，但是至今，也沒有一份發行超過 10 萬份的報紙。2003 年，全國平均期印數在 25 萬冊以上的期刊共 126 種，但其中沒有民文期刊。

按中國社科院《小康社會指標體系》規定的目標，每千人報紙擁有量應為 75 份，但西藏地區每千人報紙擁有量僅 12 份，寧夏回族自治區不足 30 份。據有關資料，「十五」期間，我國的千人日均擁有報紙量已突破 80 份，京、滬、津三地每千人報紙擁有量更是分別高達 289、253、183 份。這些數字之間的落差，映照出民族地區受眾與內地發達地區受眾之間的存在的信息鴻溝。「十一五」期末中國報業的發展目標是千人日報擁有量達到 107 份，對民族地區的報業而言，要實現這個目標，的確是任重道遠。

經營管理體制落後

由於大部分民族報紙依靠國家財政撥款，尚未改變計劃經濟條件下辦報的狀態；加之民族地區偏安一隅，外部資金尚未打入，外無強手進攻，內無生存之憂，民族報業尚未形成激烈競爭的局面，經營管理體制滯後於市場經濟的發展。民族地區的報業經營基本以發行收入為主，廣告、印刷及多種經營大多只占很少一部分。有些報社甚至沒有專門的發行人員，讀者意識、市場意識淡漠，這與市場經濟時代的「大市場觀」是格格不入的。

就整個報業的競爭形勢看，佔據主體市場的是都市報、商報、晚報和機關報。由於機關報擁有財政扶持的先天「護身符」，在經營管理體制的改革上邁出的步子不大，在競爭中處於較為被動的地位。在新疆報紙中，黨委機關報、行業報、專業報均由政府財政或主辦單位撥款出版，盈利的 12 家報紙均為晨報、晚報、都市類和生活服務類報紙，且多為漢文出版。目前，新疆 14 個地州市黨報及兵團 12 個師委機關報，均不能自負盈虧。

管理體制上的落後，以及發展前景、工作條件和待遇水平等方面的差距，使民族報業難以吸引高素質的人才聚集麾下；另一方面，少數民族文字的報紙

受本民族限制程度較高，工作人員一般都是本民族內的「近親繁殖」，在用人上，缺乏必要的約束與激勵機制。

《華西都市報》被稱為「中國西部報林的黑馬」，它在實踐中總結和提出了一整套在市場經濟條件下辦報的經營理念和運作模式。以「敲門發行」作為佔領市場的利器，華西都市報在激烈的報業競爭中，僅用了兩三年的時間，就實現了超常規、跨越式發展，成為新聞界「一道獨特的風景線」。在某種程度上，中國報業的繁榮要歸功於都市報的崛起；對民族報業來說，都市報的經營管理模式不失為一種傚仿的典範。

產品質量堪憂

報紙必須有一支精幹的作者隊伍，有充分的有足夠分量的稿源，才能保證稿件的質量。民族報紙的「民族」特點，部分地限定了它的「少數」特色，「少數民族」畢竟不是一個大眾化的話題，對此感興趣且能揮灑文字、又樂意賜稿的名流，與其他媒體相比，畢竟有限，這造就了它們某種程度上的「小眾化」，也影響到了其質量、聲譽和社會影響力。

民族報刊內部管理缺乏相應的獎懲機制和激勵機制，從業人員的創新意識和知識儲備就缺乏制度上的保障！這形成版面較為單調，選題相對單一，領域相對狹窄的局面；在新聞價值判斷上，仍未擺脫以宣傳和灌輸為主；在報導方式上較為老套，文風僵硬，文體僵死；在報刊定位上，政治色彩較濃，時效性差、服務性差。

（三）應對之策

面對市場規律與市場浪潮的衝擊，面對全球報業普遍不景氣的大環境，民族報刊怎樣才能有更大的作為民族報刊應該採取什麼對策？

切實貫徹「三貼近」原則，營造良好的內外環境

貼近實際、貼近生活、貼近群眾是新聞宣傳工作的指南針，是媒體長盛不衰的法寶，「報刊要關注社會熱點、難點問題，關注百姓生活，辦出人文風情，多出精品」，而少數民族地區豐富的文化和物產資源以及自然風景都是內地報刊所缺少的報導資源。因此貼近少數民族地區、貼近少數民族群眾無疑是其發展成熟的前提。

我國的民族地區地處西部邊疆，交通不便；高原、沙漠、乾寒等自然條件和語言的不通、經濟的落後等天然的障礙加劇了民族地區的偏僻與封閉，「老、

少、邊、窮」這些特點決定了民族報刊的生存環境。要走出封閉的狀態，步入全國讀者的視野、乃至融入世界報業舞臺，營造良好的環境是民族報刊無法逾越的必由之路。

2000 年 4 月，「10＋1：相約在西部」拉開了西部大開發活動的序幕，也引發了民族報刊的新氣象。報刊學界與業界對話、聯合辦報、異地辦報、網上交流、東西互動，乃至登陸海外，民族報刊業一片繁忙熱鬧的景象。2003 年，全國少數民族地區報業研究會在廣西壯族自治區柳州開幕，來自全國 15 省區 72 家單位的 18 個民族的代表歡聚一堂，共商民族新聞事業發展的大計。

以高新技術武裝少數民族報業

在西班牙舉行的世界傳媒會議上，傳統媒體的高管們聽到這樣一個觀點：如果離開網絡和數字，報紙將沒有未來。

互聯網與無線通信技術經濟而便捷地連通了全世界，這些技術極大地淡化了民族地區地域方面的天然劣勢，為民族報刊的發展提供了技術上的支撐。

2006 年 7 月 19 日，中國互聯網絡信息中心（CNNIC）發布的《第十八次中國互聯網絡發展狀況統計報告》顯示，截止到 2006 年 6 月 30 日，我國網民人數達到了 1.23 億人，比去年同期增長了近 20%。中國「網民大國」的時代已近在眼前！

2006 年，中國新聞獎評選最引人囑目的變化是網絡媒體首次參評，這一代表主流新聞價值觀的最高獎項將網絡新聞評論、網絡新聞專題、網絡新聞名專欄增列其中，說明網絡新聞傳播的地位與作用得到高度重視，[註2]同時也標誌著網絡媒體的身份得到官方的認可。

儘管網絡媒體也有自己的局限性，但技術的進步會增加它叫板傳統媒體的衝擊力與傳統媒體形成互補。與網絡的結合，是民族報刊業必然的戰略選擇。

新聞出版總署發布的 2005 年度報業報告，對未來趨勢的一個重要判斷是：報紙的數字化。這預示著傳統媒體向著「數字化生存」的轉型。報業的一場革命開始了，民族報刊自然不能置身於時代潮流以外。

高新技術是民族報業騰飛的基石。2000 年，「新疆 2000」多文種圖書排版系統研製成功並投入使用，實現了維吾爾、哈薩克、柯爾克孜、漢、英、日、俄、斯拉夫等 10 多種文字的混合錄入排版。2003 年 11 月，「多字體印刷藏文（混排雙英）文檔識別系統」問世，實現了藏、漢、英混排文本的識別，為藏

〔註 2〕參見《中國記者》，2006（8），第 36 頁。

文紙介文檔轉換為電子文檔提供了有力支持。這些成就為民文報紙，特別是珍稀民文報紙的長久保存、走出小眾化帶來了福音與契機。

數字化支持、報刊與網絡聯合互動是民族報刊發展壯大的必經之路，也必將為其插上騰飛的翅膀。

用好用活政策，敢於並善於「摸著石頭過河」

2000 年，中央提出西部大開發戰略，從此，民族地區風雲際會。民族報業應抓住這一千載難逢的機遇，實現跨越發展。從 2002 年起，中央財政部設立「萬里邊疆文化長廊」專項基金，每年安排 1600 萬元專項用於內蒙古、寧夏等地區的文化建設；國家對大部分的民族報紙實行財政撥款，公費訂閱等傾斜政策。2006 年，國家民委重點抓好以下三個專項規劃的組織實施：「興邊富民行動十一五規劃」、「少數民族事業十一五規劃」、「扶持人口較少民族發展規劃」等。2006 年 1 月，中共中央、國務院發出《關於深化文化體制改革的若干意見》，提出文化企業可以跨地區、跨行業兼併重組，鼓勵同一地區的媒體下屬經營性公司之間相互參股。

在 2007 中國西部文化產業發展高峰論壇上，新聞出版總署副署長孫壽山透露，國家將明確民族文字出版機構的公益性質，已經和即將出臺一系列有關民文新聞出版業的扶持政策〔註3〕；加大財政支持力度：國家出版基金將對少數民族文字重大出版項目予以扶持；國家將設立少數民族文字出版專項基金，加大對少數民族文字日常出版工作的扶持力度；「十一五」期間繼續對少數民族自治地方的新聞出版業實行增值稅、所得稅優惠政策；將給予民文報刊在創辦和刊號調劑上的支持，逐步實行西部地區農村、基層的黨報和少數民族文字報紙、期刊的免費贈閱，等等。

這些政策上的優勢，為民族報業的發展提供了堅強的後盾，民族報業只有用好用活這些政策，大膽思變，勇於創新，在市場經濟的大潮中歷練壯大自己，才能不辜負黨和國家的厚望，圓滿完成肩負的重擔。

培養一支高素質的少數民族報刊工作者隊伍

在中國報史上有一份久負盛名的報紙：它由我國歷史上最早的少數民族報人英斂之（滿族）創辦，是我國歷史最悠久的漢文報紙（已愈百歲），它被譽為「新聞界黃埔軍校」，它就是赫赫有名的《大公報》。《中國大百科全書·

〔註 3〕參見《中國民族報》，2007 年 8 月 28 日，第 1 版。

新聞出版卷》為近代 108 位傑出新聞工作者設立了專門詞條，其中《大公報》人佔了 13 條，占 1/9 強。名列《中國新聞年鑒》「中國新聞界名人簡介」欄的《大公報》編輯記者有 50 名之多，是所有漢文報紙中最多的。〔註 4〕

如果當初沒有那些後來被稱為「傑出新聞工作者」和「中國新聞界名人」的記者、編輯們，就不會有輝煌百年的《大公報》。無數媒體的經典個案都在說明人才是報業發展的不可或缺的重要條件。

《華西都市報》在「報壇奇才」席文舉的領導下，用策劃意識掀起了報壇的都市報旋風，創下了年廣告收入逾 2 億元的輝煌戰果。其實，多年來，少數民族報業的發展走不出一條坦途，有客觀上經濟發展等因素的制約，但歸根到底，還是人的因素。〔註 5〕

榮獲「2004 中國報業年度人物」稱號的新疆經濟報系社長蘇繼賞在做客「新華訪談」時曾經說：「我們的劣勢是什麼？我們的劣勢就是人才上處於劣勢，辦報水平上處於劣勢。」民族報刊在人才方面面臨著很多困難與挑戰：計劃經濟下的人才配置與管理機制、人才結構、人才素質、人才觀念、人才的繼續培養、還有令人痛心疾首的人才流失問題等等。

創新永遠是傳媒業的生存法則，民族報刊要解決上述問題，在全國報刊業中博得一席之地，就必須拿出吸引人才、留住人才、培養人才的妙招。一方面，高薪引進人才，另一方面，要注意人才的「自養自用」，為自己的發展奠定根基，儲備後續力量。新疆日報和新疆經濟報系分別與兩所重點院校合作聯辦新聞與傳播學院，開創了新疆新聞媒體與高校聯合辦學，培養「適銷對路」新聞人才的先河，〔註 6〕這對於培養民族新聞工作者，發展壯大民族新聞事業不失為良策。（與馬明輝合作）

（原載金星華張曉明蘭智奇主編：
《中國少數民族文化發展報告》2008，民族出版社 2009 年版）

〔註 4〕參見大公報社長王國華：《記錄百年歷史，見證時代風雲——寫在〈大公報〉創刊百年之際》，載《人民日報》，2002 年 6 月 7 日，第 6 版。

〔註 5〕參見白潤生：《中國新聞通史綱要（修訂本）》，中央民族大學出版社 2004 年版，第 601 頁。

〔註 6〕參見胡錦秀：《新疆維吾爾自治區新聞事業概況》，載《中國新聞年鑒》（2004），第 229 頁。

乘風破浪會有時
——新世紀少數民族報刊業回眸

　　對少數民族報業來說，新世紀的許多日子值得我們紀念。它們是少數民族報業發展的里程碑，標誌著少數民族報業進入了有史以來最為輝煌的時期：2001 年元旦，《中國民族報》誕生，成為新中國成立以來第一份也是唯一的一份中央級民族報紙，同日，雪域高原也推出了首家商業報紙《西藏商報》；2003年，《中國民族》雜誌英文版創刊，我國少數民族報業大踏步走向世界，足跡遠涉全球 180 多個國家和地區；而 2005 年，距我國第一份少數民族報紙《嬰報》（蒙漢合璧）的創刊整整一百年，我國少數民族報業喜迎百歲華誕。在少數民族百年華誕之後，我們不妨對新世紀的少數民族報業做一簡要回眸。

　　新世紀，少數民族報業已進入蓬勃發展時期，業已形成的以黨報為核心的多層次、多種類、多文字的報刊體系更加完善，成為我國新聞事業一支不可或缺的生力軍。近年來，少數民族報刊呈現出平穩發展的態勢，民文報紙印數、印張逐年遞增，至 2003 年達到 1985 年以來的最高值。

　　據不完全統計，2003 年我國共出版有 12 種民族文字的報紙 88 種，平均期印數 81.82 萬份，總印數 13130 萬份，總印張 151490 千印張。與 2000 年相比，民族文字報紙增加了 4 種，總印數增幅達 30%。88 種民文報紙分布於全國 11 個省（區），而民族文字報刊事業較發達的新疆維吾爾族自治區和內蒙古自治區分別有 42 和 12 種。五個自治區共出版報紙 263 種，比 2000 年增加 6種。其中新疆有 99 種，約占五個自治區報紙種數的 34%；而廣西報紙的總印數達 69118 萬份，幾乎是其他四個自治區的總和。此外，全國共出版民族文字

期刊 205 種，分布全國 9 個省區，五個自治區共有期刊 587 種，其中民族文字期刊 164 種。

新世紀少數民族報刊影響力的空前提高，在很大程度上歸功於中央級民族報刊的突破性發展，她們在傳遞民族信息、指導民族工作、增進民族團結等方面具有權威性與指導性，在少數民族報業中具有極其重要的作用。這類報刊主要有：《中國民族報》（漢文版）、《參考消息》（蒙、哈、維文版）、《中國民族》（漢、蒙、藏、維、哈文版）、《民族畫報》（漢、蒙、藏、維、哈、朝文版）、《半月談》（漢、維、藏文版）。

2001 年元旦，《中國民族報》創刊，她的誕生是我國少數民族新聞史上的重大事件。她是新中國成立以來我國第一份也是唯一一份面向國內外公開發行，重點報導我國少數民族和民族地區的政治、經濟、文化等各項事業的中央級綜合性報紙。她有近百個獨具特色的欄目與專版，而「西部週刊」、「特別關注」、「人物春秋」、「本期視角」等深受讀者喜愛。2006 年 3 月，該報推出「百名蒙古人物」專欄，頌揚建功立業的優秀蒙古族兒女。

由新華社主辦的《參考消息》是我國發行量最大的報紙。早在上世紀 70 年代，她就創辦了蒙、哈、維文版。如今，她依然以特有的魅力吸引著廣大少數民族同胞，以三種民族文字向他們展示著五彩繽紛的世界。

《中國民族》與《民族畫報》是兩份重要的時事政治性民族期刊，她們用多彩的圖片和精美的版面設計講述 56 個民族的歷史淵源和改革開放後的巨大變化，向國內外展現真實而多彩的中國。

2001 年 1 月 6 日，《中國民族》用漢、蒙、藏、維、哈 5 種文字正式出版。大 16 開，72 頁，印刷精美，內容上融入了更多的時代氣息。卷首語由著名社會學家費孝通撰寫，提出「中華民族多元一體」的觀念，實際上表明刊物發展的新方向，即把少數民族放於全國，甚至全世界的視角去考慮，立足於少數民族，又跳出少數民族，在中華民族一體的基礎上，考慮各民族的多元。此外，2003 年 3 月，其英文版正式創刊，成為新中國成立以來第一本全面展示中國 56 個民族社會生活和文化傳統的大型英文刊物，足跡遍布世界 180 多個國家，填補了我國民族新聞領域，乃至中國新聞領域的一項空白，使「讓世界瞭解中國少數民族，讓中國少數民族走向世界」變為現實。

《民族畫報》用漢、蒙、藏、維、哈、朝 6 種文字出版，與《人民畫報》、《解放軍畫報》並稱為新中國「三大時政畫報」。擁有二十多年歷史的《民族

畫報》在真實再現民族地區的風土人情和記錄民族地區的各方面成就上起著重要的歷史作用。

時事政治性期刊《半月談》被譽為「中華第一刊」,用漢、維、藏3種文字出版,其宗旨可以用一副對聯來表示:「把握大局縱覽天下高揚主旋律」(上聯),「貼近生活解疑釋惑服務老百姓」(下聯),橫批:「上下兩頭都滿意」。巨大的發行量使她已成為民族地區接受和理解國家政策尤其是民族政策的重要渠道,對少數民族群眾政治思想的指引作用無疑是巨大的。

中央級報刊在民族地區發揮著巨大的作用,而民族自治地方的報刊仍是民族報刊的主體,尤其是民族文字報刊。她們類型繁多,可大致分為黨報、綜合類報紙、行業報、專業報、生活服務類報紙等。

為方便當地各族讀者,取得最佳宣傳效果,民族地區黨報多以兩種或兩種以上的文字發行。而最突出的是《新疆日報》、《德宏團結報》,她們分別用維、哈、蒙、漢4種和傣、景頗、傈僳、佤、漢5種文字出版。而「一張黨報,四(五)種文版,統一領導,各有特色」,則形象地說明了各文字版與黨報之間的關係。

面對全國報業競爭的日趨白熱化,少數民族報業也開始向規模化、集約化進軍,各自治區都積極以黨報為核心組建報業體系。廣西日報報系目前已有5報3刊1網站,寧夏日報社有7報2刊,內蒙古日報社至少擁有7個週刊(其中4個為蒙古文版)、1份週報、2份經濟類和生活類報紙、1份雜誌(蒙、漢文版)。

廣西報業在五個自治區中的市場化水平最高,黨報實力雄厚。該區不僅報刊眾多,而且發行量大,發行量超過10萬份的報紙大約有7、8家。《廣西日報》、《梧州日報》、《柳州日報》曾被國家新聞出版總署評為首屆(1996~1998)全國百家地方報社管理先進單位。新世紀以來,廣西日報報系的總收入以平均每年30%的速度遞增。其子報《南國早報》是廣西發行量最大的都市報,2004年發行量達35萬份,廣告收入達2.2億元。

專業報、對象性報紙更如夜空的燦爛繁星,形成了新世紀少數民族報業的一大特徵。行業報、企業報、大學學報、廣播電視報、兵團報等使民族報業呈現出百花爭春之態勢。

都市報是市場的產兒,她的發展引人矚目。目前,民族地區已經形成5大都市報:《西藏商報》(《西藏日報》子報)、《北方新報》(《內蒙古日報》子報)、

《南國早報》（《廣西日報》子報）、《新疆都市報》（《新疆日報》子報）、《新消息報》（《寧夏日報》子報）。

經過市場的歷練，都市報表現出虎虎生機。版面分疊是都市報的創新，也是「厚報」時代的必然趨勢。《南國早報》、《新疆都市報》、《新消息報》目前都分兩迭出版。2003 年 7 月 1 日，《寧夏日報》的子報《銀川晚報》以彩報 72 版創下寧夏厚報的新紀錄。其另一份子報《華興時報》，採用目前國際上流行的瘦身型對開 4 版紙型，以獨特的版式、精彩大氣的新聞圖片，贏得讀者青睞。

少數民族廣播電視報異軍突起。《新疆廣播電視報》（漢、維文版）、《延邊廣播電視報》（朝文版）、《內蒙古廣播電視報》、《寧夏廣播電視報》紛紛問世。其中《寧夏廣播電視報》近幾年的發行量都穩定在 10 萬份左右，並且都是自費訂閱。2003 年，該報廣告額達 900 萬元。

《民族醫藥報》、《寧夏煤炭報》（現已更名為《寧夏能源報》）也值得我們回首一望。《民族醫藥報》是我國公開發行的、唯一一份民族醫藥報紙，以漢文出版。創刊 17 年來，發行量已由初創時的不足千份發展到今天的 10 萬份，是我國民族報紙的一朵奇葩。《寧夏煤炭報》是寧夏的唯一一份企業報，2002 至 2003 年連續兩次獲得「全國企業報優秀報紙」稱號，發行量呈上升趨勢。

新疆生產建設兵團報業是在新疆生產建設兵團體制下形成的一種特殊媒介，與兵團的政治、經濟、文化和社會生活密切相關。經過 50 多年的發展，尤其是 2001 年，兵團日報社創辦了《生活晚報》，石河子大學創刊《石河子大學學報》（哲學社會科學版），這樣，全兵團形成了以黨委機關報為主的多層次、多種類的報業結構新格局。龐大的兵團報業，覆蓋了祖國 1/6 的疆土，以不容忽視的整體優勢躋身於全國報林之中。

此外，《內蒙古婦女》（蒙古文版）、《伊犁少年報》（哈薩克文版）、《中國朝鮮族少年報》（朝鮮文版）等對象性報紙也以其獨特的魅力吸引著民族地區的婦女和兒童。

在擴大交流與合作方面，少數民族地區報紙開始走出去、請進來。一方面借鑒發達地區辦報經驗，提高自身業務能力和發展水平；另一方面，擴大自身影響，帶動民族地區對外交流步伐。2000 年 4 月，10 家西部黨報與南方日報社發起西部大開發活動序幕，主題為「10＋1：相約在西部」。2003 年，東西部傳媒經濟發展研討會召開，這是我國加入 WTO 後、東西部傳媒經濟學界與業

界的首次對話。同年，新疆日報與柏青集團聯合組建新疆都市傳媒投資有限責任公司；2003 年年底，該報又與上海恒榮文化傳媒發展有限公司簽約，其子報《新早報》在上海出版發行。

我國民族報業不僅國內影響力日益增大，而且正在走出國門、走向世界。不僅《中國民族》（英文版）這樣的中央級報刊已扎根世界各地，一些地方性報刊也亮相世界報壇。《雲南日報》共創建了 5 個海外新聞專版，將對外宣傳覆蓋區域擴大至歐、美、澳三大洲和香港地區。在西藏日報社的推動下，美國第二大華文報紙《國際日報》推出《看西藏》專版，引領海外讀者體驗西藏文化的魅力。

新世紀的少數民族報業雖有了長足發展，但由於歷史與現實原因，民族地區大多是「老、少、邊、窮」地區，地處偏遠，人口分散，流動性強，多數人沒有讀報的習慣，再加上經濟狀況、教育程度及民族語言文字方面的障礙，報紙發行量非常有限，有的少數民族文字報刊的數量還不足 1000 份。此外，大部分民族報紙依靠國家財政撥款辦報，尚未改變計劃經濟條件下辦報的狀態，缺乏先進的管理理念，報業市場不成熟，經營管理體制有待完善提高。與內地發達地區報業相比，少數民族報業在許多方面仍有很大差距，發展之路任重而道遠。

進入新世紀，在媒介競爭日益白熱化、國際化的大背景下，在以電視為首的電子媒介、新興的網絡媒體的衝擊下，年輕的少數民族報業，如何進一步提升自己的實力，在未來的政治、經濟、文化生活中正確把握輿論導向，維護中華民族文化的多元一體，是越來越多的少數民族報業工作者思索的焦點。筆者以為可從以下四個方面努力：

一、切實貫徹「三貼近」原則，營造良好的內外環境

貼近實際、貼近生活、貼近群眾是新聞宣傳工作的指南針，是媒體長盛不衰的法寶。報刊要關注社會熱點、難點問題，關注百姓生活，辦出人文風情，多出精品。而少數民族地區豐富的文化和物產資源以及自然風景都是內地報刊所缺少的報導資源。因此貼近少數民族地區、貼近少數民族群眾無疑是其發展成熟的必然。

在信息時代，報業發展需要良好的外部生態環境，以期多方聯手，互通有無，孤軍奮戰既無法形成規模效益，也難以在未來的新聞競爭中立身。2003

年，全國少數民族地區報業研究會在廣西壯族自治區柳州舉行，來自全國 15 個省（區）72 家單位的 18 個民族的代表濟濟一堂，共商民族新聞事業發展大計。研究會設立民族報業經營管理委員會，以根據市場經濟形勢的發展組織探討民族地區報業的經營與管理問題。這必將為少數民族報刊的發展帶來一個信息便捷的溝通渠道，是一個意義深遠的重大舉措。

二、用好用活政策，敢於並善於「摸著石頭過河」

2000 年，西部大開發戰略的提出使民族地區風雲際會，少數民族報業應抓住這千載難逢的政策優勢，實現跨越式發展。從 2002 年起，中央財政部設立「萬里邊疆文化長廊」專項基金，每年撥出 1600 萬元專項用於內蒙古、寧夏等地區的文化建設；國家對大部分的民族報紙實行財政撥款，公費訂閱等傾斜政策。2006 年，國家民委將重點抓好以下三個專項規劃的組織實施：「興邊富民行動『十一五』，規劃」、「少數民族事業『十一五』規劃」、「扶持人口較少民族發展規劃」等。但少數民族報業必須明白：走向市場是必然的選擇。在「皇糧」未斷之前，大膽思變，勇於創新，在市場經濟的大潮中歷練並壯大自己，才能在未來的媒介競爭中擁有一席之地。

三、培養一支精幹的少數民族報刊工作者隊伍

人才成就媒體，媒體造就人才。民族報業的發展要走向坦途，離不開理論與實踐能力兼備的人才，尤其是管理型複合人才，以帶領少數民族報業迎接新世紀的挑戰。

此外，民族地區由於位置偏遠，經濟欠發達，各方面條件較差，要在全國報業中博得一席之地，必須拿出吸引人才、留住人才、培養人才的妙招，為自己的發展奠定根基，儲備後續力量。新疆日報和新疆經濟報系分別與兩所重點院校合作聯辦新聞與傳播學院，開創了新疆新聞媒體與高校聯合辦學，培養「適銷對路」新聞人才的先河，這對於培養民族新聞工作者，發展壯大民族新聞事業不失為良策。

四、以高新技術武裝少數民族報業

不久前在西班牙舉行的世界傳媒會議上，傳統媒體的高管們聽到這樣一個觀點：如果離開網絡和數字，報紙將沒有未來。這意味著，如果堵塞高新技術之路，民族報業的未來將黯然失色。

　　高新技術是民族報業騰飛的基石。2000 年,「新疆 2000」多文種圖書排版系統研製成功並投入使用,實現了維、哈、柯、漢、英、日、俄、斯拉夫等 10 多種文字的混合錄入排版。2003 年 11 月,「多字體印刷藏文(混排雙英)文檔識別系統」問世,實現了藏、漢、英混排文本的識別,為藏文紙介文檔轉換為電子文檔提供了有力工具。這些成就為民文報紙,特別是珍稀民文報紙的長久保存、走出小眾化帶來了福音與契機。(與馬明輝合作)

　　　　　　　　　　(原載《中國報業》2006 年第 7 期總 212 期)

新時期少數民族報刊概況及發展趨勢

少數民族新聞傳播事業始於 20 世紀初葉，從 1905 年《嬰報》創辦至今，已經有一百多年的歷史了。一百年來，少數民族報刊、廣播電視、網絡、新聞學研究、新聞教育以及少數民族新聞工作者隊伍建設，經過了一個艱苦而漫長的歷程，獲得全面發展，已經成為我國社會主義新聞事業中不可或缺的一支生力軍。

少數民族文字報刊是我國新聞事業的重要組成部分，又是繼承和發展民族事業的重要載體，她以獨具特色的文字和宣傳手段，成為黨和政府聯繫廣大少數民族同胞的橋樑和紐帶，其作用是其他媒體和內地漢文報刊無法替代的。2003 年全國共有 12 種民族文字的報紙 88 種，分佈在 11 個省區。進入 2006 年後，有 99 種民族文字報紙，用 13 種民族文字出版；有 223 種民族文字雜誌，用 10 種民族文字出版。少數民族文字報紙是目前我國少數民族地區最貼近基層群眾的新聞媒體。隨著改革開放的不斷深化，民文報紙取得了長足發展。報紙的絕對數量雖然不多，但種類趨於齊全，呈現多樣化態勢；報紙質量逐步提高，影響力不斷擴大；少數民族新聞工作者的隊伍日益壯大，人員素質及業務能力不斷增強；技術不斷改進，日益現代化。

一、少數民族報業的整體概況

（一）以黨報為核心的多層次、多地區、多種文字的民族報刊體系日益完善

新時期，全國少數民族報業獲得了快速發展，打破了黨委機關報獨樹一幟的單一格局，完整的報刊體系逐步建立起來。激光照排技術的採用，給少

數民族報刊的編排印刷技術帶來了革命性的變化。新聞改革取得顯著進展，意識形態宣傳和信息傳播功能得到較好發揮，少數民族報刊的影響力明顯增強。20 世紀 90 年代中葉以後，少數民族報刊繼續發展。內蒙古、新疆、西藏等自治區早已形成以首府為中心，輻射發展的少數民族報刊網絡，使黨報為核心的多層次、多地區、多種類、多文字的報刊體系更加完善。少數民族文字報刊遍布全國各個民族地區。幾乎所有創制了文字的少數民族，都已有了自己本民族的報刊。文種之多、種類之全、讀者之眾是空前的。這些報刊為發展少數民族地區的經濟，提高各民族的文化水平，維護和加強民族團結，發揮了巨大作用。

1. 市場化背景下省（區）級黨委機關報的發展

《內蒙古日報》：《內蒙古日報》是中共內蒙古自治區黨委機關報，是我國由中國共產黨領導創辦的第一張省（區）級少數民族文字的黨委機關報。該報是在《內蒙古自治報》的基礎上，於 1948 年元旦創刊的。進入新時期以後，為適應新聞發展的需要，內蒙古日報社分別在 1999 年和 2003 年進行了兩次大規模改擴版，現《內蒙古日報》漢文版週日為對開四版，週一至週六為對開八版。蒙古文版週三、週五、週日對開八版，週一、週二、週四、週六對開四版。發行量穩定在 8 萬份左右。目前，內蒙古日報社還辦有《內蒙古生活週報》、《北方新報》、《北方經濟報》、《北方勞動時報》、《北方家庭報》等五種子報及刊物《新聞論壇》（蒙漢文版）。《內蒙古日報》發行量較大，一直穩定在 70000～80000 份之間，基本覆蓋了自治區各盟市政府機關和企事業單位，但個人或者家庭訂閱量非常微小。

《新疆日報》：1949 年 12 月《新疆日報》漢文版創辦，民文版 1950 年創辦。現在該報以漢、維、哈、蒙四種文字出版，對開 26 版。到 2000 年，該報漢文版總發行量為 2908 萬份，維吾爾文版 1622 萬份，哈薩克文版 309 萬份，蒙古文版 138 萬份。目前，《新疆日報》4 種文版總發行量近 5000 萬份。

《西藏日報》：1956 年 4 月 22 日創刊於拉薩。創刊時是中共西藏工委領導下的報紙，是西藏自治區籌委會的機關報，兼有統戰性質，現在是西藏自治區黨委機關報。20 世紀 90 年代後，西藏日報在宣傳報導內容、印刷出版技術和報社經營管理等方面都進行了重大調整和改進，辦報質量發生了喜人的變化。策劃並關注重大活動、重大事件，精心組織力量進行宣傳報導。加大輿論監督力度。改進印刷、出版技術，改善傳播效果，2001 年元旦，該報創辦了

一份子報《西藏商報》，是西藏首家商業報紙。它適應了西藏城市文化發展的需要，使西藏的報業格局實現了突破。

《廣西日報》：中共廣西壯族自治區委員會機關報。1949 年 12 月 3 日作為當時中共廣西省委機關報創刊於桂林。現在報社除編輯出版《廣西日報》外，還出版《南國早報》、《當代生活報》、《今日廣西》月刊、《廣西畫報》月刊，開辦新桂網，並曾編輯出版《廣西經濟報》、《廣西老年報》、《大西南經濟導報》。《廣西日報》創刊初期期發數僅 3000 多份，1976 年達 62 萬多份，2001 年為 19 萬份。1994 年起，《廣西日報》除繼續在區內、國內發行外，開始在國外發行。

2. 新時期，除了各級黨委機關報有很大發展外，專業報、晚報、對象性報紙更如不夜空中燦爛的繁星，形成了這個時期少數民族報業的又一大特徵

《西藏法制報》（漢藏文版）是西藏自治區政法委員會機關報，由自治區司法廳主辦。漢文版於 1985 年 2 月試刊，1992 年 7 月正式創刊。藏文版創刊於 1988 年 1 月，是西藏第一張少數民族文字政法報紙，也是西藏唯一的一張法制報刊，4 開 4 版，半月刊。近年來，法制報漢文版發行量在區內排行榜上一直名列前四位，該報漢文版發行量在 5500 份至 7500 份之間。藏文版的發行量在 2000 份至 3000 份之間。

《新疆科技報》（漢、維、哈文版）由新疆科委創辦，後由區科技興新辦公室主辦，是一張綜合性、通俗性的科普報紙。前身是 1959 年創刊的《新疆科學技術報》。1979 年 12 月，其漢文版首先復刊，並更名為《新疆科技報》，初為旬刊，1981 年 1 月 2 日，改為週刊，4 開 4 版。

《新疆廣播電視報》最早發行的少數民族文字版廣播電視報，該報分漢、維文版，由新疆電臺、電視臺編輯出版，1981 年 5 月 23 日創刊，週報，現為 4 開 8 版，發行量在 16 萬份左右。

《烏魯木齊晚報》（漢、維文版）是我國第一家少數民族文字晚報。1983 年 10 月 1 日試刊，1984 年元旦創刊。用漢、維兩種文字發行，週六刊，4 開 4 版。正式創刊當天發行量達 2720 份，按烏魯木齊人口計算，平均每 12 人訂閱這張報紙。由中國科學院和新疆新聞單位聯合組織的民意測驗表明，該報已成為全疆最受讀者歡迎的報紙之一。2002 年，漢文版擴至 4 開 36 版，自辦發行；維吾爾文版擴至對開 8 版，郵發與自發相結合。

3. 都市報興起，並逐步成為報業改革和發展中一支最具活力的生力軍

在都市報紅遍全國的同時，民族地區也創辦了以本地市民為主要讀者群的都市報，在提供信息、服務讀者、活躍市場、促進改革、推動經濟發展等方面為民族地區的發展做出了重要貢獻。都市報的興起與發展，給民族地區報業結構，報業發展和報業競爭帶來了新的變化。其中，內蒙古日報社主辦的內蒙古地區第一家都市報《北方新報》在競爭中脫穎而出，打造了都市報成功佔領市場的典範。該報於 2001 年 3 月 20 日創刊，在全區率先使用數字化編輯、實現厚報時代，並創辦全區第一張手機報。目前面向全區發行 32 版，發行量 12 萬份，以基本讀者最多、閱讀率最高、市場佔有率最高、自費訂閱率最高、全區發行覆蓋率最高的絕對優勢，成為內蒙古報業市場的領軍者。

（二）民族報刊史上新的里程碑

新時期在少數民族聚居區又相繼創辦了許多新報刊，尤其是彝族、苗族、侗族、布依族、納西族等等，都是有史以來第一次出版自己民族文字的報紙，充分反映出我國民族文化事業的巨大進步。

《涼山日報》彝文版是我國歷史上第一張彝文報紙，是中共涼山州委機關報，是全國唯一一張正式出版，公開發行的彝文報紙。1978 年元旦正式創刊，現為週六刊，目前已出版 6200 多期，期發 4000 份左右，最高時達 6000 多份。2001 年元旦，為了更加貼近生活、貼近讀者，彝文報又創辦了彝族文化大副刊《星期刊》。

進入新世紀以來，少數民族報刊在平穩發展的同時，迎來的新的機遇，創造了一個又一個的輝煌。2001 年元旦，《中國民族報》創辦，是我國第一份也是唯一的一份中央級民族報紙。同年 1 月 6 日，大型中央級民族期刊《民族團結》正式更名為《中國民族》，現以漢、蒙、藏、維、哈五種文字出版。2003 年，該雜誌英文版創刊，足跡遠涉全球 180 多個國家和地區。2005 年，《新疆經濟報》維、漢文版遠銷中亞五國，《遼寧日報》韓（朝）文版登陸韓國。這些都標誌著我國的民族報刊體系逐步完善，並開始走出國門，開拓國際市場。

（三）民族報刊質量有質的提高

新時期，各級各類報紙強化服務意識，加大信息量，樹立「立足本地，面向全國，放眼世界」的開放意識，讓民族地區瞭解外界，讓外界瞭解民族地區，讓內外信息通過報紙充分交流。新聞的時效性增強，信息量增大，注意服務性，

適應了改革開放發展商品經濟的需要，以及提高人民文化生活的需要。民族地區和民族文字報紙利用豐富多彩的內容和種類眾多的專欄、專版、專刊等吸引不同層次、不同領域的讀者，大大提高了報紙的知名度，增強了競爭力。

在編輯技巧方面大膽創新，使版面具有現代味，民族特色。民族報業重視把握時代特徵，運用民族形式，增強宣傳效果。民族文字及其美術、照片組成了民族文字報紙的主體。各有優勢和特色，互相補充，有機結合，增強了民族文字報紙的宣傳作用。許多民文報紙廣泛應用美術、照片，增強報紙的視覺感，收到比文字更快的時效。尤其在重大節日出彩色版，用彩照和美術作品把報紙裝扮成色彩斑斕、賞心悅目的藝術品。民族報紙的版面設計和標題、插圖、漫畫、連環畫、民族風俗畫，開闊了讀者的視界，豐富了民族地區的文化生活。

（四）少數民族新聞工作者隊伍日益擴大，產生了一批少數民族著名的新聞工作者

據瞭解，目前我國共有新聞工作者約 75 萬人，其中，按民族成分統計，共有少數民族新聞工作者約 8.9 萬人。在新時期，隨著少數民族地區經濟文化的發展以及與內地交流的日益密切，民族地區的各級各類報紙都採取了多層次、多渠道的措施培養和造就了本民族的新聞工作者。目前，我國少數民族新聞工作者，從數量和質量上都超過了改革開放以前，並產生了一批在全國已有一定影響的少數民族新聞工作者。其中不乏新聞界最高獎項范長江新聞獎、韜奮新聞獎、全國百佳新聞工作者稱號等的獲得者。西藏日報社記者部副主任益西加措就是第二屆全國「百佳」新聞工作者以及第五屆范長江新聞獎的獲得者。

二、民族報刊存在的問題及應對之策

少數民族文字報刊在快速發展的同時，由於地理、歷史、生存環境等因素的影響，還存在著許多的困境和不足之處。

1. 經費短缺、市場不成熟、發行廣告創收艱難，長期影響和制約著民族報業的發展，這對我國少數民族報刊，特別是對地縣級少數民族報刊提出了更加嚴峻的挑戰。

近年來，新聞紙等印刷材料和勞動力價格上漲，加大了辦報成本，使民文報更是雪上加霜。發行困難的主要原因有：一是發行渠道不暢，時效性差，也影響了讀者訂閱的積極性。有相當一部分讀者居住在農村和山區，報紙從郵局

送達讀者手中需要數日甚至十幾天。「新聞」成為「舊聞」。而在未通郵路的農牧區，一個家庭甚至一年都看不上幾份報紙。二是公費訂報減少。如今一些村委會都沒有訂閱民文報。三是農民收入增幅小，信息觀念淡漠，無錢訂報。

從辦報環境上講，民族地區往往人口較少，通訊條件較差，經濟不發達，這也對它們的發展，特別是在發行和廣告創收上造成了一定的困難。從民族文字報紙自身來看，當前，有些民族文字報紙的內容特色不足，版面較為單調，選題缺少新意，還未能擺脫宣傳和灌輸的方式。辦報人員的文化素質不高，有的是從民族師範院校畢業後，直接到報社工作，沒有接受過新聞專業培訓，沒有豐富的新聞理論。有的只懂本民族的語言文字甚至連漢語也不懂。知識面窄，思想不開放，這都影響了民族文字報刊的發展。此外，有關部門對民族文字報刊重要性認識不夠，缺乏社會上的瞭解和支持，都在相當程度上阻礙了民族新聞事業的發展。

2. 當前新聞媒介環境的激烈競爭，很大程度上波及民族報業。一些發達的大中城市的報紙和報業集團，把競爭的觸角引向偏遠的民族地區。如四川阿壩藏族自治州，成都出版的《華西都市報》、《成都晚報》等報紙當天下午就能與當地讀者見面。還有《北京青年報》、《南方周末》、《環球時報》、《家庭醫生》等全國發行的報刊在民族地區銷售也非常好，價格並沒有上漲，並且已經形成一大批固定讀者，有越來越廣闊的市場。本地區的民文報刊反而乏人問津。還有電視媒介和網絡、手機等新媒體的發展，也給民族文字報刊帶來日趨增大的壓力。

面對種種問題和挑戰，民文報刊不能「等、靠、要」，而是要解放思想，採取切實可行的措施和對策，在市場經濟的浪潮中勇於迎接挑戰。

對策之一：充分利用好國家出臺的優惠政策，依靠政策取得長足發展。在2007 中國西部文化產業發展高峰論壇上，新聞出版總署副署長孫壽山透露，為支持西部地區加強公共文化服務建設，促進文化事業、文化產業發展，國家已經和即將出臺一系列有關新聞出版的優惠政策；國家將明確承擔少數民族文字出版任務機構的公益性質，並進一步加大財政支持力度；國家出版基金將對少數民族文字重大出版項目予以重點扶持；國家將設立少數民族文字出版專項資金，通過專項轉移支付，加大對少數民族文字日常出版工作的扶持力度；「十一五」期間繼續對少數民族自治地方的新聞出版業實行增值稅、所得稅優惠政策，繼續實行少數民族文字中小學教材出版發行補貼的政策；將給予

民文報刊在創辦和刊號調劑上的支持,逐步實行西部地區農村、基層的黨報和少數民族文字報紙、期刊的免費贈閱;重點支持西部地區「農家書屋」、「社區書屋」、全民閱讀等公共服務體系建設項目。〔註 1〕這標誌著國家的政策已經明確將少數民族文字出版事業列為公益事業,民文報刊應該在這些優惠政策的厚澤之下,勇於創新,大膽改革,在市場經濟的競爭浪潮中不斷壯大自己。

當然,民文報也要自力更生,逐步由主要靠政府「輸血」轉變為加大自我「造血」功能,以報養報,廣開增收門路,闖出一條靠政府扶持與自我發展相結合的報紙發展道路。

對策之二:努力辦出民族特色,提高報紙質量,吸引更多讀者。少數民族地區以其獨特的地理風貌和人文特色吸引著國內外的廣大受眾,民文報紙應該立足於此,有效地利用這些資源,認真研究讀者的需求。在提高排版印刷質量,增加新聞信息量,抓獨家新聞的同時,突出地方特色、民族特色和時代特色。這對於信息量小、時效性差的民文報來說,是合理的,應該積極實施。

對策之三:不斷完善新聞從業人員的人才培養。報業是高質量的較量,報紙的領導和從業者都需要有高質量的素質。民文報應採取一定措施,改革分配和用人制度,建立健全人才選拔制度。同時鼓勵民文編採人員加強學習,不斷提高文化、業務水平。此外,要加大對通訊員的培訓力度,幫助他們提高新聞寫作能力和水平。

除此之外,還應該重視本民族、本專業新聞工作者的培養。在被稱為培養中國少數民族新聞人才重鎮的中央民族大學,自 1984 年、1989 年開始招生新聞學本科和碩士研究生以來,已培養出了許多優秀的少數民族新聞工作者。截止到 2007 年 9 月,該校已培養新聞學碩士研究生 79 名,現在校生 106 人,所開設的少數民族新聞傳播史研究、少數民族廣播電視研究、民族新聞專題研究等課程在學術界處於領先地位。內蒙古地區現在已有 4 所高校開設了蒙漢語分別授課的新聞專業。其中內蒙古大學和內蒙古民族高等專科學校新聞專業招收的學生均為蒙古族,更為可喜的是內蒙古大學蒙學院新聞出版系從 1999 年就開始招收碩士研究生。除以上高校,其他如新疆大學、廣西大學、寧夏大學等都相繼開設了新聞學專業,為民族地區培養新聞人才。這無疑給少數民族新聞工作者隊伍注入了新鮮而有活力的血液,也使得民族新聞教育逐漸步入

〔註 1〕參見《中國民族報》2007 年 8 月 27 日第 1 版《民文新聞出版業扶持政策將出臺》。

正軌。隨著這些高校培養的一批批專業的民族新聞工作者不斷充實到新聞戰線上，他們必將成為發展和繁榮民族報刊事業的一支新生力量。

　　對策之四：積極開拓民文報的發行渠道。目前，郵發是民文報發行的主渠道，占民文報發行量的 90% 以上，一定要抓牢。同時，各民文報還要抓好部分報紙的自辦發行，特別是在邊遠的少數民族地區。此外，記者平時下鄉採訪時要積極宣傳報紙，報紙發行工作應常抓不懈。

　　我們必須看到少數民族文字報刊在傳承中華民族文化方面的巨大作用。作為少數民族文化的一部分的少數民族新聞事業，不僅是中華民族文化的組成部分而且也是人類文明的寶貴財富。歷史實踐早已證明，少數民族新聞事業具有強大的生命力。民族新聞事業在我國革命和建設中，在當前全面建設小康社會和構建和諧社會中發揮的作用是不可低估的。它有效地宣傳了建設有中國特色的社會主義偉大理論和實踐，有力推動了民族地區的經濟與社會發展。努力加快發展少數民族新聞事業的步伐，並且不斷提高認識，總結經驗，發揮特色，實現少數民族事業的可持續發展。

　　中國已經正式成為世貿組織成員，這對我國報業的發展意義深遠。雖然經濟的發展將帶動報業進步，但中國要履行成員國的義務，必將逐步開放報業這個始終被國外媒體垂涎著的巨大市場，在保護期之後，國內報業必將面臨與國外高素質媒體的競爭。我國報業必須增強緊迫感，加緊提高自身實力，應對未來的挑戰。目前，內地各類報紙的競爭已如火如荼，而少數民族報業卻還是偏安一隅，發展顯得有些緩慢和落後。少數民族報業作為中國報業的一個重要組成部分，在未來的發展中將面臨著更大的困難和壓力。我們期待，少數民族報業能邁著堅實的步伐踏上發展之路；我們也期待，在未來的報業發展史上能看到少數民族報業留下的濃墨重彩的一筆。（與陳春麗合作）

（原載鄭保衛主編：《中國新聞業發展現狀與趨勢》，

經濟日報出版社 2008 年版）

探索中前進：少數民族新聞事業三十年

1978 年，黨的十一屆三中全會提出改革開放政策，國家各項事業在「文化大革命」浩劫後步入飛速發展新時期。新聞事業作為黨和政府的喉舌，將「解放思想」與「改革開放」的口號身體力行，除將信息觀念、「二重屬性」引入新聞事業改革日程外，新世紀，面對媒體同質化現象，有人提出「二級電視、三級報紙、四級廣播觀念」。

少數民族文化異彩紛呈，以漢語文和民族語言文字為載體的少數民族新聞媒體，因受眾特徵和地域文化差異，除伴隨國家新聞事業改革經歷整體躍遷外，還呈現出與內地、沿海相異的改革策略：在頻出「文化牌」的同時，進行地域聯合。此外，少數民族語文媒體由於貼近民族同胞，因此在少數民族生活中扮演著漢語文媒體無法取代的作用。

本文將對我國少數民族新聞事業改革進程的歷史性事件進行簡要梳理，從而為改革的進一步深入發展提供歷史借鑒。

一、新時期少數民族新聞事業里程碑事件

「文化大革命」後，「兩報一刊」統治國家新聞事業的局面被打破，「千報一面」、消沉無色的新聞事業逐漸恢復生機。少數民族地區新聞事業除與全國新聞事業一起經歷了經濟信息增加、版面製作工藝提升等整體躍遷外，還摸索出了一條特色發展之路。邁入繁榮發展新時期的少數民族事業，傳統媒體和新媒體都經歷著全方位改革創新。

（一）報刊類型多元化拓展

改革開放後，「科技是第一生產力」口號的提出，以及國家工作重點的轉

移和鄧小平「南行講話」，使科技新聞和經濟新聞成為新聞改革的重點。以1979 年為起點，少數民族省（區）級漢文和民族文字版科技報也陸續創立。

在經濟報導方面，除各少數民族地區新聞媒體加大相關報導外，1988 年7 月 1 日，我國第一張少數民族文字的商業報紙《新疆商業報》創刊。1984 年都市報熱潮開始蔓延至少數民族地區，為配合民族地區城市文化的發展，當年元旦，我國第一家少數民族文字晚報《烏魯木齊晚報》維吾爾文版誕生。

在國家民族政策的推動下，少數民族地區報刊日益注重民族文字的多元化。1988 年國內唯一以漢、傣、景頗、傈僳、載佤五種文字出版的報紙──雲南《德宏團結報》產生。

進入新世紀，2001 年元旦，我國第一份中央級以少數民族為讀者對象的報紙──《中國民族報》創刊，加強了民族宣傳強勢。同時，少數民族報刊開始謀略海外發展之路。首先是 2003 年《中國民族》雜誌英文版創刊，足跡已遠涉全球 180 多個國家和地區。2005 年《新疆經濟報》維吾爾文版和韓文版遠銷中亞五國，《遼寧日報》朝鮮文版登錄韓國。而《雲南日報》創辦的《中國‧雲南─東盟》專版，成為世界認識雲南的信息窗口，探索出了黨報走向世界的一條新路子。

（二）廣播電視集約化經營

「文化大革命」時期，少數民族廣播電視的命運與報刊截然相反，不僅少數民族廣播事業呈全面發展態勢，少數民族電視也誕生於「文化大革命」後期。1983 年四級辦廣播電視開始實施，1998 年和 2000 年，惠及邊疆少數民族地區的「廣播電視村村通」和「西新工程」起步，目前地處邊疆的西藏和新疆，廣播電視覆蓋率達 81%以上。

為應對同質化和資源浪費現象，2001 年 5 月和 6 月，內蒙古電視臺和新疆電視臺通過與區內同級經濟電視臺和有線電視臺重組，率先完成了有線與無線合併，且進行了頻道專業化探索。目前，兩臺分別有 7 個和 11 個電視頻道，服務不同民族語言受眾群。

省（區）級衛視革新浪潮中，新世紀內蒙古、新疆與廣西，三個自治區衛視分別以載歌載舞、草原文化和女性綜合進行特色定位，打造了《天山藝苑》、《蔚藍色的故鄉》和《尋找金花》等品牌欄目，並將特色滲透至母臺其餘頻道。

這期間，少數民族廣播經歷了頻率單一，向語言多元、頻道專業化方向轉變的過程。以新疆人民廣播電臺為例，「文化大革命」後，電臺增加柯爾克孜

語廣播，成為國內開辦民族語言種類最多的少數民族地區電臺。五種語言廣播再加上其漢語衛星經濟廣播、衛星音樂廣播，民族特色濃鬱，又不乏現代性。

2001 年五種語言廣播在電臺網站「新疆新聞在線」實現在線直播。2004 年新疆臺外宣工作取得重大突破，柯爾克孜語《中國之聲》和維吾爾語《中國之聲》節目分別在吉爾吉斯斯坦、烏弦別克斯坦國家電臺主頻率播出。

（三）新媒體異軍突起

互聯網、手機媒體、數字電視、移動電視相對於報刊、廣播電視等傳統媒體屬於新型媒體。而 20 世紀 80 年代啟動的少數民族語言文字信息處理工作，使少數民族語言文字順利步入新媒體大軍。

2000 年 5 月，中國西藏信息中心（www.tibet.cn）正式亮相，通過整合全國近 50 家涉藏媒體新聞信息，對西藏進行全方位展現，網站設有中、英、藏三種文版，被全球 3000 多家網站鏈接。青藏鐵路開通當天，它策劃的《天路》專題是唯一使用漢、英、藏三種文字發稿的媒體。此外，內蒙古電視臺網站的網絡電視入口（http://v.nmtv.cn/）提供母臺全部節目的同步直播和往期點播。

隨著手機的普及，手機已成為公認的「第五媒體」。以 2006 年 4 月內蒙古手機報創刊為標誌，少數民族省（區）漢文採信手機報陸續啟動。當年 11 月，國內首部多民族文字手機誕生，為蒙古、藏、維吾爾等十種少數民族文字手機報的出現提供了技術支持。經過精心研製，次年 11 月，我國第一份藏文採信手機報在甘肅誕生，為藏區群眾提供每日實用的新聞信息。

此外，2004 年五一黃金週期間，公交液晶移動電視在新疆烏魯木齊八條景觀公交線上出現，內容以新疆旅遊景點、民風民俗、人文歷史等為主。

二、新時期少數民族新聞事業改革進程

改革開放新時期，我國少數民族新聞事業經過三十年變革取得了跨越式發展，目前，報刊、廣播電視和新聞網站均已形成以中央媒體為核心的多層次、多語（文）種的新聞傳播體系。在電視這一「第一媒體」的帶動下，少數民族新聞事業表現形式日趨多元化，採編製作技巧日漸成熟。在廣西衛視和內蒙古衛視的推動下，少數民族省（區）級媒體開始走上市場化經營路線，並致力於在國內與鄰國進行媒介話語權建設。

下面將從內容製作、產業經營和技術革新三個方面對我國少數民族新聞事業在新時期的改革進程進行概述。

內容製作：注重自採自編，打造媒體品牌

改革開放後，媒體數量劇增，內容獨創性成為媒體競爭的重要方面，自採自編內容的比例和質量受到媒體高度重視。在少數民族地區，由於地域資源、民族文化與內地和沿海漢族之間的差異，原先以編譯和譯播漢語言媒體信息的方式，早已無法適應改革開放新時期群眾在民族文化撞擊下的收視心理和日益多元的信息需求。

進入新時期，少數民族新聞媒體獲得新生，為提高信息服務水平，促進當地經濟發展與政治穩定，少數民族媒體針對本地區文化差異和地域資源，紛紛加強本地新聞、實用農牧業信息等方面的自採自編，其中的民族文化和旅遊板塊，促進了各民族間的文化交流和當地旅遊業的發展。

1978 年後，《內蒙古日報》的蒙古文版通過加強自編自採建設，目前自製稿件約占全部見報稿件 70%左右。而 2006 年西藏新聞史上第一份號外——《西藏商報》號外「火車來了」，在青藏鐵路運營當日的出色表現，體現出在重大新聞事件的報導上，少數民族媒體已經有意識的加大自採量。該號外的第三版為記者親歷，全部為該報記者採寫。

由於電視的大投入和高技術等因素，少數民族電視在自採自編方面稍遜於報刊，但經過多次探索，廣西衛視的《尋找金花》、內蒙古衛視的《蔚藍色的故鄉》以及西部十二省（區）、直轄市聯播的《西部大開發》等欄目早已成為國內知名品牌。而廣西衛視的《走進東盟》、內蒙古衛視的《索倫嘎》也開啟了一條少數民族電視媒體走出國門與鄰國媒體合作的海外拓展之路。

隊伍建設：加強在職培訓，塑造全能新聞人

為配合少數民族群眾日益多元化信息需求等因素導致的自採自編比例增加，少數民族媒體和當地新聞出版部門在加強新聞人現代意識培養的同時，將在職培訓置於重要位置。通過組織採編、翻譯和主持人業務培訓班，為少數民族省（區）媒體培養政治思想過硬、新聞業務精良、民文漢語皆通的新聞工作者隊伍，以便更好地為少數民族群眾代言。

1996 年 6 月，《內蒙古日報》蒙古文版開始實行編輯部量化考核辦法。辦法引入競爭意識、精品意識和質量意識，提高了蒙古文版新聞人的市場運作理念，並避免了遺留多年的「稿荒」現象。

西藏人民廣播電臺實行不拘一格的人才使用戰略和公開選拔、競聘上崗的幹部人事制度改革，為年輕幹部的成長創造了一個充分展示自己才華的競

爭平臺。目前，一支以藏族為主體的廣播隊伍已經成長起來，成為廣播宣傳戰線的主力軍。其漢語都市生活頻率作為臺裏的試點，在用人機制上，率先實行聘用制。

新疆電視臺在對新聞從業人員的培訓方面表現最突出。2006 年，電視臺受國家廣電總局委托舉辦了第四期少數民族影視劇譯製人員培訓班。當年還舉辦了首次全疆蒙古語播音主持人培訓班和全疆哈薩克語電視採編人員培訓班。此外，電視臺還與中國傳媒大學合作，成立了中國傳媒大學遠程與繼續教育學院新疆學院，致力於系統化培訓建設。

產業經營：引入廣告理念，拓展多元盈利渠道

20 世紀 90 年代，我國社會主義市場經濟新體制建立，少數民族媒體在增強競爭意識的同時，加強了廣告刊發意識，並試水廣告代理制和多種盈利渠道。

1994 年，《內蒙古日報》蒙古文版結束了 40 餘年無廣告的歷史，開始有意識地進行廣告宣傳，並制定了廣告人員管理制度。圖文並茂、形式多樣的廣告既美化了版面又成為報紙創收的重要途徑。

2003 年，青海電視臺和內蒙古電視臺開始嘗試廣告代理制，分別將電視廣告經營權委託至中央網絡影視中心和上海開麥拉傳媒。在具有穩定經費支撐的基礎上，青海電視臺推出首播劇場「潤德劇場」，內蒙古電視臺則致力於漢語衛視草原文化特色的深耕。

除此之外，少數民族媒體通過分類整理自身資源，進行圖書出版、光碟刻錄等方式，構建了多元化的盈利渠道。

技術革新：激光照排推廣，衛星傳輸擴大覆蓋

新時期，激光照排、膠印技術的採用，取代了存在千百年的活字排版方式，便利編輯操作程序的同時，使少數民族報刊呈現版面清晰，圖文並茂等特點。1985 年初，新疆日報社率先從英國蒙納公司引進一套激光照排機系統，次年投入生產。隨後，激光照排技術在少數民族地區得以推廣。

鑒於少數民族地區地處邊遠、交通不便、有線網絡建設困難等因素，為消滅廣播電視盲點，在 1984 年我國第一顆通訊衛星試驗成功後，首先考慮少數民族省（區）廣播電視的「上星」傳輸。1999 年，CBTV 衛星直播平臺（即「村村通」工程）正式開通，保證了民族地區中央和各省（區）級衛星頻道的

信號覆蓋。2004 年，延邊朝鮮語廣播電視節目覆蓋項目正式納入「西新工程」，2006 年延邊衛視正式開通，成為國內唯一的朝鮮語衛星電視和唯一「上星」的地區級電視。

為方便少數民族語言文字媒體的信息傳輸，20 世紀 80 年代少數民族語言文字信息處理工作啟動。目前，不僅幾乎所有少數民族文字都能進入電腦，大多數都可在 windows 系統運行。2002 年我國首臺蒙古文采色電視機下線並進入內蒙古市場，2006 年國內首部多民族文字手機正式亮相，民族文字輸入系統和媒體平臺建設，為少數民族新聞事業發展提供了便利。

結語：積極創新尋求發展途徑

綜觀改革開放三十年的改革發展進程，少數民族新聞事業雖然是在相對薄弱的基礎上開始改革探索，但在三十年的時間裏，少數民族媒體在黨和國家的關懷和支持下，經過少數民族新聞人的協力打拼，無論在採編業務還是在產業經營管理方面都取得了飛速發展，探索出一條少數民族宣傳之道。於是，我們不僅看到了少數民族媒體伴隨國家新聞事業進行的整體式躍遷，更注意到，少數民族媒體利用文化資源和地域優勢進行的特色宣傳，以及對民族地區的經濟發展、政治穩定和群眾科學文化素質提高等方面產生的積極影響。

不容否認，少數民族媒體與內地、沿海等漢語文媒體之間存在的巨大差距。雖然少數民族媒體經歷了整體性躍遷，並通過衛星傳輸，但各媒體的影響力大多局限於本省（區），具有貼近性的少數民族文字報刊因經費短缺正經歷著數目日益減少的陣痛。諸如新疆經濟報系、內蒙古衛視、廣西衛視等取得規模性發展的少數民族媒體少之又少。因此，在回顧三十年改革成就之時，運用創新思維探索少數民族媒體在採編業務和產業經營管理等方面的未來改革途徑，成為黨和政府以及少數民族新聞人下一步的奮鬥目標。

（原載《中國報業》2008 年第 9 期總第 238 期）

少數民族新聞傳播六十年

　　如同五十六個民族攜手創造了中華民族五千年燦爛文明史一樣，中國的新聞傳播事業也是由五十六個民族共同開創的。少數民族新聞傳播事業是我國社會主義新聞事業不可分割的重要組成部分。我國少數民族新聞傳播事業經過艱難的形成和發展過程，不斷成長、豐富、繁榮、進步，既產生了民族語文的報刊、廣播電視、網絡媒體等傳媒形式，也產生了一批少數民族新聞工作者，在革命、建設、改革、發展等方面起到了不可替代的重要作用。特別是改革開放以後，許多地區不僅有民族語文的黨報黨刊、廣播電臺、電視臺，而且少數民族新媒體也獲得了較大發展。

　　少數民族新聞事業興起於 20 世紀初葉。1905 年在內蒙古地區出版的《嬰報》（蒙漢合璧），1907 年在拉薩出版的《西藏白話報》（以藏漢兩種文字出版），1909 年在東北地區出版的《月報》（朝鮮文）和 1910 年在新疆出版的《伊犁白話報》（漢、維吾爾、蒙古、滿文），是一批最早的少數民族文字報刊。此後一段時期由於種種因素我國的少數民族新聞傳播發展比較緩慢。

　　儘管少數民族新聞傳播很早就興起於民族地區，但是基本上處於零星發展的狀態，我國少數民族新聞傳播的發展繁榮是在共和國成立後的六十年間。

一、新中國成立十七年少數民族新聞事業

　　從新中國成立到「文革」前十七年來，初步形成多層次、多文種的少數民族黨報系統和初具規模的少數民族語文的廣播事業。

　　第一，多層次、多文種的黨報系統初步形成。

　　1950 年，我國發行出版的少數民族文字報紙 21 種。1954 年 7 月 17 日，中共中央政治局通過的《關於改進報紙工作的決議》明確提出，「各少數民族

地區，凡有條件的就應創辦民族文字的報紙。」並強調說，「少數民族地區的報紙，應注意宣傳黨的民族政策，宣傳愛國主義和民族團結，並按照當地的特點適當地進行關於黨在過渡時期總路線的宣傳。」在黨的民族區域自治政策和民族團結政策的指引下，我國少數民族新聞傳播事業在原有基礎上有了較大的發展。主要的少數民族聚居區基本上都有了本民族文字的報紙，如《內蒙古日報》、《新疆日報》、《西藏日報》、《延邊日報》等等，形成了多層次、多文種的黨報系統。20 世紀 60 年代前後，在已有文字的少數民族中，絕大多數興辦了自己的報紙，除蒙、藏、朝、維、哈、錫伯等民族文字報紙外，這個階段又有柯爾克孜文、傣文、景頗文、傈僳文、壯文等報紙相繼創辦。從地域上講，從中央到地方，從首都到邊疆，各民族地區都有了少數民族報刊，甚至在一個縣內也能出版一種或兩種少數民族文字報紙。

第二，少數民族語言的廣播事業初具規模。

1935 年，在西藏地區首先出現了藏語廣播，成為我國少數民族廣播事業的發端；朝鮮語廣播電臺興起較早。它原是日本入侵延邊時創建的一座以日、朝、漢語播音的電臺。1946 年由人民政府接管，轉播延安廣播電臺的節目，用朝鮮語和漢語同時播音。1949 年新疆出現了維吾爾語廣播。1949 年 12 月 21 日，迪化人民廣播電臺開始播音，第二年即改用新疆人民廣播電臺呼號，用漢語和維吾爾語廣播。20 世紀 50 年代中後期，又增辦哈薩克和蒙古語廣播。目前，新疆人民廣播電臺維、漢、哈、蒙、柯 5 種語言用 20 多個頻率廣播；1950 年 11 月 1 日，內蒙古烏蘭浩特人民廣播電臺建立並正式播音，1954 年 3 月 6 日改名為內蒙古人民廣播電臺，它是我國最早的省級廣播電臺。與此同時，內蒙古各盟市先後建立了廣播電臺。1959 年初，自治區已有 7 盟 2 市創建了電臺，形成了以內蒙古廣播電臺為中心的無線電覆蓋體系；1956 年中共西藏工委宣傳部籌建拉薩有線廣播站。1958 年啟用無線電廣播。1959 年元旦始用「西藏人民廣播電臺」播音，使用藏漢兩種語言；此外，作為為全國各族人民服務的中央人民廣播電臺，為了各民族的平等團結和共同繁榮，專門開辦了少數民族廣播節目。1950 年 5 月 22 日，為配合西藏解放，首先開辦藏語節目，以後陸續開辦蒙古語、維吾爾語、壯語廣播。這個時期，我國少數民族語言的廣播從中央到地方，尤其在少數民族同胞聚居的民族地區已經形成了網絡體系，成為黨和少數民族同胞聯繫的紐帶，擔負著宣傳黨的民族政策和民族地區經濟、文化等方面建設的光榮使命。

新中國成立十七年來，在黨中央和毛澤東同志關於發展少數民族新聞事業的決議和指示的指引下，我國少數民族新聞傳播在鞏固新生政權、宣傳民族區域自治和民族團結政策、發展生產、繁榮經濟以及輿論引導方面起到了不可代替的作用。

二、十年浩劫中的少數民族新聞事業

在「文化大革命」這場空前的浩劫中，少數民族新聞傳播事業跟全國的新聞事業一樣受到沉重打擊。絕大多數民族文字報刊被查封或被迫停刊，保留下來的主要是各自治區首府的黨委機關報以及少數幾張歷史比較悠久的報紙。這些報紙除了以少數民族文字印刷發行之外，幾無特色可言。

值得一提的是，《參考消息》作為一份具有特殊影響力的報紙，其民族文字版在「文革」期間堅持出版發行，幫助國內廣大少數民族幹部、知識分子和各界群眾開闊眼界、認識世界，正確分析和判斷國內外形勢，滿足了少數民族日益增長的新聞欲。維、哈文版《參考消息》由新疆日報社翻譯出版，4 開 4 版，均為週六刊。維吾爾文版創刊於 1956 年元旦，哈薩克文版創刊於 1975 年 8 月 1 日；蒙古文版創刊於 1973 年 4 月 1 日，由內蒙古日報社蒙參編譯部主辦，從 1975 年開始向全國發行。民族文字版的《參考消息》內容充實、版面活躍，漢文版上的圖片、漫畫等資料，一般都轉載，以求圖文並茂。

此外，令人欣喜的是，少數民族地區的電視事業在這一時期誕生並得到發展。內蒙古電視臺和新疆電視臺都籌建於 1960 年，1969 年 10 月 1 日內蒙古電視臺試播，揭開了自治區電視臺歷史的新篇章；新疆電視臺 1970 年 10 月 1 日以新疆實驗電視臺名義用維吾爾語、漢語播出。1972 年開始正式使用「新疆電視臺」臺標播映；廣西、寧夏電視臺分別於 1970 年 9 月 15 日、10 月 1 日正式播出節目。此外，少數民族地區還有一批地、州、盟的電視臺創立，如 1971 年包頭臺創辦、1977 年延邊臺創辦等等。毫不誇張地說，少數民族地區電視事業的誕生為我國少數民族新聞傳播事業的發展壯大提供了強有力的支持。

儘管十年浩劫使包括少數民族新聞事業在內的我國新聞事業遭到空前挫折和損失，但由於我國的民族區域自治、民族團結、民族平等政策具有強大的生命力，使我國少數民族電視事業克服重重障礙，在困境中誕生、成長、壯大，成為維護民族地區安定團結、維護祖國統一的思想陣地，推動了各民族的繁榮進步。

三、改革開放三十年少數民族新聞事業的跨越式發展

改革開放以來，少數民族新聞傳播事業與我國新聞傳播事業在技術、制度等多方面經歷了歷史性飛躍。隨著國家政策的調整和社會形勢的變化，我國少數民族新聞傳播事業與時俱進，不斷適應新變化，為社會主義建設貢獻自己特有的力量。獨特的地域文化、歷史傳統和民族特色，使得少數民族地區的新聞事業呈現出與東、中部相異的發展策略。此外，和傳統媒體一樣，網絡、手機等新興媒體也在少數民族地區獲得一定發展，形成了多語（文）種、多層次、多渠道，較為系統的新聞傳播體系。

第一，報刊種類多樣化。

20 世紀 80 年代以後我國少數民族新聞傳播事業空前繁榮。據統計，到 80 年代末全國已有 17 種少數民族文字的報紙 84 家和用 11 種民族文字出版的 153 家雜誌。到 2003 年，全國具有國內統一刊號和地方報刊登記準印證的少數民族文字報紙 88 家，分佈在 11 個省區。進入 2006 年後，有 99 種民族文字報紙，用 13 種民族文字出版；有 223 種民族文字雜誌，用 13 種民族文字出版。

1988 年 7 月 1 日，我國第一張少數民族文字的商業報刊《新疆商業報》在烏魯木齊復刊；1984 年為配合民族地區城市文化的發展，我國第一家少數民族文字晚報《烏魯木齊晚報》維吾爾文版創刊；雲南《德宏團結報》原名《團結報》，1955 年創刊，當時 4 種文字出版，載佤文是 1985 年增辦的，1988 年改為現名，成為國內唯一以漢、傣、景頗、傈僳、載佤五種文字出版的報紙；進入新世紀，2001 年元旦，我國第一份以少數民族為讀者對象的中央級報紙——《中國民族報》創刊；2009 年 8 月 1 日，《人民日報》藏文版創刊，每天 4 版，在四川、青海、甘肅以及雲南省區內轄的藏族自治地方發行，這是新中國成立以來，黨中央機關報第一次出版少數民族語文的報紙。在這一時期形成了以黨報為核心的多層次、多地區、多種類、多種文字的民族報刊體系。

同時，少數民族報刊開始謀略海外發展之路。2003 年《中國民族》雜誌英文版創刊，足跡已遠涉全球 180 多個國家和地區。隨後 2005 年《新疆經濟報》維吾爾文版遠銷中亞五國，《遼寧日報》朝鮮文版登陸韓國。而《雲南日報》創辦的《中國·雲南—東盟》專版，成為世界認識雲南的信息窗口，探索出了黨報走向世界的一條新路子。

第二，少數民族廣播事業迅猛發展。

據統計，到 1998 年底，從中央到地方，包括省（自治區）、地（州、盟）、縣（旗）共辦有蒙古、藏、維吾爾、哈薩克、朝鮮、壯、彝、傣、傈僳、景頗、拉祜、哈尼、瑤、佤、納西、白、羌、布依、水、侗、苗、柯爾克孜、錫伯等 20 多種少數民族語言廣播節目。各地辦有少數民族語言的廣播電臺（站）165 座、電視臺 141 家。

1981 年中央人民廣播電臺漢語「民族專題」節目（即現在的《民族大家庭節目》）創辦。此時，中央臺共有蒙古、藏、維吾爾、哈薩克、朝鮮、漢 6 種民族語言的廣播。近年來，中央人民廣播電臺的少數民族語言廣播節目在提高收聽率方面進行探索，並已見成效。如藏語廣播開辦《空中信箱》欄目，一年內共播出內地西藏中學的藏語家信 1100 多封，收到來信來電近千封（個），效果顯著。更為可喜的是中央電臺少數民族語言節目全部實現「上星」，這是我國少數民族新聞史上一件大事。

中國國際廣播電臺是中國唯一的國家級對外廣播電臺，《中國少數民族》欄目是該電臺常年開設的重要欄目，其前身是《中國話題》，1990 年分離出來後一直有著較高的收聽率，主要向海內外聽眾介紹中國的民族政策、民族風情以及中國少數民族文化，其中以西藏和新疆的民族問題為報導重點。

民族地區的少數民族語言廣播也有新的發展。內蒙古人民廣播電臺蒙語部於 1979 年 6 月 25 日組建，開辦《全區聯播》、《新聞》、《簡明新聞》、《國際時事》等新聞節目，並轉播中央電臺的蒙古語節目，播出了一系列具有社會影響的連續報導；黑龍江人民廣播電臺設有全國唯一的省級朝鮮語廣播，每天播音 5 小時，並向韓國放送公社（KBS）傳送稿件；四川人民廣播電臺藏語部辦有康巴語《藏語新聞》節目和康巴語專題節目《雪山草地》；雲南人民廣播電臺辦有西雙版納傣語、德宏傣語、傈僳語、景頗語、拉祜語等多種少數民族語言廣播；新疆人民廣播電臺有維吾爾、哈薩克、蒙古、柯爾克孜四種民族語言廣播，成為全國開辦語種最多，覆蓋面最廣的省級廣播電臺。2004 年新疆電臺外宣工作取得重大突破，柯爾克孜語《中國之聲》和維吾爾語《中國之聲》節目分別在吉爾吉斯斯坦、烏弦別克斯坦國家電臺主頻率播出。

第三，二十世紀八九十年代少數民族電視事業飛躍發展。

改革開放以來，各主要少數民族地區加大了興建電視基礎設施和創辦電視欄目的力度，新疆、西藏等自治區的電視節目建設進入快速發展階段。

　　新疆電視臺 1979 年開播彩色電視。1984 年 4 月，新疆電視臺通過電視通信衛星，錄像轉播中央電視臺的當天新聞當天播出，結束了從北京航寄中央臺新聞的歷史。1986 年 7 月 1 日，新疆電視臺通過國家衛星向全疆傳送維吾爾、漢兩種語言的電視節目，成為全國第一家在自治區內上星的省級電視臺。1989 年哈薩克語節目也實現了衛星傳送。1997 年 8 月 28 日新疆電視臺實現了維、漢、哈三種語言衛視節目的分頻道播出，結束了三種語言共用一個頻道輪流播出節目的歷史。1997 年，新疆經濟電視臺與湖北經濟電視臺、廣東經濟電視臺、內蒙古經濟電視臺、西安電視二臺，成都經濟電視臺等聯合籌資舉辦全國經濟電視臺 1997 年「春節文藝晚會」，第一次向全國各族人民展示了經濟電視臺協作體的凝聚力。

　　西藏電視事業也進入了歷史上發展最快的時期。西藏電視臺於 1978 年 5 月 1 日試播黑白電視節目，1979 年 9 月試播彩色電視節目。1984 年衛星地面站建成，開始試播中央電視臺節目。全年播出節目小時數穩步上升，其中《第十一世班禪轉世靈童金瓶掣簽儀式在拉薩舉行》等三個專題片獲中國電視新聞獎、專題類一等獎，《七色風》專欄和譯製片《封神榜》獲第六屆少數民族題材電視藝術「駿馬獎」一等獎；創建於 1993 年的西藏有線電視臺發展迅速。到 1997 年底，拉薩市內入網用戶已達 2.5 萬多戶，傳送節目 30 套，並有自辦節目。

　　自 1983 年四級辦廣播電視開始實施，1998 年和 2000 年，惠及邊疆少數民族地區的「廣播電視村村通」和「西新工程」起步，目前西藏和新疆，廣播電視覆蓋率達 81%以上。為應對四級廣播電視伴生的同質化和資源浪費，2001 年 5 月和 6 月，內蒙古電視臺和新疆電視臺通過與區內同級經濟電視臺和有線電視臺合併，率先完成了有線與無線合併，且進行了頻道專業化探索。目前，兩臺分別有 7 個和 11 個電視頻道，服務於不同民族語言受眾群。

　　此外在省（區）級衛視革新浪潮中，內蒙古、新疆、廣西三個自治區衛視分別以草原文化、載歌載舞和女性綜合進行特色定位，打造了《天山藝苑》、《蔚藍色的故鄉》和《尋找金花》等品牌欄目，並將特色滲透至母臺其餘頻道。

　　第四，新興媒體使少數民族新聞事業步入嶄新時代。

　　互聯網、手機、數字電視等新興媒體，自 20 世紀 80 年代啟動的少數民族語言文字信息處理工作，使少數民族語言文字順利步入新媒體大軍。

　　如中國西藏信息中心（http://www.tibet.cn/）成立於 2000 年，它以對外介

紹西藏和信息服務西藏建設為宗旨,向世界客觀、全面地介紹和展示西藏的歷史和現實。自 2000 年 5 月 25 日漢文網正式對外亮相以來,中國西藏信息中心以多種方式、多種傳播手段、多種語言,向國內外說明西藏,向世界介紹西藏解放幾十年來政治、經濟、文化等領域表現出的生機勃勃的大好局面,為西藏的現代化建設提供了良好的國際輿論環境和信息支持「在各涉藏單位的積極配合大力支持下,網站藏文版於 2001 年 9 月 12 日推出;英文版自 2001 年元旦推出後,也有了較大發展」網站現有漢、英、藏三種文版,彙集全方位涉藏信息,針對不同受眾,用多種形式介紹、說明西藏。

全國民族自治區重點新聞網站聯盟(http://www.minzunews.net/)(簡稱「民族網盟」)2004 年 8 月 18 日在寧夏首府銀川成立,由桂龍新聞網、內蒙古新聞網、新疆天山網、中國西藏新聞網、廣西新桂網、寧夏新聞網等五個少數民族自治區的重點新聞網站組成。民族網盟依託各成員單位的媒體資源優勢,發揮西部地方網站的地域優勢和新聞傳播優勢,創新內容和形式,承擔推動西部地區文化大發展大繁榮的歷史使命,讓西部各網站之間加強交流與合作,充分發揮西部網絡媒體的傳播優勢,使民族地區的重點新聞網站充分發掘利用民族區域特色資源,通過更大範圍、更廣領域和更高層次上的媒體合作,尋求更大的發展機遇和發展空間,促進民族地區網絡媒體實現影響力的最大化。

隨著手機的普及,手機媒體已經被公認為是繼報刊、廣播、電視、互聯網之後的「第五媒體」。以 2006 年 4 月內蒙古手機報創刊為標誌,少數民族省(區)漢文採信手機報陸續啟動。當年 11 月,國內首部多民族文字手機誕生,為蒙、藏、維吾爾、苗、彝、壯、朝鮮、侗、哈薩克、傣等十種少數民族文字手機報的出現提供了技術支持。經過精心研製,2007 年 11 月我國第一份藏文採信手機報在甘肅誕生,為藏區群眾提供每日實用新聞信息。

此外,2004 年五一黃金週期間,公交液晶移動電視在新疆烏魯木齊八條景觀公交線上出現,內容以新疆旅遊景點、民風民俗、人文歷史等影片為主。

改革開放三十年來,在黨和國家的關懷和領導下,少數民族新聞事業不斷創新發展,準確及時地宣傳了黨的路線、方針、政策,為各族人民的生產、生活服務,無論是採編業務還是產業經營管理方面都有了突破性進展,各項工作取得了巨大的成績。

新時期國家對少數民族新聞事業更加重視,為全面貫徹黨的十七大精神,深入貫徹落實科學發展觀,進一步繁榮發展少數民族文化事業,促進各民族共

同團結奮鬥、共同繁榮發展，2009 年 7 月國務院發布了《關於進一步繁榮發展少數民族文化事業的若干意見》。（意見）指出，「加大對民族類新聞媒體的扶持力度，加快設備和技術的更新改造，提高信息化水平和傳播能力，擴大覆蓋面和受益面。扶持民族類重點新聞網站建設，支持少數民族文字網站和新興傳播載體有序發展，加強管理和引導。鞏固廣播電視村村通工程、農村電影放映工程建設成果，擴大民族地區廣播影視覆蓋面。提高民族地區電臺、電視臺少數民族語言節目自辦率，增加播放內容和時間。推出內容更加新穎、形式更加多樣、數量更加豐富的少數民族廣播影視作品，更好地滿足各族群眾多層次、多方面、多樣化精神文化需求。」

　　總之，新中國成立以來，我國少數民族新聞傳播事業與共和國同呼吸、共進步，發展速度超出以往任何一個時期，也取得了前所未有的成就。六十年來，少數民族新聞傳播事業在黨和國家的關懷和支持下，經過少數民族新聞工作者的辛勤耕耘，採編業務、產業經營管理方面都取得了飛速發展，少數民族媒體利用文化資源和地域優勢進行的特色宣傳以及對民族地區的經濟發展、政治穩定和提高群眾科學文化素質等多方面產生了重要的積極影響，走出了一條獨具特色的少數民族新聞傳播之路。（與鄭旭南合作）

（原載中國傳媒大學電視與新聞學院編
《新聞學傳播學前沿 2009～2010》，中國傳媒大學出版社 2011 年版）

中國共產黨成立以來的少數民族報業

　　本文中所說的「少數民族報業」既指以少數民族文字出版的報刊也包括少數民族地區出版的漢文報刊。從時間跨度上來看，主要指 1921 年中國共產黨成立以來，所經歷的新民主主義革命時期和社會主義革命、建設、改革、發展等幾個時期。由於歷史跨度較大，本文將依據《中國少數民族新聞傳播通史》一書的歷史分期方法，將中國共產黨成立以來少數民族地區報業發展分為四個時期——崢嶸歲月（20 世紀 20 年代至 40 年代末）、火紅年代（20 世紀 40 年代末至 70 年代中葉）、滿園春色（20 世紀 70 年代中葉至 20 世紀末）、和諧發展（21 世紀初至今）。通過對各個歷史時期少數民族地區報業發展的綜述和分析，探討中國共產黨領導下的少數民族報業的發展特點。

崢嶸歲月

　　在 20 世紀 20 年代至 40 年代末共產黨領導下的統一戰線成為一支中堅力量，宣傳馬克思主義，將共產主義的思想介紹給飽受壓迫的民眾，成為這一時期眾多進步報紙的主要功能之一。中國共產黨的成立，為少數民族地區報紙的發展注入新的活力，黨報和統一戰線報刊的出現，是少數民族報刊史上標誌性的轉變。身處戰爭後方的少數民族地區，更是成為宣傳馬克思主義的陣地。1922 年中國共產黨提出實行民族區域自治政策之後，少數民族地區宣傳共產黨政治主張的報紙發展更加迅速，黨的民族區域自治和民族團結政策，是少數民族黨報和統一戰線報紙興起和發展的可靠保障，少數民族地區的黨報及統一戰線團體的機關報都在這一時期出現和發展起來，成為少數民族地區傳播共產主義進步思想的主要力量。這些報紙，為馬克思、列寧主義在中國的傳播，

為統一戰線的建立和鞏固，為中國共產黨領導的解放戰爭的勝利，都發揮了巨大的功能，作出了積極而卓越的貢獻。

第一次國內革命戰爭、抗日戰爭及第二次國內革命戰爭時期，東北、內蒙古、新疆、西康（今四川省西部）、甘南、雲南等少數民族地區的報刊有了較迅速地發展，不僅報紙版面、欄目有所增多，內容也更加豐富。運用本民族母語的報紙數量增加，蒙古、維吾爾、哈薩克、朝鮮、錫伯、滿、俄羅斯等許多民族語言文字的報紙都出現並發展起來。

首先，這一時期少數民族地區的黨報和統一戰線報刊，能夠在與資產階級報紙、國民黨敵對報紙、日偽報紙等進行艱苦鬥爭的逆境中發展起來，與中國共產黨重視「辦好各級黨報和統一戰線報刊，發展黨的新聞事業」有著密切的關係。從中央到地方，各級黨組織都積極發揮報紙的宣傳作用，創辦各級黨委機關報，向人民群眾宣傳黨的方針政策，宣傳馬克思列寧主義。

《吉林日報》係中共吉林省委機關報，其前身是朝鮮文版的《人民日報》。該報政治傾向鮮明，對解放戰爭動態，人民政權建立，清繳土匪以及土改等與中國共產黨密切相關的新聞進行了報導。

《蒙古報》是 1944 年中共「三邊」（陝西省安邊、定邊、靖邊）地委，為了向內蒙古伊克昭盟（現鄂爾多斯市）的蒙漢群眾宣傳中國共產黨的民族政策和抗日統一戰線政策而創辦的。該報經常以《戰報》、《號外》等形式報導解放戰爭的消息，積極宣傳中國共產黨的政策，反對內戰。

《內蒙古自治報》是中國少數民族地區第一張省（區）級少數民族文字黨報。該報除報導解放戰爭的戰事外，還對自治區內的土改和黨建工作進行報導。1948 年該報更名為《內蒙古日報》。

內蒙古地區錫察行政委員會機關報《群眾報》和《牧民報》、中共熱北（今昭烏達盟）機關報《牧農報》、內蒙古自治運動聯合會呼盟分會機關報《呼倫貝爾報》、中共西科中旗委員會機關報《草原之路》、內蒙古人民革命黨東蒙總部機關報《人民之路》、內蒙古人民革命青年團東蒙本部機關報《黎明》等，都在介紹馬克思主義、列寧主義，宣傳中國共產黨的政策。

其次，少數民族地區多處偏遠的山區或邊疆地區，這裡也往往是戰爭要地。黨組織重視報紙宣傳在戰爭中的鼓舞士氣、爭取群眾支持的作用，積極在這些地區創辦報紙，佔領輿論陣地。在廣西、雲南等西南少數民族地區，中國共產黨人在進行革命鬥爭的同時，通過辦報，向當地的各民族民眾宣傳進步思

想。如 1929 年，鄧小平、張雲逸在廣西發動百色起義，並創辦了《右江日報》，該報成為紅七軍機關報。

此外，黨組織還重視對統一戰線報紙的領導作用。《新疆日報》創辦後不久，報社主創人員主要由中國共產黨人擔任。利用這一便利條件，該報大力宣傳了中國共產黨的路線、方針、政策，展示中國共產黨創建的根據地實行民主改革之後欣欣向榮的面貌，刊載中國共產黨領導人的重要講話，報導新疆各族民眾反帝聯合會的統一戰線工作，宣傳蘇聯社會主義新面貌，通俗介紹馬列主義基本原理。

火紅年代

中華人民共和國的成立，掀開了中國社會發展的新篇章。新中國成立初期新聞事業建設的重點是——建立一個具有社會主義性質的公營新聞事業系統，通過對新聞事業的調整與充實，建立起了一個以北京為中心、遍布全國各地的公營新聞事業網。報紙成為最普及也是最重要的新聞傳播媒介。在全國報業蓬勃發展的背景下，民族區域自治政策的推行、政府對少數民族地區報刊的扶持，為少數民族地區報紙開拓了新的發展空間，更多的少數民族地區加入到報業發展的洪流中來，逐漸確立了以省會、自治區首府為中心的黨報體系，到 1956 年《西藏日報》（漢文版）創刊，當時中國大陸 29 個省、自治區、直轄市黨委均創辦了自己的機關報，少數民族地區的報紙邁入新的迅猛發展時期。20 世紀 50 年代，我國少數民族文字報紙已有 21 種。從文種來說，我國有文字的少數民族絕大多數興辦了自己的報紙。從地域上來說，從中央到地方，從首都到邊疆，尤其是民族地區基本上都有了少數民族文字的報紙。除此之外，少數民族地區逐漸形成了以省會、自治區首府為核心的多層次、多文字的黨報系統，漢文版以及漢文與某種或多種少數民族語言文字共同出版的黨報開始出現，如《內蒙古日報》（漢、蒙文版）、《新疆日報》（漢、維、哈、蒙文版）等相繼創辦。

這一時期，黨組織對少數民族地區報紙的指導主要從兩個方面：

一是辦報思想。黨組織統一了少數民族地區的辦報思想，即無產階級的新聞思想，堅持黨的辦報方針，做黨和人民的耳目喉舌；堅定不移地堅持黨的基本路線，宣傳黨的民族平等團結政策，宗教信仰自由和民族區域自治政策，注重報紙的民族特點和地方特色。1957 年 7 月 17 日中央政治局通過的（中共中央關於改進報紙工作的決議）中特別提到，「少數民族地區的報紙，應注意宣

傳黨的民族政策，宣傳愛國主義和民族團結，並按照當地的特點適當地進行關於黨在過渡時期總路線的宣傳。各少數民族地區，凡有條件的就應創辦民族文字報紙。」

二是新聞工作者。這一時期，黨組織重視指導少數民族地區報社採取有效措施，通過以老帶新，到新聞院校進修，積極引進高學歷高素質人才等多種手段培養和造就少數民族新聞工作者。

滿園春色

中國共產黨十一屆三中全會以後，隨著社會政治、經濟、文化的發展，我國的新聞事業也發生著巨大的變化，其中最大的變化就是新聞傳播觀念的改變，「階級鬥爭工具論」被摒棄，「喉舌論」得到繼承和發展，開始引進西方的傳播、輿論、受眾等傳播學研究理論成果，對新聞的定義及新聞事業的性質進行廣泛而深入的探討，要求新聞傳播媒介回歸「新聞本位」的呼聲高漲。少數民族地區報紙也逐漸開始改變過去長期以宣傳功能為主的辦報觀念，重視報紙的時效性、服務性、娛樂性，推動了報紙功能的多元化發展。到 1993 年，中國少數民族自治地方共有 148 個，少數民族地區創辦的報紙有 200 種，其中用少數民族語言文字出版的報紙有 91 種。

隨著中國報業的發展和報業競爭帶來的變化與壓力，少數民族地區的報社也開始關注報業改革，謀求發展。《內蒙古日報》開闢具有副刊性質的《週日擴版》；《新疆日報》和《廣西日報》開闢「讀者之聲」、「大眾信箱」專欄，加強與受眾的互動；《西藏日報》通過擴版增加信息量和可讀性；《寧夏日報》創辦《市場特刊》貼近生活、貼近讀者；1995 年 10 月 14 日，全國少數民族地區州盟地市報新聞研究會第七屆學術研討會在湖南張家界召開，會上集中探討了少數民族地區州盟地市報面臨的問題與對策。

20 世紀 90 年代中葉之後，內蒙古、新疆、西藏、廣西、貴州、雲南等少數民族地區形成了以黨報為核心的報紙發展體系，較為著名的有《內蒙古日報》、《新疆日報》、《西藏日報》、《廣西日報》、《寧夏日報》等。同時，少數民族地區也開始了都市報的創辦。此外，還不斷湧現出新的少數民族文字報紙，彝文、苗文、侗文、布依文、新老傈僳文、納西文、載佤文等更多的少數民族語言文字被搬上報紙這個傳播平臺。同一時期，基於少數民族地區報紙的新聞網站也開始出現。

和諧發展

　　進入新世紀，中國少數民族地區的報紙呈現出平穩的發展態勢。目前，已經形成了多語（文）種、多層次、多渠道的特色鮮明的體系。2005 年底全國有少數民族文字報紙 99 種，用 13 種民族文字出版；少數民族文字雜誌 223 種，用 10 種民族文字出版。報紙種類齊全，報紙版面增多，印刷質量提高；報紙採編人員隊伍不斷壯大、素質不斷提升、業務能力不斷加強。雖然中國受到了資金有限、市場不成熟、地域經濟發展不平衡、缺乏先進經營理念和生產技術、缺少高水平從業人員等多種不利因素的影響和制約，但是，少數民族地區報紙仍然堅持探索和謀求發展，《西藏商報》、《新疆日報》、《內蒙古日報》等一批少數民族地區報紙的影響力與日俱增。

　　2001 至 2009 年少數民族地區的報紙出版種類有較大變化，這些變化凸顯出以下特點：

　　1. 少數民族地區報紙發展呈現出不平衡的態勢。一方面，較發達的地區，少數民族報紙的發行種類、印張數量都比處於西部的少數民族地區多；民族問題受關注程度高的西藏、新疆地區，報紙的發行量要高於青海、寧夏等相鄰地區。另一方面，同一少數民族地區報紙的出版主要集中在自治區首府或省會等中心城市，新聞資源過於集中。

　　2. 以往少數民族地區報紙由中央、自治區或省級黨報獨挑大樑的傳統局面已經被打破。地市級報紙的數量開始增加並超過中央、自治區或省級報紙數量。這說明，少數民族地區報紙更貼近地方，貼近生活。目前，少數民族地區報紙除黨報、機關報、少數民族文字報紙仍受中央財政補貼外，其餘大多數報紙都已經順應文化體制改革的潮流，參與市場競爭。

　　3. 少數民族地區報業集團興起。在中共中央關於推動文化體制改革戰略決策的指引下，為有效整合新聞資源，探索市場經濟條件下的報業發展途徑，少數民族地區也開始嘗試報業集團化發展。2006 年 7 月 27 日，寧夏日報報業集團成立，擁有 7 報 2 刊 1 網站 1 手機報，發行量達 40 萬份。2008 年 12 月 29 日，內蒙古日報傳媒集團成立。2009 年 12 月 22 日，創刊 60 週年的廣西日報傳媒集團成立，擁有 8 報 3 刊 3 網站。其他少數民族較多的地區，如雲南、黑龍江、吉林、遼寧、貴州、四川等地也都成立了報業集團。少數民族地區報業集團化的過程不單是幾家大報社的整合，更加入了網絡、手機報、印刷等信

息製作和生產過程的其他環節，使得新聞資源的整合更為徹底，形成一種全方位的傳媒集團化發展模式。

4. 少數民族地區新聞網絡發展迅速。少數民族地區的新聞網站目前已有200多家，如新華網西藏、新疆、內蒙古頻道，寧夏網（寧夏日報綜合新聞網），廣西百色地區的《右江日報》電子版等。隨著新媒體技術的不斷發展，少數民族地區報紙面臨的考驗更為嚴峻。探索紙質媒體與網絡、手機等電子媒體的融合之路，成為新世紀少數民族地區報紙的新課題。2009年9月27日，中共中央國務院新聞辦公室發表的《中國的民族政策與各民族共同繁榮發展》白皮書中提出：「為了使少數民族群眾共享信息化時代的成果，國家採取各種措施促進少數民族語言文字規範化、標準化和信息處理工作的健康發展。目前，國家已制定了蒙古文、藏文、維吾爾文（哈薩克文、柯爾克孜文）、朝鮮文、彝文和傣文等文字編碼字符集、鍵盤、字模的國家標準。在國際標準的最新版本中，正式收入了中國提交的蒙古文、藏文、維吾爾文（哈薩克文、柯爾克孜文）、朝鮮文、彝文和傣文等文字編碼字符集。開發出多種電子出版系統和辦公自動化系統，建成了一些少數民族文種的網站或網頁。」這一舉措，為少數民族地區報紙，特別是少數民族文字報紙與網絡接駁提供了更好的平臺。同樣也為保護和發展文化多樣性提供了新的技術。

5. 少數民族地區報紙開拓跨區域發展的新征途。進入新的世紀，中國的經濟發展取得了令人矚目的成就，交通、通訊技術高速發展，區域間溝通交流更為便捷，信息的傳播也打破了地域間的屏障。少數民族地區報紙抓住這一時機，走出單一地域，開始跨區域發展。2004年5月，《新疆經濟報》特刊《西部風》進入北京市場；2008年9月，內蒙古自治區的《北方周末報》在西安建立記者站。不僅如此，2004年，《新疆經濟報》維吾爾文版和漢文版走出國門，進入中亞五國，《遼寧日報》朝鮮文版也進入韓國市場。

今年是中國共產黨成立90週年，經歷90載春秋，黨的新聞觀也在不斷地豐富和發展。新聞事業作為文化事業的重要組成部分，在「推動社會主義文化大發展大繁榮」中發揮著積極的作用。少數民族地區的報業，應當牢牢抓住這一發展機會，以更新的姿態，弘揚中華文化，建設中華民族共有的精神家園。（與荊談清合作）

（原載《中國報業》2011年第6期上，總第272期）

新華社創辦的少數民族文字報刊──以《參考消息》《半月談》少數民族文字版為例

　　民族問題歷來是關係多民族國家興衰安危的重要問題。我國是一個多民族的國家，有 55 個少數民族一億多人口，居住面積占國土面積的 60% 以上。民族團結、民族平等和各民族繁榮關係到國家的前途和命運。新華社作為國家通訊社，深知她是 56 個民族的通訊社，民族研究、民族報導是黨的民族工作的重要組成部分，而少數民族新聞事業則是黨的新聞事業有機組成部分。因此，新華總社設有研究、反映、報導民族問題的機構；同時總社還下設包括廣西、寧夏、西藏、內蒙古、新疆 5 個自治區以及多民族聚集省區在內的 32 個分社。不僅如此，新華社還領導創辦少數民族文字報刊。其中最著名的就是《參考消息》和《半月談》少數民族文字版。

　　《參考消息》和《半月談》是由新華社辦的兩份報刊。《參考消息》陪伴讀者走過了 80 年，見證了中國的無數大事；《半月談》從改革開放初期開始，已經成為廣大讀者的良師益友。

一、漢文版《參考消息》和《半月談》的誕生

（一）《參考消息》──「天下獨一無二的報紙」[註1]

　　1931 年 11 月 7 日，《參考消息》在江西瑞金與新華社同一天誕生，至今已有 80 年的歷史。《參考消息》原名《無線電材料》、《每日電訊》，是一份供中央領導人參考的油印小報，刻印蠟紙兩張，印發四五十份。當時既抄發中央

〔註 1〕毛澤東《參考消息》。見張辛民《〈參考消息〉：從「內部刊物」到公開發行》，《黨史博覽》，2007 年第 10 期，第 4 頁。

社的電訊，也抄蘇聯塔斯社及其他外刊的電稿。新中國成立後，新華社繼續編譯出版《參考消息》。經黨中央批准從 1957 年 3 月起改為 4 開 4 版的報紙，並擴大發行到縣團級領導幹部。1956 年 11 月，毛澤東倡議擴大《參考消息》的訂讀範圍並闡釋了其讓幹部群眾「經風雨，見世面」，給大家「種牛痘」，增強「免疫力」的意見。到 1958 年 7 月進一步擴大發行到一般幹部和大學生。《參考消息》的改版與擴大發行也是新華社工作的一項重要改進。80 年來，《參考消息》經歷了從革命戰爭年代到改革開放各個歷史階段的洗禮，以它的獨特魅力和特殊作用影響了整整幾代人。

改革開放以後，各種報刊如雨後春筍般出現，《參考消息》也已經擴大發行到基層，雖《參考消息》的報頭下仍舊印著「內部刊物，注意保存」8 個字，但是已不是名副其實的內部刊物了。

需要指出的是，1984 年，新華社正式打報告給中宣部，提出進一步擴大《參考消息》訂閱範圍；1985 年 1 月 2 日，《參考消息》的報頭去掉了「內部刊物」字樣，變成了一份公開發行的報紙。

近幾十年，《參考消息》已經被打造成一個品牌。到 2010 年，《參考消息》品牌價值突破 80 億元，位居中國傳媒品牌前列。可以說，這是參考消息報社幾代人努力的結果。

「外國人看中國」欄目是《參考消息》的「拳頭產品」。她刊登的稿件客觀全面，作為中國人瞭解國際反債信息的重要「窗口」，多年來發揮了無可替代的特殊作用。1999 年獲得首屆中國新聞名專欄獎。

《參考消息》榮獲《哥倫比亞新聞評論》發布的「2008 年（首屆）傳媒行業中國標杆品牌」（時事類報紙）稱號。

《參考消息》獲得「2008 年度中國最具品牌傳播力的強勢媒體──中國十大品牌傳播力綜合專業報」榮譽稱號。

2010 年 6 月 28 日，世界品牌實驗室（world Brand Lab）在北京發布了 2010 年（第七屆）《中國 500 最具價值品牌排行榜》。《參考消息》品牌價值突破 80 億元，由 2009 年的 72.96 億元上升至 82.61 億元，位居中國平面媒體第二。〔註 2〕

（二）《半月談》──「中華第一刊」〔註 3〕

《半月談》由中宣部委託新華社主辦的以講解時事政策為主要內容的綜

〔註 2〕http://haike.baidu.com/vicw/44116.htm。
〔註 3〕1995 年 3 月，劉雲山為《半月談》題詞：「中華第一刊」。

合性期刊。創刊於 1980 年 5 月，32 開 64 頁，被譽為「中華第一刊」。有兩副對聯十分生動地揭示了該刊的宗旨、特色及成名的原因，「以變順變適應市場新形勢」（上聯），「變而有度發揚本刊好傳統」（下聯），橫批，「萬變不離其宗」；「把握大局縱覽天下高揚主旋律」（上聯），「貼近生活解疑釋惑服務老百姓」（下聯），橫批，「上下兩頭都滿意」〔註4〕從改革開放初期到現在，〈半月談〉已經陪伴著讀者走過了 31 個年頭。

《半月談》創刊初期就確定了「大編輯部」辦刊思想，即依靠全黨、全社會的力量辦刊。「大編輯部」大大拓展、延伸了雜誌社小編輯部的功能，使組織稿件、提供信息、宣傳發行和開展多種社會公益活動得以有效進行。這一時期，〈半月談〉獨家刊發的〈鄧小平同志談毛澤東思想〉、〈鄧小平同志答意大利記者問〉，首發中共中央關於農村改革的三個「一號文件」等，曾引起國內外輿論界和廣大讀者廣泛關注，刊物因此而聲譽鵲起。〔註5〕

在整個 20 世紀 80 年代，〈半月談〉的稿件主要集中在改革開放上，針對當時社會上的一些爭議和疑問，通過發表一系列時事評論文章，為改革開放護航，言辭懇切，旗幟鮮明，在穩定人心方面發揮了重要作用。這一時期，半月談雜誌社的系列刊物也在不斷發展壯大，主要包括《半月談內部版》、《時事資料手冊》、《品讀》等。

20 世紀 90 年代末，一批新銳的新聞週刊如中國《新聞週刊》、《新週刊》、《三聯生活週刊》等相繼湧現，拉開了國內時政期刊發展的新局面。在時代的浪潮下，《半月談》不斷變革，在競爭中生存壯大。

2004 年至 2009 年，《半月談》六次入選世界品牌實驗室評選的中國 500 最具價值品牌。2008 年 7 月，《哥倫比亞新聞評論》漢文版評選的媒體行業「中國標杆品牌」在北京揭曉，〈半月談〉榮獲時政類雜誌「中國標杆品牌」。

二、少數民族文字版（參考消息）和（半月談）

（一）《參考消息》——「原汁原味獨一無二」

《參考消息》與《環球時報》是中國大陸唯有的兩家能夠合法直接刊載外電的報紙。《參考消息》每天及時選載世界各地媒體上的最新消息、評論的精

〔註4〕方漢奇、陳昌鳳主編，（正在發生的歷史——中國當代新聞事業），福建人民出版社 2002 年版，第 916 頁。
〔註5〕王妍妍，《半月談》的發展道路與策略研究），南京理工大學碩士學位論文，2010年 6 月，第 1 頁。

華，全面報導世界各國以及香港、澳門、臺灣等地區的政治、經濟、軍事、科技、體育、文化及對華反應等各方面的最新情況。

《參考消息》是一份提供「境外的聲音」為特色的國際時政報紙。對外電、外報的翻譯講究「原汁原味」，力求全方位、多視角、立體化地報導國際新聞，突出「參考」特色，為國人提供了一個用「外人」眼光看世界、看中國的窗口。

少數民族文字的《參考消息》現有維吾爾文、哈薩克文、蒙古文 3 種版本。維吾爾文、哈薩克文《參考消息》由新疆日報社翻譯出版，4 開 4 版，週六刊。維吾爾文版創刊於 1956 年元旦，哈薩克文版創刊於 1975 年 8 月 1 日，均為週六刊裝蒙古文版創刊於 1973 年 4 月 1 日，由內蒙古日報社蒙參編譯部主辦，從 1975 年開始向全國發行。

維吾爾、哈薩克文版的《參考消息》闢有「外國社會」、「世界各地」、「世界經濟」、「外國人看中國」、「華人與華僑」、「人物介紹」、「文化教育」、「醫療衛生」、「科技」、「體育」、「臺灣島」、「港臺影視」、「今日澳門」等專欄。蒙古文版闢有「外國人看中國」、「世界經濟」、「天南地北」、「人物介紹」、「臺灣島」等欄目。少數民族文字的《參考消息》內容充實、版面活躍，有較大的吸引力。漢文版上的圖片、漫畫等資料，一般都轉載，以求圖文並茂。

3 種少數民族文字的《參考消息》，都是從幫助廣大少數民族幹部、知識分子和各界群眾開闊眼界，認識世界，正確分析和判斷國內外形勢，滿足少數民族日益增長的新聞欲的角度出版發行的。因而無論是哪種文版的《參考消息》都是以報導國際政治時事為主，特別是美國、前蘇聯（現如今的俄羅斯和東歐各國）以及港澳臺等國家和地區的政治經濟、軍事技術、文教衛生等方面的情況，反映變幻無窮的新世界發展形勢，並以刊登外國通訊社、港臺報刊的報導與評論的原文為主，內容豐富，信息廣泛，能及時傳播世界瞬息萬變的動態。

少數民族文字的《參考消息》雖然都各有特色，但還是具有一些共同點：一是具有鮮明的傾向性和嚴肅性，不管是哪家通訊社或報刊新聞，只要加上該報編輯部的標題或加以編排後，其傾向性十分明顯；二是編譯方針均堅持以政治時事為主，注重內容的多樣性，以正面報導和外電報導為主，並要有利於對內對外政策的貫徹執行，有利於四化建設和精神文明建設，有利於祖國統一大業，有利於安定團結。版面編排十分緊湊，具有嚴謹的風格，文字生動活潑。

（二）《半月談》——「時事政策顧問學習生活益友」

中國共產黨十一屆三中全會以來，黨的工作重心轉移到經濟建設上，中國進入改革開放的新時期。這一時期，經濟報導的數量大大增加，報刊著力宣傳國民經濟調整的意義，重視國情教育，著眼於經濟效益，講求實效；與此同時，加強對政治和經濟體制改革，整頓黨的作風、黨的建設以及兩個文明建設的宣傳。《半月談》就在這樣的時代背景下創刊。

《半月談》以時事政策為主要報導內容，以城鄉廣大基層幹部群眾為主要讀者對象，以「時事政策顧問學習生活益友」為辦刊宗旨，評說國事、家事、天下事，緊密聯繫百姓的願望、需求與黨和國家的方針政策。

《半月談》始終堅持高格調的大眾化，高品位的通俗化，堅持以時事政策為主、以基層讀者為主、以正面宣傳為主的辦刊方針，既堅持了正確的輿論導向、弘揚了主旋律，又體現了輿論引導的針對性、有效性，在讀者中產生良好反響，成為我國期刊界深受廣大讀者喜愛的「名牌」，成為黨在宣傳思想戰線一塊頗有影響的輿論陣地。

《半月談》有維吾爾文（在新疆烏魯木齊出版）、藏文（在西藏拉薩出版）兩種版本。少數民族文字版本的《半月談》與漢文版一樣，以報導時事政策為主，堅持以正確的輿論引導民族地區的群眾。除此之外，還具有自己的特色，即高舉愛國主義旗幟，注重反映民族群眾在維護國家主權、保持社會穩定、鞏固祖國邊防、促進民族團結的鬥爭中不屈不撓的精神面貌和可歌可泣的英雄業績，充分展現和諧社會的獨特風采。

維吾爾文版《半月談》是新華社通過自治區黨委宣傳部委託新疆人民出版社翻譯出版發行的，創辦於 1985 年，已出版 614 期。

二十多年來，維吾爾文版《半月談》始終堅持黨的宗旨，大力宣傳黨和國家的路線，方針，政策，及時回答讀者關心的時事政治方面的問題，按時傳達黨的對農村經濟發展的各項政策，觀點鮮明，內容豐富，文章短小精悍，形式活潑多樣。在維護新疆的社會穩定，促進經濟發展，推動社會進步中發揮了重要作用，成為對少數民族幹部群眾和廣大農牧民進行宣傳教育的好讀物。

維吾爾文版《半月談》小 32 開，3 印張，定價 3 元，一年 24 期。自 1985 年創刊以來到 2003 年發行情況較好，1985 年發行量是 5000 冊，1987 年增加到 1 萬冊，1988 年達到 2.7 萬冊，1989 年，在新疆所有報刊訂數普遍下降的情況下，該刊不僅沒有下降反而增加到 6 萬冊，成為全疆報刊訂數提高幅度最

大的刊物，創造了少數民族文字刊物發行的新紀錄。取得這樣成績的最主要原因是自治區黨委宣傳部和各地宣傳部對黨報黨刊，尤其是對維吾爾文版《半月談》的發行工作十分重視，落實到位。

2003 年，中宣部下達了關於壓縮黨報黨刊的通知，一些省市仍然把《半月談》作為黨刊，而新疆維吾爾族自治區卻沒有納入黨刊之列，印數從以前的 6 萬冊直線下滑到當年的 5900 冊，2003 年至今降到 2400 冊，目前下滑到 1350 冊。為了切實做好維吾爾文版《半月談》的發行工作，新疆人民出版社多次召開專題會議研究對策，主要領導帶領有關同志赴南北疆深入調研，瞭解他們關心的時政問題。雖然做了大量工作，但是很難扭轉印數下降的局面。半月談總社對我們的支持很大，他們近期還積極爭取將維吾爾文版列入東風工程。〔註 6〕

《半月談》藏文版創刊於 1995 年 1 月，西藏人民出版社受新華社委託主辦。藏文版《半月談》主要是對漢文版的《半月談》進行選擇性翻譯，並增加有關西藏的時事內容，突出重點，把握大局，指導西藏，傳播信息。該刊維吾爾文版與藏文版的出現，使之形成多文種、多版本的系列刊物，輻射全國各地，社會各界都給予較高的評價。〔註 7〕

可以說，少數民族文字版本的《半月談》充分發揮了它的傳統優勢，及時闡釋了中共中央的各項方針、政策，深入報導了國家建設的重大進展，準確介紹了國際國內形勢的變化，幫助了民族地區廣大讀者正確地認識中國、認識世界，真正成為了讀者的「時事政策顧問」和「學習生活益友」。（與羅韋合作）

參考文獻：

1. 郭超人：《一切為了西藏的穩定和發展——祝賀〈半月談〉藏文版創刊》，《中國記者》，1995 年第 2 期。

2. 張辛民：《〈參考消息〉：從「內部刊物」到公開發行》，《黨史博覽》，2007 年第 10 期。

3. 閔凡路：《在〈半月談〉初創的那十三年》，《青年記者》，2008 年第 28 期。

〔註 6〕有關維吾爾版《半月談》資料由當代傳播雜誌社鄭翰主編提供。
〔註 7〕郭超人：《一切為了西藏的穩定和發展——祝賀〈半月談〉藏文版創刊》，《中國記者》，1995 年第 2 期，第 8 頁。

4. 王妍妍:《〈半月談〉的發展道路與策略研究》,南京理工大學碩士學位論文,2010 年 6 月。

5. 白潤生主編:《中國少數民族新聞傳播通史》,中央民族大學出版社 2008年版。

（原載《光榮與夢想——「新華社 80 年歷程回顧與思考」
學術研討會文集》,新華出版社 2011 年版）

北京市少數民族新聞傳播發展報告
（1949～2010）

一、北京市少數民族分布情況

　　北京是中國的首都，全國的政治、經濟、文化中心，是民族成分最齊全的一座城市。據 2000 年第五次全國人口普查數據顯示，北京有少數民族人口585381 人，民族成分涵蓋了 55 個少數民族，占全市總人口的 4.3%。超過萬人的少數民族有 4 個，其中滿族人口最多，為 250286 人，占少數民族人口的42.76%；其次是回族，為 235837 人，占 40.29%；再次是蒙古族，為 37464 人，占 6.4%；第四是朝鮮族，為 20369 人，占 3.5%。超過千人的少數民族有 11個，分別是藏族、維吾爾族、苗族、彝族、壯族、布依族、侗族、瑤族、白族、土家族及錫伯族。〔註 1〕

　　此外，北京少數民族的人口數量呈上升趨勢，與第四次人口普查數據相比較，無論是總數還是單個少數民族人口數都有所增加，如獨龍族由 1 人增至 8 人。這些少數民族，由於歷史、風俗等原因，在北京形成了「大分散、小聚居」的分布格局。「大分散」指全市 18 個區縣都有少數民族居住；「小聚居」指全市少數民族基本都集中在 13 個街道、5 個民族鄉、109 個民族村中。〔註 2〕

〔註 1〕數據來源：國家統計局人口和社會科技統計司與國家民族事務委員會經濟發
　　　　展司主編：《2000 年人口普查中國民族人口資料》，民族出版社 2003 年版。
〔註 2〕丁石慶主編：《社區語言與家庭語言：北京少數民族社區及家庭語言調查研究
　　　　1》，民族出版社 2007 年版。

二、北京市少數民族新聞傳播發展概況

北京城市起源於商代後期，有三千多年的建城史。我國北方少數民族契丹族建立遼國之後，將北京（當時稱「南京」）設為陪都，此後，北京先後經歷了遼、金、元、明、清五個朝代，逐漸發展成為北方各民族之間經濟文化交流的重要樞紐。自遼代開始，這裡就是雕版印刷業的中心，各民族間信息交流的歷史由來已久，為該地區少數民族新聞傳播的興起奠定了堅實的基礎。

2008 年，由中央民族大學出版社出版的《中國少數民族新聞傳播通史》（以下簡稱《通史》）中，提出了一種全新的分期標準——用聯繫和發展的觀點探討中國少數民族新聞傳播發展的內在規律，充分考慮社會諸種因素的作用，以新聞為本位，按照中國少數民族新聞活動發生、發展的進程所呈現出來的獨特階段性特徵劃分歷史時期。遵照這一原則，具體分為：蹣跚學步（遠古～20 世紀 20 年代）、崢嶸歲月（20 世紀 20 年代～40 年代末）、火紅年代（20世紀 40 年代末～70 年代中葉）、滿園春色（20 世紀 70 年代中葉～20 世紀末）、和諧發展（21 世紀初至今）。

這一分期方法具有其科學性、合理性，它較為準確地再現了中國少數民族新聞傳播活動演變的各個歷史時期，基本還原了其本來面目。因此，筆者在梳理北京地區少數民族新聞傳播歷史過程中，同樣遵循了這樣的分期方法。

（一）蹣跚學步（遠古——20 世紀 20 年代）

遼時北京（時稱「南京」）的印刷業十分發達，是雕版印刷業的中心，官版雕印《遼藏》十分著名。

元朝創立後，蒙古族的新聞傳播得到了一定程度的發展。以北京為中心的四通八達的交通網及周密的站赤制度是新聞傳播活動的主要途徑。民間還流傳一種稱為「小本」的新聞傳播形式，主要傳播朝廷的政事消息。

源於明代的《京報》是由民間報房根據郵報的內容雕印發行的，由於首先在北京發行，故稱《京報》。「《京報》是我國古代報紙發展的最高形式，它有了固定的報名，開始呈現出某些大眾傳播工具的特性」，「標誌著我國古代報刊出現了向近代報刊發展的趨向」。〔註3〕

清朝建都北京後，為了達到研習漢人學術文化、推展政治制度的目的，開始刊印圖書。這一時期，始於明代的報房開始盛行，北京知名報房已有 11 家。

〔註 3〕白潤生編著：《中國新聞通史綱要》（修訂本），中央民族大學出版社 2004 年版，第 22 頁。

1906 年 11 月 16 日，由回族報人丁寶臣在北京創辦的綜合性日報《正宗愛國報》掀開了北京地區少數民族報人辦報的序幕，同時也開啟了近代北京地區少數民族新聞傳播的歷史。

《正宗愛國報》是迄今為止，我們所能見到的最早由回族人主持的報紙。〔註4〕社址初在北京東琉璃廠附近的東北園。1911 年 10 月 22 日定址北京琉璃廠西門外南柳巷路東之兩層樓房內。出版近 7 年，達 2363 期，發行最多時達 4 萬份。

1907 年，《蒙文報》創辦於北京，主辦人為喀喇沁親王。該報以「開通蒙人風氣，以期自強」為宗旨。〔註5〕《蒙文報》是現存史料記載中，北京地區發行的第一份少數民族語言文字報紙。

1909 年《中央大同新聞》出版。該報由北京滿族八旗弟子創辦，內容曾涉及民族壓迫、滿漢平等等問題。

1912 年 11 月 1 日，由喀喇沁旗的巴達爾胡發起，《蒙文大同報》在北京創辦，社址設在北京前門外北火扇胡同。「《蒙文大同報》名曰『報』，實為雜誌。」「標誌著我國早期的少數民族新聞事業又邁上了一個新臺階。」〔註6〕

1913 年 7 月 30 日，時為中國回教促進會會員的馬太璞創辦了《愛國白話報》。社址在北京前門外草廠胡同路南。《愛國白話報》雖為綜合性日報，但其報頭部分專門標出「清真禮拜五」、「清真禮拜日」的字樣，顯示出該報創辦者的回族身份。1923 年左右停辦。

1914 年 1 月 4 日，《京華新報·附張》作為副刊正式推出。此副刊由中國伊斯蘭教大阿訇、教育家、社會活動家張子文主持編撰。《附張》設兩個欄目，一欄為「清真正史」，主要內容是介紹伊斯蘭教經典及歷史沿革；一欄為「雷門鼓」，將伊斯蘭教經典故事分類編輯介紹。《附張》主要面向伊斯蘭教教民，即回族人民，受眾的民族成分較為單一、明確，是現有史料中，北京地區發行的第一份少數民族報紙副刊。

1916 年 2 月 22 日，回族宗教刊物《清真學理譯著》創刊。僅出版一期

〔註4〕白潤生主編：《中國少數民族新聞傳播通史》，中央民族大學出版社 2008 年版，
　　　　第 55 頁。
〔註5〕白潤生主編：《中國少數民族新聞傳播通史》，中央民族大學出版社 2008 年版，
　　　　第 91 頁。
〔註6〕白潤生主編：《中國少數民族新聞傳播通史》，中央民族大學出版社 2008 年版，
　　　　第 115～116 頁。

創刊號。

這一時期，北京地區少數民族新聞傳播的發展顯現出與其他地區共同的特點──發展緩慢。北京地區少數民族信息傳播歷史久遠，遼、金、元、清四個由少數民族創立的封建政權也為少數民族信息傳播提供了廣闊空間，但是，北京地區少數民族報刊的出現卻並不早。此外，這一時期北京地區少數民族新聞傳播發展的一大特色是──回族報刊不斷湧現，回族報人活躍在新聞傳播的舞臺上。

（二）崢嶸歲月（20 世紀 20 年代～40 年代末）

1925 年 4 月 28 日在北京創刊的《蒙古農民》報（蒙、漢文版）作為第一次國共合作時期出版的少數民族刊物，具有鮮明的時代進步性和革命精神。該刊由中國共產黨第一個蒙古黨支部主辦，是農工兵大同盟的機關刊物。蒙、漢兩種文字刊發。辦刊宗旨為「結合內蒙古的實際，宣傳中國共產黨的反帝反封建民族民主革命綱領」。〔註 7〕

1929 年，《蒙古》（蒙漢合璧），原名《蒙古留平學生會》在北京（時為北平）創刊。該刊由蒙古留平學生會主辦，蒙文書社承印。1934 年 1 月改為《蒙新月刊》，1937 年終刊。

「黨報和統一戰線報刊的出現，是少數民族報刊史上標誌性的轉變，它們更具備現代報刊的特點」。〔註 8〕

（三）火紅年代（20 世紀 40 年代末～70 年代中葉）

正如丁淦林先生在《當代中國少數民族新聞事業調查報告》一書的序言中所言──「少數民族新聞事業的發展是在當代」。這一時期，少數民族新聞傳播事業開始打破單一性，少數民族廣播事業、電視事業逐漸產生和發展起來。

1. 報刊

1949 年 11 月 5 日，《回族大眾》在北京創辦。這是中華人民共和國成立後中國共產黨創辦的第一份回族刊物，「是為回民大眾的利益服務的」。〔註 9〕

〔註 7〕白潤生主編：《中國少數民族新聞傳播通史》，中央民族大學出版社 2008 年版，第 39 頁。

〔註 8〕白潤生主編：《中國少數民族新聞傳播通史》，中央民族大學出版社 2008 年版，第 427 頁。

〔註 9〕白潤生主編：《中國少數民族新聞傳播通史》，中央民族大學出版社 2008 年版，第 568 頁。

1955 年 2 月，中華人民共和國第一份全國性少數民族文字大型畫報《民族畫報》在京創刊。創刊初期為雙月刊，8 開 24 面，用漢、蒙古、藏、維吾爾、朝鮮、哈薩克 6 種語言文字出版。1959 年 8 月至 1966 年 8 月間增加壯文版。創刊十年間最高發行量達 22 萬冊。經歷 1960 年 7 月至 12 月、1966 年 10 月至 1973 年 12 月兩度停刊後於 1974 年 1 月復刊，恢復了除壯文版外其他六種少數民族語言文字版本。社址位於北京安定門外和平東路。該刊 2000 年被評為「全國百種重點社科期刊」。

1957 年，中國伊斯蘭教協會主辦的綜合性刊物《中國穆斯林》（Majallahal-Muslimal-sini）創刊。1959 年出版 24 期後停刊。

1957 年 10 月 12 日，《民族團結》第一期正式出版。編輯部地址初為北京安定門國子監特 54 號，1959 年移至北京安定門外和平東路。這是我國第一份全國性的少數民族文字時事政治性期刊，每月 12 日出版。1966 年停刊。

由新華社主辦的《參考消息》，是全國發行量最大的日報。除漢文版外，該報分別於 1956 年、1973 年、1975 年出版維吾爾文、蒙古文、哈薩克文和朝鮮文版，為少數民族同胞提供更多來自全球的時政要聞和信息。

2. 廣播電視

1949 年 12 月 5 日，中央人民廣播電臺（簡稱中央電臺）在其前身北平新華廣播電臺的基礎上創建成立。

1950 年 3 月，中央人民政府新聞總署召開新聞工作會議，決定中央電臺開辦蒙古、藏、朝鮮語節目。

1950 年 5 月 22 日，中央電臺的藏語節目正式開播。這是中央電臺歷史上開辦的第一個少數民族語言廣播。同年 8 月 15 日，中央電臺蒙古語廣播節目開播。1955 年 7 月 6 日，朝鮮語節目開播。1956 年 12 月 10 日，維吾爾語節目開播。1957 年 11 月 11 日，壯語節目開播。1971 年 5 月 1 日，哈薩克語節目開播。

雖然這一時期中歷經了「文化大革命」坎坷的十年，但是，少數民族廣播電視事業的興起與發展更具有重要的意義。廣播電視為少數民族群眾開啟了一扇瞭解全國各地和世界各地、瞭解其他民族溝通其他民族的窗口。

3. 少數民族新聞教育

1961 年，中央民族大學（原中央民族學院）創辦新聞研究班，開創北京地區民族新聞教育的先河。研究班學制兩年，學員 30 人，學員結業後沒有

繼續興辦。〔註10〕

（四）滿園春色（20世紀70年代中葉至20世紀末）

中國共產黨十一屆三中全會以後，隨著社會經濟、政治、文化的發展，中國的新聞傳播事業也發生著巨大的變化，其中最大變化就是新聞傳播觀念的改變：「階級鬥爭工具論」被摒棄，「喉舌論」得到繼承和發展，開始引進西方的傳播學理論研究成果，對新聞的定義及新聞事業的性質進行廣泛而深入的探討。身處全國經濟、政治、文化中心——北京的少數民族新聞傳播媒體，積極吸取新鮮的新聞傳播思想、理念、方式、方法，推動了少數民族新聞傳播的多元化發展。

1. 報刊

1981年9月25日，《中國穆斯林》漢文版復刊。該刊現為雙月刊，有漢文和維吾爾文兩種文字版本，向國內外發行。為宣傳中國伊斯蘭教協會的方針任務服務，該刊在反映教內動態、交流思想、溝通信息和橫向聯繫等方面發揮著重要作用，受到各族穆斯林的歡迎。

1979年7月15日《民族團結》復刊。2000年10月《民族團結》開始主辦中國民族網，域名：56china.com.cn。2001年《民族團結》正式更名為《中國民族》。

1995年1月，中共中央宣傳部委託新華通訊社主辦的時事政治性期刊《半月談》，在拉薩和烏魯木齊分別出版藏文版、維吾爾文版。

1995年1月1日，《人民日報》擴版，這是該報繼1956年7月1日以來的第二次擴版。擴版後的《人民日報》由八版增加到十二版，並在第十一版開設「民族大家庭」專版，初為隔週四出版，1996年改為每月一期（週三出），1998年改為週四出版。1997年12月22日，首屆「民族好新聞」評選活動在京揭曉，「民族大家庭」專版獲優秀編輯獎。

2000年1月1日，由國家民族事務委員會主管、國內外公開發行的，面向全國各民族讀者及宗教界人士的中央級綜合性報紙《中國民族報》創刊，社址位於北京海淀區北三環中路77號。《中國民族報》每逢週二、週五出版，週二為對開8版，週五為對開12版。《中國民族報》闢有「民族經濟」、「民族論壇」、「民俗風情」等專版，設有近百個獨具民族特色的欄目。辦報宗旨：指導

〔註10〕參見白潤生主編：《中國少數民族新聞傳播通史》，中央民族大學出版社2008年版，第967頁。

民族工作、傳遞民族信息、普及民族知識、增強民族團結、促進民族發展。

2. 廣播電視

1981年6月1日，中央電臺漢語「民族專題」節目創辦。1998年中央電臺民族部升為民族廣播中心，下設蒙古、藏、維吾爾、哈薩克、朝鮮、漢6個民族語言節目部。

1999年8月1日，中央電臺專門開辦了具有民族特色和都市風情的第四套漢語節目，即調頻101.8兆赫，主要節目有「九州風采」等。

2000年12月25日，為配合「新西工程」（即「西藏、新疆的廣播事業覆蓋工程」）啟動，中央電臺增辦了專門針對邊疆少數民族地區的第8套節目，許多欄目具有鮮明的民族特色，如蒙古語的「來自故鄉的消息」，維吾爾語的「民族風情」等。次年9月1日，中央電臺覆蓋北京的第4套節目中的5種少數民族語言節目又各增加1小時的首播和1小時的重播。

「民族之聲」是中央人民廣播電臺針對民族地區播出的廣播頻率，採用蒙古、維吾爾、哈薩克、朝鮮4種民族語言播出的節目，其電波主要覆蓋中國內蒙古、新疆、吉林、遼寧、黑龍江及首都北京等地。同時，在與我國相鄰的朝鮮、韓國、日本、蒙古、哈薩克斯坦、烏茲別克斯坦、俄羅斯等國也能聽到該頻率的節目。

中華人民共和國成立後，中國國際廣播電臺開設了「中國少數民族」欄目，由各語言部根據各自節目特點不定期播出。節目主要介紹中國55個少數民族的經濟、文化、生活習慣和民族風情等各方面情況。

在電視節目方面，從1978年起，中央電視臺加強了對民族新聞的報導，播出了一批具有時代意義、真實反映少數民族文化風俗的節目，如1996年10月15日中央電視臺海外中心進行的100集大型連續報導《邊疆行》；在「新聞聯播」的系列報導小欄目中推出的《來自大西北的報導》、《西南掠影》；製作播出的《民族大家庭》節目、「民族之林」欄目等。

《中華民族》欄目是中央電視臺與國家民委共同主辦，1996年12月推出，每星期播出一期，每期三十分鐘，是專門報導中國少數民族的專題類欄目。《中華民族》欄目多年來致力於展現中華各民族悠久的歷史文化，介紹中國西部的地域、人文環境，反映各民族人民的傳統習俗和文化傳承，表現各民族同胞的精神面貌，促進各民族的發展進步，加強各民族間的團結和交流。欄目記者的採訪足跡遍及內蒙古、新疆、西藏、寧夏、廣西五個自治區和雲南、貴州、

四川、青海四個少數民族聚居的省份。題材範圍涉及了五十六個民族，製作出許多優秀專題節目和紀錄片。1999 年開始，欄目以紀錄片和專題樣式為主，每期節目採取單一主題的方式，階段性地規劃主題。《走進西部》大型系列節目長達 54 集，是中國電視史上第一次大規模、全方位、系統化的對中國西部的集中報導，也是《中華民族》欄目發展當中的一個里程碑，在中央發布關於西部大開發戰略決策的初期，它起到了積極的宣傳作用。

3. 網絡

少數民族新聞網站出現於 20 世紀 90 年代中期以後。目前，民族網絡媒體已經形成了一個以中央重點新聞宣傳網站為主，中央與地方新聞宣傳網站密切協作的民族新聞網站的發展體系。〔註11〕

創辦於 1997 年 1 月 1 日的人民網，是世界十大報紙之一《人民日報》建設的以新聞為主的大型網上信息交互平臺，也是國際互聯網上最大的綜合性網絡媒體之一。網站設有蒙古文、藏文、維吾爾文、哈薩克文、朝鮮文、彝文、壯文等少數民族語言文字版本，開通了西藏、新疆、廣西、內蒙古、寧夏五個少數民族自治區的新聞頻道。

2000 年 3 月新華通訊社網站更名為新華網，同年 7 月全面改版，並啟用新域名 www.xinhuanet.com。網站地方頻道涉及西藏、新疆、廣西、內蒙古、寧夏五個少數民族自治區。2008 年 11 月 25 日，新華網「多語種西藏頻道」正式推出，主要進行涉藏外宣。

2000 年 5 月 25 日，中國西藏信息中心成立並正式推出漢文版。此後又於2001 年 9 月 12 日推出藏文版、2001 年 1 月 1 日推出英文版。網站現有漢、英、藏三種文版，設立西藏各地區子網站，以對外介紹西藏和信息服務西藏建設為宗旨，向世界客觀、全面地介紹和展示西藏的歷史和現實。

2000 年 10 月，以《民族團結》雜誌為依託的中國民族網開辦。旨在「講述五十六個民族的故事，展示一個完整真實的中國」。

由中國民族報社主辦的中國民族宗教網開通，該網站是以推動民族團結進步事業大發展、繁榮發展少數民族文化事業為宗旨的公益性網站。目前開闢有：新聞、理論、民族宗教工作、民族文化、宗教文化、民族宗教知識、書籍、學者作者等 10 多個頻道。網站及時發布國家民委、國家宗教事務局工作信息。

〔註11〕白潤生主編：《中國少數民族新聞傳播通史》，中央民族大學出版社 2008 年版，第 935 頁。

傳統媒體除報刊推出網絡版外，廣播、電視也積極推動網絡版的運營。

1996 年 12 月，中國中央電視臺網站央視網（域名為 CCTV.com）建立並試運行。

1998 年 8 月，由中央人民廣播電臺主辦的網站註冊開通。2000 年 9 月，中央人民廣播電臺網站註冊三個網站名稱：「中國廣播網」、「中央新聞網」、「中廣在線」。

1998 年 12 月 26 日，由中國國際廣播電臺主辦「國際在線」（CRIOn-line）網站正式對外發布。「國際在線」已將國際臺目前的 43 種語言廣播節目全部送上互聯網。其中包括朝鮮語、俄語、哈薩克語、蒙古語、藏語康巴方言、藏語拉薩方言等少數民族語言。

此外，還有一些在北京地區運營的，非中央級少數民族網站，如：中國清真網、中國穆斯林青年網、中國彝族網等。

4. 少數民族新聞教育

中央民族大學的新聞教育始於 1961 年創辦新聞研究班。1984 年，中央民族大學（原中央民族學院）創辦四年制新聞專業，創辦伊始即有明確的宗旨和任務——為 56 個民族培養德才兼備的新聞人才。目前本科在校學生 454 人，其中少數民族學生 210 人。〔註 12〕

1989 年，新聞專業開始招收當代民族報刊研究方向碩士研究生，掛靠民族學專業。先後開設了中國少數民族新聞史、中國少數民族新聞學概論、民族攝影學、中國少數民族新聞業務研究、影視民族學等課程。〔註 13〕

（五）和諧發展（21 世紀初至今）

21 世紀，人類進入信息大爆炸的時代，互聯網的出現為少數民族新聞傳播增添了新的生機和活力。這一時期，全國各少數民族自治區、自治州等少數民族地區的新聞傳播領域都得到了迅速的發展。作為少數民族新聞傳播的「領頭羊」，北京地區的少數民族新聞媒體始終與中央保持一致，堅持新聞基本規律，圓滿完成了新聞報導任務。

特別是在中華人民共和國建國 60 週年慶典上，身著民族節日盛裝的少數民族代表方隊從天安門城樓前走過，氣勢恢弘。晚會上，天安門城樓前的民族

〔註 12〕 數據來源：中央民族大學文學與新聞傳播學院學生名單。
〔註 13〕 參見白潤生主編：《中國少數民族新聞傳播通史》，中央民族大學出版社 2008
　　　　 年，第 968～973 頁。

中心聯歡區內漢、藏、蒙古、維吾爾、朝鮮、壯、回、高山族等各民族同胞載歌載舞，共同唱響民族團結的讚歌。

2009 年是西藏百萬農奴解放、民主改革成功 50 週年，五十年間，西部開發的春潮、青藏鐵路的通車帶給西藏無限生機；2009 年，國務院新聞辦發表三份與少數民族和少數民族地區有關的白皮書，它們是：《西藏民主改革 50 年》、《新疆的發展與進步》和《中國的民族政策與各民族共同繁榮發展》。

同年，教育部、國家民委印發了《全國中小學民族團結教育工作部署視頻會議紀要》，會議要求民族團結教育課程根據國家統一要求列入地方課程實施的重要專項教育；國務院印發《關於進一步繁榮發展少數民族文化事業的若干意見》；新中國成立以來首次「全國少數民族文化工作會議」在京召開；由中央宣傳部、中央統戰部、國家民委聯合主辦的、中華人民共和國成立以來第一臺以民族團結為主題的專題電視晚會《愛我中華——民族團結專題晚會》在國慶期間與觀眾見面。

這一切說明，「我國各民族團結進步是中華民族的生命所在、力量所在、希望所在」，〔註14〕少數民族地區的發展越來越受黨和國家領導人以及全國人民的關注，與少數民族有關的新聞報導受關注度也越來越高。

1. 報刊

2003 年 3 月，由國家民委主辦的《中國民族》英文版正式創刊發行。這是新中國成立以來第一本全面展示中國 56 個民族文化傳統和社會生活的國家級英文刊物。《中國民族》英文版設置的主要欄目有：熱點觀察、紀實民族學、西部大開發與中國少數民族、中國少數民族家庭實錄等。該刊發行到包括全世界 150 多個國家在內的重要圖書館、民族事務問題研究機構等。

由於我國朝鮮族與韓國、朝鮮淵源頗深，有相近的文化風俗習慣、相近的語言文字，近幾年北京地區還出現了韓文刊物。如《城市漫步》北京韓文版《MorningBeijing》。2004 年 4 月 2 日，國務院對外宣傳辦公室主辦，五洲傳播出版社承辦的「城市漫步」系列韓文版雜誌《MorningBeijing》正式出版發行，雜誌以月刊形式出版，主要由在華的外國人編輯和撰稿，以中國的城市生活為背景，介紹中國文化，提供中國城市生活實用信息以及文化藝術方面的鑒賞和評論，力求向來華的韓語人群提供全方位的信息服務。

2009 年，北京地區的少數民族報刊，以《中國民族報》、《中國民族》雜

〔註14〕摘自《胡錦濤在國務院第五次民族團結進步表彰大會講話》。

誌為龍頭，充分發揮了平面媒體深度報導、詳盡解讀、權威發布的功能，有效地引導了輿論。

《中國民族報》在「提高新聞品質，增強引導能力；注重知識傳播，增進服務功能」兩個方面不斷增強。加大了信息量，提高了新聞報導的品質，對少數民族和民族地區經濟、政治、社會、文化及宗教領域熱點新聞和難點問題，加大關注和解析、評述力度，從根本上提高了輿論引導的權威性、公信力和影響力；從新聞角度進一步加大對民族宗教基本政策和知識，特別是民族文化、宗教文化知識的普及性報導，增強了這些知識的可讀性和趣味性。該報從2009年第一期起進行了改版，增加了一個新的欄目——《理論週刊》，為讀者瞭解我國民族事業面臨的新情況、新問題提供一個平臺；此後又推出了「新聞·觀察」欄目；3月「兩會」期間推出了「兩會動態」、「兩會關注」專版，密切關注兩會少數民族代表動態及民族政策動態；3月27日，用三版製作了《紀念西藏民主改革50週年》的專題；4月28日至7月10日，連續推出「民族自治地方發展成就巡禮」專題，報導了全國5個自治區、30個白治州的發展狀況；新疆「7·5」事件發生後，迅速對事件真相進行了深層次的報導，並陸續刊登了《團結一心，珍惜來之不易的好局面》、《中國伊協負責人呼籲穆斯林維護團結穩定》、《團結穩定是福，分裂動亂是禍》等報導，對暴行進行了嚴厲的斥責；9月30日，用三版刊登了專題「中國的民族政策與各民族共同繁榮發展」，詳盡介紹了我國的民族政策；12月29日，「新聞·觀察」版特別製作了「2009，讓我們記住這些聲音」，回顧了2009年發生的與少數民族密切相關的7個問題，包括「怎樣認識西藏」、「『7·5』事件的反思」、「認清達賴本質」、「民族團結教育」等。

《中國民族》雜誌保持了「始終與祖國統一、民族團結息息相關」的一貫特色。2009年第4期至第9期，連續6期推出「1949～2009新中國記憶」專欄，介紹了中華人民共和國成立60年來，少數民族地區的發展變化；「特別關注」欄目持續對「兩會」、西藏民主改革、震區、新疆「7·5」事件、國際人類學民族學大會進行了報導；推出2009年第10、11期合刊，以「民族·物象」為主題，從政治社會、教育科技、經濟生活三個大的方面，對中華人民共和國成立60年間，少數民族事業的方方面面進行了報導。

2009年8月17日，《人民日報》第4版要聞版刊登《愛心耀邊關——武警總醫院專家醫療隊服務新疆各族群眾紀實》作為新專欄《祖國大家庭》的

首篇報導。在「開欄的話」中，編者寫道：「56 個民族 56 朵花，56 個民族情同手足、團結友愛，共同組成我們祖國這個大家庭。從今天起，本報開設『祖國大家庭』專欄，宣傳社會主義民族區域自治制度的巨大優越性，宣傳新中國成立 60 年來特別是改革開放以來民族地區經濟社會發展所取得的輝煌成就，以及各民族團結進步、共謀發展的精神風貌。」〔註15〕

12 月 25 日，由中國民族報社、民族團結雜誌社與民族畫報社共同協辦，由國家民委文化宣傳司、信息中心主辦的「2009 年中國少數民族十大新聞」評選活動結果揭曉，十大新聞依序分別為，3 月 28 日被設立為西藏百萬農奴解放紀念日；國務院新聞辦年內發表三份與少數民族和民族地區有關的白皮書；新中國成立 60 年來民族地區發展成就舉世矚目；胡錦濤總書記等中央領導到民族地區考察工作；國務院發布《關於進一步繁榮發展少數民族文化事業的若干意見》；實施《全國扶持人口較少民族發展規劃（2005～2010 年）》進入攻堅階段；國際人類學與民族學聯合會世界大會首次在中國舉行；民族團結教育納入我國基礎教育範疇；國務院表彰全國民族團結進步模範；《中國民族民間十部文藝集成志書》全部出版。

2009 年 8 月 1 日，（人民日報）（藏文版）正式創刊《人民日報》（藏文版）是我國第一份用少數民族文字出版發行的黨中央機關報，由人民日報社主管，人民日報社和西藏日報社主辦，每天出版四個版，發行範圍為西藏自治區和四川、雲南、青海、甘肅等省份的藏族聚居區，分別在拉薩、成都、西寧印刷。

2. 廣播電視

2002 年 5 月 12 日至 2004 年 10 月 28 日期間中央電視臺專門開闢的西部頻道，全面報導了西部大開發戰略。

中央人民廣播電臺「民族之聲」頻道，全天用蒙古、藏、維吾爾、哈薩克和朝鮮 5 種民族語言播音 20 小時，其電波主要覆蓋我國西藏、新疆、內蒙古、青海、四川、甘肅、雲南、吉林、遼寧、黑龍江、河北及首都北京等地。同時，在與我國相鄰的朝鮮、韓國、日本、蒙古、印度、尼泊爾、不丹、哈薩克斯坦、烏茲別克斯坦、俄羅斯、阿富汗等國和土耳其也能聽到該套節目。據統計，能聽懂民族之聲的國內聽眾為 2500 萬人，國外聽眾對象近 1 億人，頻道除少數民族語言廣播節目外，開設有「民族廣播論壇」欄目，2009 年全年播出 61 期。此外還有「民族大家庭」欄目。

〔註15〕參見《人民日報》，2009 年 8 月 17 日，（第 22318 期）第 4 版。

2009 年 2 月 5 日，中央人民廣播電臺紀念西藏民主改革 50 週年大型採訪活動在北京啟動。3 月 1 日民族之聲推出 18 小時的藏語廣播。中國之聲、民族之聲、中國廣播網聯合推出了大型系列報導《雪域高原格桑花》。中央人民廣播電臺還特別推出了專題《西藏，扎西德勒！——紀念西藏民主改革五十週年》。

2009 年 3 月 1 日 5：55 分開始，中央人民廣播電臺藏語頻率開播，主要任務是：傳播國內外重大新聞；報導西藏和其他藏區農牧民生活、現代化建設的發展成就；宣傳西藏的歷史文化；為聽眾提供生活信息、文化娛樂等方面的服務。新開播的中央臺藏語頻率在拉薩的播出頻率是調頻 105.7 兆赫。在西藏和四川、青海、甘肅、雲南各藏區，有 7 個短波頻率發射覆蓋，短波收聽頻率是：7360 千赫、7350 千赫、11685 千赫、6010 千赫、9530 千赫、9480 千赫、15570 千赫。為滿足北京地區藏語聽眾需求，北京中波 1098 千赫可以收聽藏語廣播。

新疆「7·5」事件發生後，中央人民廣播電臺迅速啟動突發事件應急機制。「中國之聲」欄目推出「烏魯木齊 7·5 事件後續報導」，深入報導了事件的真相極其嚴重的影響。

2009 年，慶祝中華人民共和國成立 60 週年的宣傳報導是中央人民廣播電臺的重大宣傳任務。民族之聲蒙古、維吾爾、哈薩克、朝鮮 4 種民族語言節目和藏語廣播，圍繞新中國成立 60 週年宣傳做了充分準備和策劃，以維護社會穩定、增進民族團結為宗旨，組織系列報導、開闢專題專欄、舉辦徵文和演唱會等多種形式，集中宣傳中華人民共和國成立 60 年來民族地區社會經濟建設取得的巨大成就和人民群眾生活發生的巨大變化，為中華人民共和國成立 60 週年慶祝活動營造良好氛圍。

新疆烏魯木齊「7·5」事件發生後，中國國際廣播電臺「國際在線」欄目土耳其文網站與土耳其伊斯坦布爾「方向」調頻電臺合作，在 13 日至 17 日期間，圍繞新疆民族宗教政策、經濟社會發展給當地各民族人民帶來的實惠、少數民族權益保障和各民族和諧相處等話題，舉行了題為「來自烏魯木齊的聲音」的五場網絡對話。

2009 年 8 月 19 日，中國國際廣播電臺「看中國·CRI 中外記者邊境行」西藏站的活動在拉薩正式啟動，23 名記者在 10 天的時間裏走訪了日喀則、樟木、亞東和江孜等地，深入邊境口岸和邊貿地區，報導西藏的新發展、新變化和新生活。

3. 網絡

北京地區少數民族新聞網站基本是以傳統的報刊、廣播電視媒體為依託建立起來的，如：《中國民族報》電子版、《民族團結》雜誌社中國民族網、中央人民廣播電臺中廣網民族之聲網；此外還有人民網西藏頻道、西藏信息中心等單純的新聞網站。

2001 年 5 月 25 日，中央電視臺成立網絡宣傳部，將網站納入節目宣傳部門。2006 年 4 月 28 日，中央電視臺正式成立網絡傳播中心和央視國際網絡有限公司，央視國際（CCTV.com）同時實現全新改版。央視網開通民俗頻道，通過專題節目介紹我國少數民族地區的風土人情、經濟文化等；開通西藏頻道，設「援助西藏」、「海外看西藏」、「生態環境」等專欄，詳細介紹西藏的發展變化。網站節目在實現與電視信號節目同步的同時，更便於觀眾收看往期節目。

2001 年 9 月，中央人民廣播電臺網站實現了全臺 8 套節目全部上網，在線點播節目增加到 32 個。2002 年 1 月 1 日，正式更名「中國廣播網」。這是中國最大的音頻廣播網站，旨在通過互聯網「讓中國的聲音傳向世界各地」。網站設有「民族」專欄。

2009 年，北京地區的少數民族新聞網站緊緊圍繞中央的領導，發揮互聯網信息量巨大、發布迅速快捷、可實時報導、圖文視頻互動便捷、超級鏈接擴展便利等優勢，對重大事件進行了及時、深入的報導。

1 月初，人民網西藏網、新華網西藏頻道開始關注「西藏民主改革 50 年」，連續發布對西藏的採訪報導。報導涉及藏區民眾對民主改革的看法感受、涉及西藏民主改革 50 年來各項事業的巨變紀實、涉及西方報導的偏見等。3 月 2 日，人民網西藏網實時報導了《西藏民主改革 50 年白皮書》新聞發布會。

3 月 28 日，第一個「西藏百萬農奴解放紀念日」在拉薩舉行慶祝大會，當晚由中央統戰部、全國政協辦公廳和中央電視臺主辦的「走向陽光——慶祝西藏百萬農奴解放 50 週年文藝晚會」在北京舉行。中央人民廣播電臺、中央電視臺、中國國際廣播電臺對大會和文藝晚會進行現場直播，人民網、新華網、央視網、國際在線作了實時報導。

「7·5」事件發生後，網絡新聞媒體的優勢更加凸顯。人民網、新華網、央視網、中廣網等通過大量的圖片信息、文字報導對事件進行了深入的披露。

2009 年 1 月 1 日起，中國西藏信息中心圍繞「西藏民主改革 50 年」開展了一系列的報導，包括《黨中央關心西藏發展和穩定紀實》《「西藏民主改革第

一村」的新一代：我們勇敢向前》《西藏民主改革大事記》《西藏今昔》《西藏百萬農奴解放紀念日慶祝大會》等圖文並茂的報導。此外，還特別策劃推出了「紀念西藏民主改革五十週年」百題有獎問答活動，邀廣大網友積極關注、踴躍參與，共同走進西藏、暸解西藏、見證歷史。

4. 新聞教育

2009 年中央民族大學新聞專業本科招生 79 人，其中少數民族 45 人；碩士研究生招生 27 人，少數民族 5 人。2010 年本科招收新聞傳播類學生 107 人，少數民族 53 人；研究生 36 人，其中少數民族骨幹生 16 人，少數民族 18 人。〔註 16〕

2001 年中央民族大學正式具備新聞學碩士學位授予權，設有新聞史論研究（含少數民族新聞史）、新聞實務研究、廣播電視與新媒體研究、跨文化傳播研究、媒介經濟與媒介法研究等五個研究方向。現有教授 3 人，副教授 5 人，在校研究生 102 名〔註 17〕（不含在職研究生）。

2005 年教育部下發《培養少數民族高層次骨幹人才計劃的實施方案》的通知，培養任務主要由國家部委所屬重點高等學校和有關科研院（所）承擔和組織實施，主要面向西部 12 個省、自治區、直轄市和新疆生產建設兵團招生，兼顧享受西部政策待遇的民族自治地方和需要特別支持的少數民族散雜居地區以及內地西藏班、內地西藏高中班、民族院校、高校少數民族預科培養基地和少數民族碩士基礎培訓基地的教師和管理人才的培養。新聞傳播方向的人才培養由北京大學、中國人民大學、清華大學、中國傳媒大學等高校實施，面向上述地區，招收碩士、博士生。

中國人民大學新聞學院還對口支持西藏民族學院、新疆財經大學新聞與傳媒學院。不但在碩士和博士招生、教師進修方面給予政策上的傾斜，還派專家學者去這些學校講學，並在科研方面給予扶植。

5. 學術研究

2008 年 9 月 27 日～28 日，首屆中國新媒體與民族文化傳播論壇在中央民族大學成功舉辦。論壇由中央民族大學文學與新聞傳播學院和國家廣播電影電視總局新媒體研究所聯合承辦，圍繞「和諧、共贏與突破」的主旨，開展了深入而廣泛的學術探討和交流。參會論文集結成冊——《新媒體與民族文化

〔註16〕數據來源：中央民族大學文學與新聞傳播學院學生名單。
〔註17〕數據來源：中央民族大學文學與新聞傳播學院學生名單。

傳播研究》，由中央廣播電視出版社出版，收錄了該領域學者、專家的研究成果 65 篇。

2009 年 12 月 19～20 日，「首屆中國少數民族地區信息傳播與社會發展論壇」在中國人民大學成功舉辦。該論壇由中國人民大學新聞學院、中國人民大學新聞與社會發展研究中心聯合全國 14 家民族大學及少數民族地區相關高校共同主辦。論壇主題「傳播·團結·發展」，並設立「新媒體與少數民族地區社會發展」、「拉薩『63·14』事件和新疆『7·5』事件中的信息傳播」、「少數民族地區新聞事業」、「少數民族跨文化傳播」、「少數民族地區輿論環境構建與受眾傳播效果研究」等分組討論主題。論壇舉行期間，14 個發起單位的代表舉行聯席會議，決定成立論壇理事會，由中國人民大學新聞學院院長趙啟正擔任理事長，中國人民大學新聞與社會發展研究中心主任鄭保衛教授和中國人民大學新聞學院常務副院長倪寧教授協助工作。2010 年 10 月 24～27 日第二屆中國少數民族地區信息傳播與社會發展論壇在西藏民族學院舉行。

2010 年 6 月 25 日～27 日，第二屆中國新媒體與民族文化傳播論壇在中央民族大學如期舉行並結集出版會議論文集。

三、北京市少數民族新聞傳播發展基本特點

（一）北京的少數民族新聞媒體對地方少數民族新聞媒體具有統領作用

本地區發行的少數民族報刊，開通的少數民族新聞網站，播出的少數民族廣播電視節目大都為全國性的媒體，是少數民族地方新聞媒體的「龍頭」，對少數民族地區新聞媒體有較強的統領作用，是地方新聞媒體的風向標。「新世紀少數民族報刊影響力的空前提高，首先歸功於中央級民族報刊的突破性發展。它們在傳遞民族信息、指導民族工作、普及民族知識、增進民族團結等方面具有權威性與指導性。」〔註18〕

傳播內容緊緊圍繞「民族團結」的重心。宣傳報導的特色鮮明，報導內容大都集中於民族政策、民族地區經濟社會發展等。

（二）信息量充沛，更新速度快

北京作為中國經濟、政治、文化中心，信息渠道暢通，信息流通量巨大，

〔註18〕金星華、張曉明、蘭智奇主編：《中國少數民族文化發展報告》，民族出版社2009 年版，第 54 頁。

這為少數民族新聞傳播提供了便利條件。北京地區少數民族新聞報導改變了以往「內容重複單一、時效性差、更新速度緩慢」的局面，特別是網絡媒體不再是報紙版的簡單複製，而是全天候發布文字、圖片、影像資料，實時更新；廣播電臺增加了新聞報導的時間，同時通過網絡平臺實現重複收聽。技術的革新、傳播理念的變革都使得北京地區少數民族新聞傳播內容豐富充實、播報迅速及時、報導深入紮實，為少數民族地區的新聞報導提供了大量的資源及可借鑒的經驗。

（三）新聞從業人員水平較高

北京地區集中了多所高校，幾乎都開設了新聞專業，加之全國各地的新聞人才不斷湧入，許多高水平的新聞從業人員加入到少數民族新聞傳播的隊伍中來。比地方少數民族新聞媒體，北京的少數民族新聞媒體人才方面具有很大的優勢，這也為少數民族新聞媒體的發展奠定了堅實的基礎。

四、北京市少數民族新聞傳播發展中的問題與困難

（一）忽視了本地區少數民族受眾的新聞和信息需求

北京的少數民族新聞媒體大多是中央級媒體。這就使得這些媒體比較重視全國性、全面性新聞的傳播，忽視了本地區少數民族受眾的需求。數據顯示，北京是我國少數民族成分最齊全的城市之一，全市共有五個民族鄉、109 個民族村、13 個民族工作重點街道。但是，北京地區的新聞媒體並沒有給與他們太多關注。同時北京也缺乏針對本地區內的少數民族受眾的新聞媒體。

（二）網絡媒體迅速崛起，傳統媒體受關注度降低

網絡媒體對於傳統新聞媒體的衝擊是有目共睹的。目前北京的少數民族傳統媒體都開設網站，這無疑會對原本市場佔有率就不高、受眾群小而分散的傳統媒體自身造成影響。少數民族報刊的發行量令人擔憂。

五、北京市少數民族新聞傳播未來發展對策與建議

（一）發揮北京中央級媒體的優勢，加大對少數民族地區的報導力度

要利用北京多中央級媒體的優勢，加大對少數民族地區的報導力度，使少數民族經常性成為媒體的報導議題，而不是只有重大事件如「3‧14」事件和

「7·5」事件發生時才受到關注。全國性的媒體要給少數民族留有一定的報導空間，這是關係到少數民族地區發展、民族團結和社會穩定的大事。對少數民族的地區的報導不光是少數民族媒體的職責也是中央級媒體的職責。

（二）關注本地區少數民族狀況

北京有少數民族 55 個，是全國少數民族種類最齊全的城市，總人口 58 萬多，北京的少數民族是一個龐大的受眾群，但卻沒有他們的自己的媒體，北京的其他媒體也很少關注到這一群體。北京少數民族居住「大分散，小聚居」的狀況不利於創辦針對這個群眾的媒體。北京市的媒體應該關注這個群體，其生活狀態應該成為媒體報導經常性的議題。在沒有能力創辦針對這個群體的專門媒體的情況下，可以在其他媒體上開闢專欄。

（三）傳統媒體要轉變新聞觀念

新聞傳播進入「內容為王」的時代，發行量與發行內容密切相關。北京地區的傳統媒體應當轉變「新聞傳播者主導」的思想，在保障政策宣傳、輿論指導的功能前提下，開闢受眾喜聞樂見的欄目，增加與受眾的互動，吸引受眾的關注。如《中國民族報》2009 年開闢「新聞·觀察」版之後，收到了大量的讀者來信，在「讀者來信」欄目之外又開設了「觀點爭鳴」欄目與讀者互動，「讀者的熱忱超過了我們的預期。每天我們的郵箱裏總能收到上百封郵件，有很多新鮮評論幾乎是新聞發生當天就飄然而至了。」〔註 19〕

六、北京市少數民族新聞傳播發展大事記

1906 年

11 月 16 日，回族報人丁寶臣在北京創辦《正宗愛國報》。

1907 年

《蒙文報》創辦。

1909 年

《中央大同新聞》出版。

1912 年

1 月 1 日，孫中山在就任中華民國大總統的《孫總統宣言書》中，宣布

〔註 19〕《中國民族報》，2009 年 12 月 29 日第 31 版，「新聞·觀察」:《我們的這一年》。

「合漢、滿、蒙、回、藏諸地為一國，則合漢、滿、蒙、回、藏諸族為一人，是曰民族之統一」。

3月11日，《中華民國臨時約法》頒布：「中華民國領土，為二十二行省，內外蒙古、西藏、青海」；「中華民國人民，一律平等，無種族、階級、宗教區別」。

11月1日，《蒙文大同報》創辦。

1913年

1月，中華民國蒙藏事務局主辦的藏、漢文對照《藏文白話報》創刊於北京。它是由中央政府創辦的第一份藏文報刊。1915年1～3月，因籌備鉛字印刷停刊。1915年4月復刊，更名為《藏文報》。

7月30日，馬太撲創辦《愛國白話報》。

1914年

1月4日，《京華新報‧附張》出版。

5月1日，《中華民國約法》頒布：「中華民國人民，無種族、階級、宗教之區別，法律上均為平等。」

1916年

2月22日，《清真學理譯著》創刊。

1923年

10月10日，《中華民國憲法》頒布：「中華民國人民，無種族、階級、宗教之區別，法律上均為平等」。

1925年

4月28日，《蒙古農民》報（蒙、漢文版）創刊。

1929年

《蒙古》（蒙漢合璧），原名《蒙古留平學生會》創刊。

1949年

9月29日，具有中華人民共和國臨時憲法性質的《中國人民政治協商會議共同綱領》規定：「中華人民共和國境內各民族一律平等」；「各少數民族均有其語言文字、保持或改革其風俗習慣及宗教信仰的自由。」

11月5日，《回族大眾》創辦。

12月5日，中央人民廣播電臺成立。

1950 年

3 月，中央人民政府新聞總署召開新聞工作會議，決定中央人民廣播電臺開辦蒙古、藏、朝鮮語節目。

5 月 22 日，中央人民廣播電臺藏語節目正式開播。同年 8 月 15 日，蒙古語廣播節目開播。1971 年 5 月 1 日，中央人民廣播電臺哈薩克語節目開播。

1954 年

9 月 20 日，中華人民共和國第一屆全國人民代表大會第一次會議通過《中華人民共和國憲法》。《憲法》第三條規定：「中華人民共和國是統一的多民族的國家。各民族一律平等。各民族都有使用和發展自己的語言文字的自由，都有保持或改革自己的風俗習慣的自由。……各少數民族聚居的地方實行區域自治。各民族自治地方都是中華人民共和國不可分離的部分。」

1955 年

2 月，《民族畫報》創刊。

7 月 6 日，中央人民廣播電臺朝鮮語節目開播。

1956 年

1 月 1 日，維吾爾文版《參考消息》由新疆日報社翻譯出版，4 開 4 版，週六刊。

12 月 10 日，中央人民廣播電臺維吾爾語節目開播。

1957 年

《中國穆斯林》（Majallahal-Muslimal-sini）創刊。

10 月 12 日，《民族團結》出版。

11 月 11 日，中央人民廣播電臺壯語節目開播。

1961 年

中央民族學院（現名中央民族大學）創辦新聞研究班。

1973 年

4 月 1 日，蒙古文版《參考消息》創刊，由內蒙古日報社蒙參編譯部主辦，從 1975 年開始向全國發行。

1975 年

8 月 1 日，哈薩克文版《參考消息》由新疆日報社翻譯出版，4 開 4 版，週六刊。

1979 年

7 月 15 日《民族團結》復刊。

1981 年

6 月 1 日，中央電臺漢語「民族專題」節目創辦。

9 月 25 日，《中國穆斯林》漢文版復刊。

1985 年

維吾爾文《半月談》由新疆人民出版社翻譯出版發行。

1988 年

10 月，薩空了逝世。薩空了（1907～1988）原名薩音泰，筆名了了、艾秋飆，蒙古族，原籍內蒙古昭烏達盟翁牛特旗，生於四川成都。我國著名少數民族新聞出版家。他於 1920 年代起從事新聞事業，1939 年任《新疆日報》第一副社長。

1991 年

6 月，朝鮮文版《半月談》編輯出版發行。1994 年因資金問題停刊，共發行 84 期 30 多萬冊。

1994 年

8 月，《中國少數民族文字報刊史綱》（白潤生編著），由中央民族大學出版社出版。1996 年獲北京市第四屆哲學社會科學優秀科研成果二等獎；1998 年獲教育部第二屆中國高校人文社會科學研究優秀成果二等獎。

1995 年

1 月，《半月談》藏文版由西藏人民出版社出版發行。

1996 年

1 月，《民族報刊研究文集》（白潤生著），由中國物價出版社出版。

12 月，中央電視臺與國家民委共同主辦的《中華民族》欄目開播。

1997 年

12 月 22 日，首屆「民族好新聞」評選活動在京揭曉，「民族大家庭」專版獲優秀編輯獎。

1998 年

中央電臺民族部升為民族廣播中心，下設蒙古、藏、維吾爾、哈薩克、朝鮮、漢 6 個民族語言節目部。

7 月，《中國新聞通史綱要》（白潤生編著）由新華出版社出版。該書第一次把少數民族新聞史的內容系統納入高校新聞史教材。2004 年 9 月，由中央民族大學出版社出版《中國新聞通史綱要》修訂本。

1999 年

2 月 11 日，蕭乾逝世。蕭乾（1919～1999）原名蕭秉乾，化名蕭若萍，蒙古族，祖籍黑龍江省興安嶺地區，生於北京。我國現代著名作家、記者、翻譯家、編輯家。歷任《大公報》文藝副刊主編、旅行記者、駐英記者，《人民中國》副總編輯等。

2000 年

白岩松被授予「中國十大傑出青年」。白岩松，蒙古族，內蒙古海拉爾市人。中央電視臺新聞節目中心新聞評論部主持人、製片人，任《焦點訪談》《新聞週刊》《感動中國 2008》等節目主持人。

1 月 1 日，《中國民族報》創刊。

5 月 25 日，中國西藏信息中心成立並正式推出漢文網。

6 月，《中國少數民族廣播電視發展史》（林青主編）由北京廣播學院出版社出版。

10 月《民族團結》開始主辦中國民族網，域名：56china.com.cn。

12 月 25 日，為配合「新西工程」（即「西藏、新疆的廣播事業覆蓋工程」）啟動，中央電臺增辦了專門針對邊疆少數民族地區的第 8 套節目。

2001 年

《民族團結》正式更名為《中國民族》。

2003 年

10 月 11 日，穆青逝世。穆青（1921～2003）原名穆亞才，回族，河南省杞縣人。當代著名少數民族新聞工作者。曾擔任學校進步團體「文學藝術同盟」主席，出版文藝刊物《群鷗》，用穆蕭的筆名發表文章。1942 年 8 月進入黨中央機關報《解放區報》從事新聞工作。曾任新華社社長。

3 月，《中國民族》英文版正式創刊發行。

2004 年

4 月 2 日，「城市漫步」系列韓文版雜誌《MorningBeijing》出版。

2007 年

9 月 18 日，第十屆全國藏文傳媒協作會在北京舉行。

12 月海霞獲「金話筒電視播音作品獎」。海霞，女，回族，河南鄭州市人。2007 年任中央電視臺《新聞聯播》節目主持人。2008 年當選十一屆全國政協委員。

2008 年

3 月，《中國少數民族新聞傳播通史》（白潤生主編）由中央民族大學出版社出版。2010 年獲第二屆國家民委社會科學研究成果二等獎。

4 月，《中國少數民族新聞傳播史》（白潤生主編），由民族出版社出版。

9 月 27 日～28 日，首屆中國新媒體與民族文化傳播論壇在中央民族大學成功舉辦。

11 月 25 日，新華網「多語種西藏頻道」正式推出，主要進行涉藏外宣。

2009 年

3 月，《中國少數民族文化發展報告》（金星華、張曉明、蘭智奇主編），由民族出版社出版。

8 月 1 日，《人民日報》（藏文版）正式創刊。

8 月 17 日，《人民日報》開設祖國大家庭專欄，宣傳社會主義民族區域自治制度的巨大優越性，宣傳新中國成立 60 年來特別是改革開放以來民族地區經濟社會發展所取得的輝煌成就，以及各民族團結進步、共謀發展的精神風貌。

12 月 19～20 日，「首屆中國少數民族地區信息傳播與社會發展論壇」在中國人民大學成功舉辦。

12 月 25 日，由中國民族報社、民族團結雜誌社與民族畫報社共同協辦，由國家民委文化宣傳司、信息中心主辦的「2009 年中國少數民族十大新聞」評選活動結果揭曉。

2010 年

6 月 26 日，第二屆新媒體與民族文化傳播論壇學術研討會由中央民族大學主辦，主題為「融合‧交流」，旨在通過新聞傳播促進公眾對民族文化多樣性的尊重和理解，促進民族間跨文化傳播與交流。共有來自 30 多所高校的 200 多位專家、學者出席論壇。

6 月，白潤生主編的《當代中國少數民族新聞事業調查報告》由中央民族大學出版社出版。

10 月 24 日，組織委員會設在北京的第二屆中國少數民族地區信息傳播與社會發展論壇在西藏民族學院舉辦。

　　12 月 28 日，首屆中國民族節慶產業發展與傳播峰會在北京召開，會議總結了中國民族節慶產業的現狀並就弘揚傳播中國民族節日展開交流探討。（與荊談清合作）

參考文獻：

1. 金星華、張曉明、蘭智奇主編：《中國少數民族文化發展報告 2008》，民族出版社 2009 年版。
2. 白潤生主編：《中國少數民族新聞傳播通史》，中央民族大學出版社 2008 年版。
3. 白潤生：《中國新聞通史綱要》（修訂本），中央民族大學出版社 2004 年版。
4. 國家統計局人口和社會科技統計司與國家民族事務委員會經濟發展司編：《2000 年人口普查中國民族人口資料》，民族出版社 2003 年版。
5. 丁石慶主編：《社區語言與家庭語言：北京少數民族社區及家庭語言調查研究·1》，民族出版社 2007 年版。

　　　　（原載鄭保衛主編：《中國少數民族地區新聞傳播發展報告（1949～2010）》，人民日報出版社 2012 年版；收入文集時略有增刪）

2011 年中國少數民族報業發展概述

　　2011 年，《中國民族報》聯合全國 90 家網絡媒體共同開啟了「黨旗漫捲中國紅——走進 56 個民族大型采風活動」，採訪遍及全國近 30 個省、市、自治區，歷時 200 多天，全面綜合地展現了少數民族地區政治民主、經濟建設、文化發展近年來取得的成果。2011 年 6 月，第 23 屆中國少數民族地區報紙好新聞獎評選結果在廣東省雲浮市揭曉，本屆少數民族文字參賽作品達到 100 多件；8 月，以「合作、交流、共贏」為主題的中國報業協會少數民族地區報業分會 2011 年年會在內蒙古通遼日報圓滿落幕，來自廣東、廣西、貴州、四川、湖南、新疆、內蒙古等省區 40 多家盟市州報的媒體同仁敞開心扉，共同商討實現少數民族報業可持續發展的大計，並達到了廣泛共識；9 月第九屆全國少數民族傳統體育運動會在貴州華麗上映，各大少數民族報刊紛紛出動，全力聚焦屬於少數民族同胞自己的運動盛會，充分結合本民族特色與運動項目，開展專題式報導，極大地豐富了少數民族體育賽事的報導內容，貴州省《貴州民族報》更是依託地緣優勢、人員優勢，開闢特刊，深入採訪，精編細排，為受眾提供了豐富多彩，圖文並茂，氣勢龐大的閱讀盛宴。

　　綜觀 2011 年我國各級各類少數民族報刊，更加關注報導內容的貼近性、報導形式的多樣性、新聞呈現的豐富性與受眾閱讀的享受性。同時，大家更加深刻地認識到內容的改進、經營市場化已成為少數民族報業面對內外媒體競爭、不斷持續發展的必然選擇。正如 2011 年 12 月 3 日，在中國新聞史學會少數民族新聞傳播史研究委員會成立大會及揭牌儀式上白潤生談到少數民族報業發展時指出的那樣：少數民族新聞事業興起於 20 世紀初葉，「截至 2006 年末，全國共有 99 種用少數民族文字出版的報紙；223 種用少數民族文字出版

的雜誌。」20 世紀 90 年代以來，形成的以黨報為核心的多層次、多地區、多種類、多文字的報刊體系在機遇與挑戰並存中不斷完善。

儘管隨著各類新興媒體的湧現，發展以及國外大型媒體財團的擠壓，中國報業整體的發展面臨著巨大挑戰，而少數民族報業由於受到地理環境、交通條件、資金設備、技術力量、管理經驗、人才儲備等諸多方面的限制，面臨更加艱巨的挑戰。正如中國報業協會少數民族地區分會會長，湘西團結報社社長兼總編輯劉世樹指出的「外有競爭壓力，內有生存壓力。民族地區報業要將挑戰與壓力變為自身發展的動力與良機，就不能做倉中之鼠，偏安一隅，只有改革才有出路！」

湖南湘西土家族苗族自治州的《團結報》地處湘西一隅，地理位置較偏遠。自 1952 年創刊以來，該報縱觀之下有長足發展，但橫覽之間仍是「弱勢群體」。近年來，《團結報》不斷探索以改革促發展的方法，標誌性的成果如 2003 年的整體搬遷和競爭上崗，報社內外辦公環境和條件有了質的改變。同時，通過對用人制度和分配制度的改革，全體員工的積極性空前高漲，創造力得以盡情發揮；2008 年斥資 30 萬元創辦團結網。目前，該網站已成為湘西最大的新聞門戶網站，第一年便實現了盈利。通過深化改革報社步入發展「快車道」，不斷取得新突破。2010 年該報廣告收入在報業「拐點」之後仍以年均 8%的速度增長。

另外，如廣西的《柳州日報》通過實施「個、十、百、千、萬」的報紙經營策劃，不但提高了報紙的經營水平，也增強了報紙的影響力。2010 年該報廣告收入達到了 6000 萬元，總經營收入達一個億。

《中國記者》雜誌值班主編張壘就中西部地區和少數民族地區的報業如何發揮優勢、突破瓶頸、走持續發展之路這一問題接受採訪時說，當前，受新媒體的衝擊和整個經濟環境變化的影響，報紙媒體呈現出兩個鮮明的特點，其中之一就是報紙發展階梯狀分布的情況。一線城市的報業發展已經到了臨界點；二線城市和中部城市這幾年的發展趨勢最好，力量強大；作為第三梯隊的小城市、少數民族地區或者中西部經濟不發達地區，其報紙成長速度趕不上中部地區，但又有很大的發展潛力。

總體來講，2011 年的少數民族報業面對內外競爭激烈的媒體環境處於積極生存、穩步發展的態勢。但是少數民族地區的社會穩定、經濟發展、語言文化、人口結構、地理環境等因素的差異性，又決定了少數民族地區生態環境的

特殊性以及報業發展進程的特殊狀態，少數民族報業發展也面臨著特殊的市場化難題。

如二元經濟結構對報業發展的制約。少數民族地區地處山區或大漠戈壁，地緣因素造成城鎮人口分片集中，一個區域與另一個區域相隔甚遠。報刊投遞速度慢，投遞成本高。如果在各區域建分印點，管理成本、設備成本增加，各地的報刊發行量又不足以支撐。二元結構呈現的結構性矛盾激化了區域性市場進入的泛濫，以中心城市為集中區域的都市類報紙固定在廣告資源爭奪上的經營，過度依賴追逐具有較強消費潛力的受眾，導致媒介同質化競爭加劇。再者如多文種受眾分割後的群體規模缺失。以《新疆日報》為例，該報是全國黨報系列中採編人員最多的一張少數民族文字的黨報，與《人民日報》的人數相差不多，有漢文、維吾爾文、哈薩克文、蒙古文四種文字。受眾分割後訂閱發行更是雪上加霜，加之少數民族報刊稀少的廣告收入，生存狀況不容樂觀。

這些問題的解決在當前媒體競爭日趨激烈的情況下對少數民族報業的生存發展而言愈顯急迫、困難，還需要少數民族報業進一步在改革中加快探索的步伐。（與丁豔麗合作）

（原載《文化與傳播》2012 年第 2 期總第 2 期）